春天的幻影

作者—王少杰

目次

採訪現場（一）

位於信一路上的「Aftee」，是去年夏天新開張的咖啡廳。店內裝潢簡單明亮，給人一種清新脫俗、與世無爭的感覺。

「請問要點什麼呢？」櫃檯負責點餐的服務生，即便戴著口罩仍好像在笑似的。

「我要一杯熱拿鐵、一個可頌、再一份蘋果派。」

「好的，這樣總共一百九十五元……」

週日下午兩點，Aftee店內座位將近七分滿。位於店中央的點餐櫃檯前排了四個人，其中最後一位是今年三十六歲、目前在基隆市刑警大隊擔任小隊長的高傅丞。寒流來襲的一月天，他特地穿了去年秋季新買的大衣出門。

高傅丞今天會出現在這，並不是想在假日冒充文青，而是跟一名女網友約好在這裡見面。而這一切要追溯到上個禮拜，他在社交平臺上收到一封私訊，對方表示自己是一名文字工作者兼推理小說迷，最近想做一則「臺灣名偵探」的專題報導。之前看警界的新聞，得知高傅丞破過許多離奇的案件，因此想要約個時間，採訪一下。

該名網友名叫「崔嘉琪」，大頭照放著張名偵探叼著菸斗、戴著帽子的剪影。高傅丞當時稍微在網路上查了一下，發現崔嘉琪為人十分低調，放在網路上的都是些風景照、美食照，本人完全沒有露臉。但看著對方在網路上寫的文章，高傅丞還是在心中幫這位崔小姐建立了一份檔案：年紀大約三十上下，身高一六五加減兩公分，留著長直髮，眼睛大大的，屬於活潑型的那種女生。果不其然，稍早高傅丞抵達咖啡廳時，對方已經到了，那時當面一看，上述推測幾乎一率命中，除了頭髮的長度以外。崔嘉琪本人頭髮是直的沒錯，但不是高傅丞想像中那種到腰部的長度，而是剛好碰到肩膀，比學生頭稍微長一點的髮型。但不管怎樣，都是他心目中理想情人的類型。

高傅丞端著他的三分糖少冰小牧草鮮奶茶回到座位時，崔嘉琪正把塗完的口紅放到包包裡。她手邊擺著一杯咖啡、一臺筆記型電腦。

「天氣那麼冷，你還點冰的啊？」

「冬天就是要喝冰的啊，這樣才爽快。」

「喔喔，我沒辦法。連夏天我都要喝熱的才行。」崔嘉琪搓了搓手說。

「多試幾次就習慣啦，而且會上癮的。」

室內有開空調。高傅丞脫下大衣，掛在旁邊的椅背上，一面在崔嘉琪對面坐了下來。他們那一排總共有四張桌子，兩人坐在從裡面數來的第二張。最裡面的客人剛剛離開，此刻服務生正在擦拭桌椅，用酒精把客人可能碰過的東西都消毒一遍。

「你怎麼來的啊？」崔嘉琪喝了口咖啡問。

「開車。妳呢？」

「我住信義市場那邊，就走路過來，大概十幾分鐘吧。」

「妳很早就出門了喔？」高傅丞問道。他們約下午兩點，他剛剛一點四十抵達咖啡廳時，崔嘉琪人已經在裡面了。

「嗯，待在家裡悶，早上就出門了。」

「是喔，一直待在這不會無聊嗎？」

「我就把握時間準備訪綱，順便吃午餐啊。」崔嘉琪放下杯子，對著高傅丞露出笑容。

「我超期待見到你的，心想一定要好好採訪才行。」

「喔，我也是。」高傅丞害羞地搔搔腦袋。

「說真的，你會答應讓我採訪，我超訝異的。」崔嘉琪說。

「妳本來以為我會拒絕嗎？」

「是啊，我想說刑警平常那麼忙碌，好不容易休假應該不想讓外人打擾吧。」

「還好啦。我假日最喜歡出來走走看看、交交朋友的。」

崔嘉琪說的其實沒錯。刑警沒有固定假日，加班也是常態，他好不容易排到一天休假，本來想在脖子上掛一圈餅乾，躺在床上耍廢的。最後他答應赴約，一方面是因為對方說要做「臺灣名偵探」的專題報導，他這個自詡為臺灣名偵探界第一把交椅的人，沒有出現在報導裡似乎說不過去；另一方面他也想驗證一下自己對於崔嘉琪的想像準不準確。雖然有點冒險，但事實證明他這個決定是對的。此刻春天正敲鑼打鼓，朝著自己翩翩走來。

接下來的首要任務，就是不著痕跡打探出崔嘉琪的感情現況。

「假日怎麼沒有跟男朋友出去玩呀？」

高傅丞本來想這麼問，但崔嘉琪卻搶在他之前率先開口。

「你本人跟照片看起來不太像耶。」

「妳看過我的照片？」

高傅丞聽了一驚。他為人同樣低調，社群媒體上也都沒有本人的照片。

「就之前新聞報導你破過的案件，有你跟你們局長的合照。」
「喔，那個啊。」高傅丞心想那已是陳年往事。當時的照片裡局長容光煥發、笑容可掬，他的眼睛卻不小心閉了起來。
「你本人感覺比較有精神。」
「我其他照片也是英氣勃勃，只不過那幾張局長表情都怪怪的，就沒有用。」
高傅丞想起當年局長在挑選照片的情形，不禁苦笑起來。
「我看了那篇報導查了一下，才知道原來有好多案件都是你破的。」
「還好啦，也沒有很多。」
「你太謙虛了，這樣我會不好意思把你寫得太厲害。」
「唉呀，不要客氣，盡量寫沒關係！」
高傅丞正沉浸在喜悅之中，崔嘉琪忽然看著面前的筆電，想起了什麼似的。
「對了，你們名偵探間會相互交流嗎？」
「名偵探間？你說跟誰啊？」
「就臺灣其他的名偵探啊。我這次打算做『臺灣名偵探』的專題，你是基隆名偵探，我接下來還打算去採訪臺中、高雄等地的名偵探。」
「還好耶。跟警界的同仁是有些接觸，但那其他職業的偵探就比較少接觸了。」
「這樣啊。」崔嘉琪吐吐舌頭。「我本來還打算請你幫忙牽線的。」
「警界的是可以啦，但其他圈子的就沒辦法了。」
高傅丞突然覺得有些尷尬。當初接到採訪邀約，他本來以為是要找名震全臺的偵探採訪，沒想到卻是全臺各地的名偵探。不過想想也是可以理解。他的名聲還沒有傳遍全國，所謂「第一把交椅」也是自封的，只有在內心獨白時才敢大聲地說出來。

「妳這次的報導，每位偵探打算介紹幾個案子啊？」高傅丞問道。

「看情況，三到五個吧。」

「那我破過的那些案件，妳有哪個比較有興趣的嗎？」

「都很有興趣！」

「是喔，那我要從哪個開始講？」

「就從你生涯第一件大案子說起如何？」

「第一件大案子嗎，我想想……」

「就六年前發生在暖暖山區的那件案子啊，新聞報導上說這是你打響名號的第一起案件！」崔嘉琪露出崇拜的眼神。

「喔，可以啊。」

高傅丞攪拌著小牧草鮮奶茶，一面在記憶裡搜索起來。那件命案死者是一名吳姓志工，當時每個禮拜都會到一位陳姓婦人家中幫忙料理生活起居。然後某天中午，那位陳姓婦人從外頭回來，發現該位吳姓志工死在自家的書房裡。

「妳對那個案子了解多少？」高傅丞問道。

「就新聞上提到的那些，但都很籠統，完全沒有細節。」

「嗯嗯，那我就從頭開始說囉？」

「好啊。你等我一下。」崔嘉琪把筆電挪正，一面打開手機的錄音功能。

「我想一下要怎麼開場……」

高傅丞正在腦中複習當年的案情時，突然注意到崔嘉琪左側的頭髮，有個地方髮尾整個切齊，像被人用剪刀剪掉一樣。

「怎麼了？」

「那個是最新流行嗎？」高傅丞指了一指崔嘉琪的頭髮。

「怎麼可能？是早上發生了一件意外。」

「意外？」

「嗯，但那不重要啦。」崔嘉琪淺淺一笑，雙手在筆電上飛快地打字。「今年是二〇二一，報導上說是六年前，所以是二〇一五年？」

「二〇一四，夏天發生的事。」

「二〇一四夏天，地點是暖暖……」崔嘉琪專注地看著筆電螢幕。

「暖暖是基隆市七個行政區之一，位於基隆市東南方，北邊是仁愛區……」

「基隆市東南方，北邊是仁愛區……」

崔嘉琪複誦到一半停了下來，似乎覺得這不重要，按下了鍵盤上的倒退鍵。

與此同時，高傅丞再次想起了那棟記憶裡灰撲撲的民宅。

「那天是星期一，我……」

他喝了口小牧草鮮奶茶，繼續說了下去。

永夜

1

那天是星期一，他記得很清楚。

當時大概下午兩點半，高傅丞開著他新買的金龜車，來到暖暖山區一棟獨自佇立在路旁、幾乎是與世隔絕的民宅。如果不是接獲報案，他壓根也不會想到這個地方居然有棟房子，房子裡頭還有住人。

民宅前方的空間不大，而且地面崎嶇不平，高傅丞於是把車子開到旁邊的一處空地上。那時，空地已經停了幾部車，包括一輛灰色的轎車、一輛警方的巡邏車、以及兩輛警方的廂型車。由於天氣炎熱，高傅丞怕待會兒離開時要坐在烤箱裡，於是把愛車開到旁邊的樹蔭底下停放。空間雖然不大，但他技術高超，所以沒有問題。

給門口看守的員警看過證件後，高傅丞踏入了這棟只有一層樓的民宅。雖然從外觀上看，建物占地不大，但裡頭出乎意料的就幾件簡單的家具，沒什麼多餘的擺飾，因此感覺起來格外的寬敞空曠。入口處前方就是客廳，高傅丞站在那打量了一下，只見此刻屋子裡除了幾個鑑識科的同仁在採集指紋外，牆角已經有些破舊的沙發上，一對年紀約莫六十歲的男女神情茫然地坐在那裡。但他們並不孤單，婦人身旁還有一隻米白色的拉布拉多，完全不知道家裡發生大事的樣子，一直在那邊搖著尾巴。

「噠喀——噠喀——噠喀——」

客廳後方的一個房間，相機的快門聲和閃光燈此起彼落地響著、閃著。高傅丞走進去一看，只見那是一間書房，鑑識科的同仁們正在裡頭忙著蒐證。一張暗紅色的桃木書桌，在書房中央本來應該正正地擺著，眼下卻有些歪斜，桌面的物品都掉了下來。就在書桌前方，一具男性屍體仰臥在那，胸口一灘血跡，上頭插著一把刀子。旁邊地上，一個偌大的魚缸碎裂開來，三、四隻金魚的屍體散落一地，死者的衣褲給原本魚缸裡頭的水淋得濕答答的一片。高傅丞名偵探的直覺這時告訴他，死者八成是跟凶手在書房起了爭執，雙方一番拉扯，死者撞到桌子，跌倒在地。原本書桌上的魚缸翻落下來，凶手趁機衝上前去，往死者胸口狠狠的一刀，結束了對方的生命。

「你終於來啦，高富帥？」

高傅丞正沉醉在自己的推理當中，突然有人叫了一聲。他回頭一看，只見搭檔小倩雙手扠腰，突然出現在他身旁。

「進來都沒聲音，很恐怖耶。」高傅丞嘖了一聲。小倩本名叫啥他已經忘了，但因為頭髮長皮膚白，有點像《倩女幽魂》裡的聶小倩，所以同事們都叫她小倩，就像大家也因為高傅丞的外表而給他起了「高富帥」這個綽號。

「死者身分查出來了嗎？」高傅丞問道。

「嗯，叫吳維青，」小倩翻著手上的小冊子。「是來這邊幫忙的志工。」

「咦？這是……」

高傅丞在書房裡四處亂看，發現掉落地上的雜物中有一個木頭相框。他戴上手套撿起來一看，只見那是張在北海岸拍的照片，裡頭是一個年約四十歲的婦人，戴著副如同潛水蛙鏡般巨大的太陽眼鏡，和一個看起來十八、九歲的大男孩依偎在一起的身影。照片右下角的拍攝日期是「1999/05/17」，算一算已經超過十五年了。

「屋主的兒子沒住這？」高傅丞想到外頭的那對夫妻。

「看樣子是，還要再確認。」

高傅丞點點頭，正要把相框放回去時，忽然瞥見一個怪異的地方。

「下面的扣子掉了一顆。」他說。

「扣子？」

「嗯，妳看這邊。」

高傅丞蹲下身來，指了指死者身上的短袖襯衫。正面本來有六顆扣子，但這會兒從下面數來的第二顆卻不翼而飛。

「現場有找到脫落的扣子嗎？」小倩問一旁正在拍照的鑑識科同仁。

「沒有誒。」該位同仁搖了搖頭。旁邊負責採集指紋的同仁也是一樣的反應。

高傅丞蹲在一旁，繼續看著死者的襯衫。

「我想那顆扣子是跟凶手拉扯時脫落的，搞不好就掉在凶手身上。」

「也有可能早就掉了，只是死者沒縫上去而已。」

「應該不是喔。妳自己看死者的襯衫，」高傅丞像鴨子一樣挪了挪腳步，指著死者襯衫的袖子、以及側腹部的地方。「顯然是熨斗燙過的，線都出來了。這麼講究的人，很難想像扣子掉了他會沒發覺，就這樣穿出來。」

「搞不好是今天來的時候在路上掉的。」

「嗯嗯，這倒是有可能。」

高傅丞是認真地在思考小倩的這項假設，但小倩卻忽然把他拉了起來。

「幹麼？」

「去外面問話啊，屋主他們還在等。」

「好好好，妳不要拉，領子會壞掉。」

這是高傅丞最寶貝的一件T恤，於是他趕緊站起身來。

「那對夫妻到底是怎麼了？好手好腳的也需要志工？」兩人正要出去，高傅丞忽然想起剛剛小倩說，死者是過來這邊幫忙的志工。

「夫妻？」小倩停下腳步，一臉不知道他在講什麼的表情。

「就外面那個歐吉桑跟歐巴桑啊——」

「那個男的是山腳下阿美雜貨店的老闆啦。」小倩這才恍然大悟，笑了笑說。

「雜貨店老闆？關他什麼事了？」

「是他報的警。」

「啊？屋主為什麼不自己打電話？」

「因為屋主也不確定當時倒在地上的人怎麼了。」

「一把刀插在胸口還能怎樣？」

「屋主眼睛不方便嘛。」

「不方便？」高傅丞愣了一下，接著想到剛才那幅相框裡，婦人臉上那副全罩式的太陽眼鏡。「妳的意思是，屋主的眼睛……」

「嗯嗯。」

小倩點了點頭，表情顯得有些尷尬。

「屋主是視障人士。」

2

民宅的屋主姓陳，單名一個冰字，雜貨店的老闆則是叫李景發。高傅丞和小倩來到客廳後，在兩人面前坐了下來。

「這是我們小隊長，高傅丞。」小倩率先開口。

「高警官你好。」李景發有些拘謹地說道。一旁的陳冰則是輕輕地點頭致意。

高傅丞觀察著眼前的兩人。李景發長得圓圓滾滾的，尤其那鼻子就好像一顆小饅頭掛在那裡一樣。陳冰則是瘦瘦小小，看得出是方才相片裡的那個人，只不過老了許多。此刻沒有戴太陽眼鏡，失焦的眼神直直地看著前方。

或許是因為家中突然出現屍體，又或許是因為屍體是自己認識的人的關係，陳冰這會兒略顯悲淒的表情上，仍帶有些許的震驚。半晌聽高傅丞問起死者的事，她語帶感慨地表示，這半年多來吳維青風雨無阻，每個週末都會過來替她料理生活起居。而昨天星期天，傍晚吳維青離開後，她就一直待屋內，直到今天星期一中午，才外出到山腳下的阿美雜貨店採買日常用品。不料一回到家，就發現書房似乎有人倒在那裡，因為也不確定到底發生了什麼事，再加上這附近只有她一戶人家，於是就立刻打電話給李景發求助，再由李景發趕到現場確認情況後，報警處理。

「是這樣嗎？」高傅丞看向李景發。

「嗯，我一趕來，就看到吳維青倒在書房裡，已經死掉了。」

高傅丞點了點頭，接著往陳冰看去。

「吳維青昨晚幾點離開的？」陳冰是臺語人，高傅丞切換成臺語問道。她腳邊的狗狗此刻正趴在地上休息。

「差不多八點的時候。」

客廳桌上，擺著一瓶寶特瓶裝的冷泡茶。陳冰說完替自己倒了一杯，捧在手中慢慢地喝著。因為眼睛看不見，為了省去麻煩，她表示自己不喝熱茶，而是習慣一次泡一瓶冷泡茶放在冰箱，要喝的時候再拿出來。

「汝敢確定他真的有離開？」高傅丞問道。

「當然囉。我雖然目珠看無[1]，但是耳仔不輸別人，一隻胡蠅飛入來我也知道。」陳冰說著將茶杯放在桌上。高傅丞注意到她的外表雖然比實際年齡蒼老一些，但平時應該也有花時間打理自己，維持基本的整潔。此刻的她，頭髮一絲不苟地盤在腦後，瘦弱的手上即便長了些斑點，但指甲修剪得乾乾淨淨的，看上去十分清爽。

「汝講汝中午去山腳買東西，回來就發現冊房有人？」小倩問道。

「嘿啊。」

「汝去山腳一回要多久？」高傅丞問道。

「差不多一個鐘頭。」

雜貨店老闆李景發是下午一點二十分報警的，他從山下騎車上來至少要兩分鐘，如果

---

1 目珠看無：眼睛看不見。

陳冰來回一趟是一個小時，那大概是中午剛過就下山去了。

「今仔日怎麼突然間想要去買東西？」小倩問道。

「無啦，今仔日拜一，我固定都會去山腳買一些東西回來。」

「阿汝出去敢有鎖門？」

「當然也有。」

「去買東西跟回來的途中，敢有遇到甚麼人？」

「無爾，這附近就住我一個人而已。」

「敢有『聽』到甚麼人從汝身邊經過，那種無打招呼的也算？」高傅丞問道。

「這我不敢確定。我在屋內耳仔甚利，在外面有當時仔[2]會聽無到。」

「汝回來是怎麼會發現冊房內裡有人？」小倩問道。

「阿就他一入來屋內，就走來走去，忽然之間一直對我吠。」陳冰探出手，摸了摸身旁的導盲犬。「我發現他的腳好像濕濕的，隨他入去冊房，就感覺地上都是水，又好像有一個人倒在那的樣子，遂趕緊打電話給阿發。」

「然後我一趕來，就看到吳維青倒在地上了。」李景發重複剛才說過的話。

「當時屋子裡沒有其他人嗎？」高傅丞問道。

「沒有。」

「我說的不只是書房，還包括客廳廚房那些地方，還有屋子周遭。」

「我四周都巡過了一次，沒看到什麼人。」

2 有當時仔：有時候。

「我剛回來時，好像有聽到外面有聲音。」陳冰說道。
「聲音？」
「機車抑是汽車的聲。」
「上山抑是下山？敢聽得出來？」
「下山。」
這或許是一條重大的線索。凶手行凶後，陳冰剛好回來，於是等陳冰進屋後再騎車離開。但這還是解不開另一個問題：吳維青當時為什麼會到陳冰家來？
「吳維青最近敢有惹到甚麼逮事[3]？」高傅丞問道。
「無聽他講過。」陳冰說。
「他都無跟汝講他平常時的生活？」
「加減也有。」
「他平常在哪裡上班？」
「臺北，他講他在會計師事務所食頭祿[4]。」
「除了上班以外，他敢有跟汝講過甚麼私底下的逮事？」
「無爾。」
「汝都無問過？」
「我有啊，但是他好像無啥愛講，特別是過去的逮事。」陳冰說著嘆了口氣。

3 逮事：事情。
4 食頭祿：工作、上班。

「焉怎講？」

「每回我問起，他就恬恬[5]，甚麼都不講，後來我就無再問矣。」

「吳維青敢有小孩？」小倩問道。

「應該是無。」

「他敢有帶他太太來汝這過？」高傅丞問道。

「無爾，他們感情好像無好。」

「焉怎講？」

陳冰聽了低下頭去，表情顯得有些愧疚。

「他每禮拜都來我這，他太太無歡喜，要跟他離婚。」

「離婚？」

「嘿啊，上個月曾聽他講過。」

高傅丞和小倩面面相覷，心想就週末做個志工，有必要搞到離婚這個地步嗎？

「吳維青敢有講過甚麼他太太的逮事？」高傅丞繼續問道。

「譬如？」

「吵架到甚麼程度？敢有很嚴重？」

高傅丞話才說完，就看見陳冰露出一抹苦笑。

「我知道汝在想啥，無可能啦。」

「甚麼無可能？」

---

5 恬恬：安安靜靜。

「吳維青無可能是給他太太殺死的啦。」

陳冰猜的沒錯，高傅丞想的就是這個。他從警多年以來，偵辦過數十起大大小小的凶殺案，凶手往往就是死者身邊的人。

「汝為甚麼感覺無可能？」

「就要離婚矣，又把他殺死做甚麼？」

「這樣講也是有道理，但是……」

這般推論有一個前提，就是吳維青他太太不會因為吳維青身亡而受益。也就是說吳維青名下財產應該不多，生前應該也沒有保什麼意外險。這年頭謀財害命的新聞屢見不鮮，而他又是警察，這類的事更是見怪不怪。不過也沒什麼好擔心的，這種事只要查證就會知道，凶手再怎麼神通廣大，真相終究還是會水落石出的。

半晌大約下午五點半，鑑識科的同仁採證工作到一段落，該問的事也問得差不多了，加上陳冰看起來有些疲倦，高傅丞便和小倩帶著弟兄們打道回府。李景發的機車就停在外面不遠處，高傅丞陪他去牽車，兩人邊走邊聊，李景發表示陳冰眼睛失明是因為視神經病變，據他所知從二十七、八歲開始，視線就慢慢模糊，最後在八年多前退化成全盲。這些年來，到陳冰這邊幫忙的志工，前前後後也十幾個人了，通常是來個幾次，就因為這地方太過偏僻而卻步推辭。相較之下，這次遇害的吳維青實在難得，當真如陳冰方才所言風雨無阻，每個禮拜都來報到，簡直比親生兒子還要孝敬。

「陳冰的先生呢？她還有個有兒子吧？」

兩人來到李景發的機車旁，高傅丞忽然想到剛才書房裡那張十五年前的相片。

「早離婚啦。」李景發說。

「什麼時候的事？」

「陳冰眼睛剛出問題的那一年，她先生就跟別的女人跑了。」

大概是因為天氣熱，機車龍頭的手把會燙，李景發一邊說著，一邊打開機車坐墊，從裡頭拿出一副咖啡色的皮手套戴上。

「所以已經快三十年了？」高傅丞確認道。

「差不多。」

「那她兒子呢？在外地工作嗎？」

李景發正要戴上安全帽，一聽見高傅丞提起陳冰的兒子，忽然嘆了口氣。

「死了。」

「怎麼會？她兒子應該也才三十出頭啊！」高傅丞猛地一愣。

「不是病死的。」

「意外死的？車禍？——」

「跟吳維青一樣，是被人殺死的。」

「殺死？」高傅丞差點被自己的口水嗆到。

「嗯，應該是十五年前的事了吧。」李景發坐到機車上，把鑰匙插進鎖孔。「那時候陳冰的兒子才剛上大學，一天放學回到基隆，在車站被人捅了一刀，還來不及送醫院就氣絕身亡。這些年啊，陳冰都是靠安眠藥才撐過來的！」

「為什麼？凶手殺人的動機是什麼？」高傅丞問道。

「為了錢吧。」

「什麼意思？凶手難道沒有自白嗎？」

「自白？想得美——」

李景發戴上安全帽，聲音突然變得有些模糊不清。

「凶手現在都還沒有抓到咧。」

3

掛在牆上的液晶電視，無聲地播著晚間新聞。畫面上是這兩天紅遍全臺的一張臉，綽號「大淫蟲」的戴嬴崇。

年初桃園發生一起擄人勒索案，綁匪總共三人，贖金到手後撕票逃逸，其中兩人在上個月落網，主嫌戴嬴崇則一直下落不明。然而就在昨天，戴嬴崇在臺中招妓和人起了糾紛，被人朝頭部開了一槍，當場翹了辮子。

「這也太丟臉了。」小倩瞥了電視畫面一眼，嘖了一聲。

「喔，對呀。居然在叫小姐的時候被人殺死，真是名副其實的大淫蟲。」

「我是說我們警方啦。犯人在那麼多警力圍捕下大刺刺地招妓，肯定被酸死。」

「沒差啦，」高傅丞笑道。「反正也不是第一天被批評了。」

這裡是孝三路上的一家咖啡廳，時間是晚上七點半。稍早吳維青的太太李慈鳳前來殯儀館認屍，高傅丞和小倩事後開車送她回去，途中在此稍作停留，打算向她釐清一些事情。李慈鳳一路上流了不少眼淚，這會兒正在洗手間整理儀容。

等待李慈鳳的期間，高傅丞又想起了下午李景發告訴他的那樁十五年前的命案。事實上，稍早他託了一個學弟幫忙查閱當年的資料，得知陳冰的兒子名叫洪志偉，一九九九年九月十八日晚上十一點左右，放學從臺北回到基隆，在車站附近的巷弄內遭人殺害。報案人是在車站前排班的計程車司機，當時剛載完客人回來，想要小解，誰曉得一走進巷子，就看見洪志偉倒在一旁，胸口一灘血跡，已經沒有了生命跡象。

警方當年勘查遺體，發現死者身上值錢的物品全都不翼而飛，初步判定該案為強盜殺人。附近一名超商店員向警方表示，當晚十一點多曾看見一名身材中等、年約二十出頭的男性，戴著帽子，慌慌張張從該條巷弄出來，往市區的方向走去。警方本想從監視器畫面鎖定嫌犯，不料因為當時天色已暗，再加上監視器死角甚多，無法確切掌握嫌犯的外貌和去向。此外，嫌犯取走死者的財物後，將皮夾留在原地，鑑識科的同仁雖然在上頭發現幾枚死者以外的指紋，但因為找不到相符的前科犯，也無法由此追查下去。整個案子，就這樣從一開始就陷入膠著，過去十五年間也都未有進展。這次要不是高傅丞擅自打聽，洪志偉殞落的生命恐怕會永遠塵封在警方的檔案夾裡。

「不好意思，讓你們等那麼久——」

高傅丞回過神，只見李慈鳳已經從洗手間出來了。頭頂上新聞的報導，則是從戴贏崇遭人槍擊變成了某個明星的緋聞。

「不會不會，妳先坐吧。」小倩微微起身，指了指對面的位子。

稍早高傅丞替三人各點了一杯可可，李慈鳳就座後捧起杯子啜了一口。比起剛來時，現在她的氣色雖然好了一些，但眼睛還是有些紅腫。

「你們想要知道我先生昨天晚上的行蹤？」李慈鳳放下杯子問道。

「嗯，從昨天晚上到今天白天的狀況，我們都想要了解一下。」
小倩拿出她問案時慣用的筆記本，李慈鳳卻在這時嘆了口氣，搖了搖頭。
「我不知道。他昨天晚上沒有回來。」
「那他有聯絡妳嗎？」高傅丞本來要拿起杯子，又放了下來。
「沒有。我打電話過去他也沒接。」
「這種情況之前有過嗎？」小倩問道。
「嗯。」李慈鳳點點頭，神情顯得有些茫然。「大概半年前吧，有一兩個禮拜我先生常常一夜不歸，回家問他去哪了也不肯說。後來有一次，凌晨接到派出所打來的電話，說他醉倒在路邊，身上的衣物都給流浪漢扒走了，要我去把人帶回去。」
「就只有那一兩個禮拜不常回家？」高傅丞問。
「嗯，後來就恢復正常了。」
「妳有想過妳先生當時沒回家都去哪了嗎？」小倩問道。
「我不知道。他好幾次回來都一身酒味，應該就是在外頭閒晃買醉吧。」
「了解。那妳先生有什麼比較親近的友人嗎？」高傅丞問道。
「一兩個大學同學，但其實也不是很常聯絡。」
「公司呢？有跟哪些同事比較熟嗎？」
「就我所知是沒有。我先生在公司都獨來獨往，沒聽他特別提過哪個同事。」
高傅丞暗暗吃了一驚，他沒想到這世上居然有人比他還要孤僻。
「妳跟妳先生認識多久了？」小倩喝了口手邊的可可。

「七年。」

根據警方手邊的資料，吳維青一九七九年生，上個月剛滿三十五。所以兩人是在吳維青大概二十八歲時相識的。

「當初怎麼認識的？」小倩問道。

「我一個好朋友的老公，剛好是他的上司。」

「他在現在的公司工作多久了？」

「今年正好滿十年。」

「這麼說這是他第一份工作囉？」

「嗯，我先生研究所畢業，退伍後就到現在這間公司服務了。」李慈鳳說。

高傅丞看了看時間，進來咖啡廳已經過了半個鐘頭。他們還有一些問題要跟李慈鳳釐清。其中最重要，也是最難啟齒的，就是詢問被害人家屬的不在場證明。這難度不亞於小時候要他在全班面前跟心儀的女孩告白。

然而，就在高傅丞模擬著要如何開口詢問的時候，李慈鳳突然打了幾個噴嚏，一面想起了什麼似的，從身旁的包包拿出一個塑膠夾鏈袋，再從裡頭倒出幾顆藥丸，配著開水吞了下去。高傅丞看時，只見那夾鏈袋上頭，印著「某某某耳鼻喉科」幾個大字。現在是八月份，平均氣溫三十度，有人會感冒固然不可思議，但更加令他無法理解的是，夾鏈袋上的患者名字竟然不是「李慈鳳」，而是「吳維青」。

「你們夫妻倆一起感冒？」高傅丞問道。

「嗯，我先生傳染給我的。」

「還是去看一下醫生比較好吧，搞不好這些藥不適合妳。」小倩說。

「會嗎？感冒醫生開的藥不都一樣？」

「還是有差的啦。」

高傅丞心想不能放任小倩繼續跟李慈鳳科普醫藥知識，趕緊使出名偵探咳嗽的小伎倆，拉回現場的注意力。

「對了，想請問一下今天上午，妳人在哪裡？」

「我去臺北找律師。」李慈鳳應該是察覺到這個問題的用意，表情有些不悅。

「律師？」小倩愣了一下。

「我跟我先生下個月要離婚，我去那邊諮詢一些相關的手續。」

「離婚是因為陳冰的關係？」高傅丞問。

「嗯。他現在把全部的生活重心，都放到了陳冰那裡。」

「我記得他就一個禮拜去一次而已？」

「一個禮拜去幾次不是重點，讓我在意的是他的態度。」李慈鳳嘆了口氣苦笑道。「那種像著了魔似的，不管刮風下雨，週末一到，就往陳冰那裡跑，每次都天黑了才回來。我唸他他就發脾氣，說什麼這是責任，是承諾。」

「妳先生一直以來都對陳冰那麼好嗎？」小倩問道。

「也不能這麼說。」

李慈鳳捧起桌上的可可啜了一口。

「他本來是在別的地方當社工，後來他照顧的那個老先生過世了，就換到了陳冰那去。

一開始也都正常，但有一次不知道發生了什麼事，從陳冰那回來後，就變成我稍早跟你們說的那樣，常常一夜不歸。後來好不容易恢復正常，整副心思都跑到了陳冰那裡。陳冰要什麼，他都會想辦法滿足，天底下哪有社工做到這種程度的？」

「陳冰有要妳先生幫過什麼特殊的忙嗎？」高傅丞問道。

「也不是什麼大不了的事，但我就是看不慣他對陳冰這樣言聽計從。」李慈鳳指尖在桌上敲呀敲的，整個人感覺都浮躁了起來。「我先生他腰有毛病，平常要做大一點的動作都沒辦法了，之前居然因為陳冰嫌書房空間小，就自告奮勇幫她把裡頭的雜物都搬出來，後來在床上躺了整整兩天。這就算了，陳冰那時候還跟我先生要了一個魚缸，說擺在書房裡風水才好，然後我先生也就真的乖乖去弄了一個給她。雖然這不是什麼大錢，但誰曉得陳冰將來會不會獅子大開口，要臺冰箱電視還是一棟新房子的？我現在沒在上班，我們夫妻倆也不是什麼有錢人，哪能對一個陌生人這樣慷慨？」

「所以妳就打算離婚？」

「我真的沒有辦法再忍受下去了。他又什麼事都不跟我說。」

「妳覺得妳先生有其他事情瞞著妳？」

「不是『我覺得』，那是鐵一般的『事實』。」

李慈鳳嘆了口氣，表示自己是希望有小孩的人，但當初跟吳維青結婚的時候，他很明白地表示自己比較喜歡兩人的世界。

「是因為經濟的考量嗎？」同為女人的小倩問道。

「嗯。他一開始說因為生小孩負擔重，我心想也對，反正就先結婚，等之後經濟比較寬裕了，他會改變想法也說不定。誰知道前幾年我問他小孩的事，他不知怎地忽然就哭了起來，向我下跪，說他沒有當父親的資格，要我原諒他。」

「當父親的資格指的是？」

「他說他年輕時做了一件錯事，他到現在都還沒辦法原諒自己。」

「妳剛說前幾年，所以這是在去陳冰那裡之前就發生的事？」高傅丞問道。

「嗯。我那時候問他原因，他要我給他一些時間，說他準備好了就會向我坦白。結果呢？到現在什麼都沒有告訴我……」

李慈鳳這番話，就連社交達人小倩都不知道要怎麼接下去。高傅丞雖然常常搞不懂女人的心思，但此刻的他卻十分能夠體會李慈鳳難為的地方。如果是知道事情的全貌，那還好決定下一步怎麼走，問題是吳維青像隻縮頭烏龜一樣，什麼都不肯說。要換作是高傅丞自己，恐怕不用七年，結婚第一年他就想離婚了。

不過話說回來，吳維青講那些話還真是奇怪。「年輕時」做了一件錯事？他又不是七、八十歲的老頭，為什麼要一副在回顧人生的模樣？難不成是國小偷掀過女同學的裙子？還是說高中搶了拜把兄弟的相好？又或者是大學那段瘋狂歲月，害可愛的學妹墮過胎？最後一個高傅丞覺得比較有可能，很多電視劇都這樣演，一朝夾娃娃，十年不為人父母。但現在說這些都沒有意義，眼前最重要的，就是找出殺害吳維青的凶手。

想到這，高傅丞腦中又浮現了下午看到的那具屍體。

「對了。妳先生的襯衫，都是妳在燙的嗎？」他問李慈鳳。

「嗯。」李慈鳳點點頭，表情感覺有些困惑。

「燙的時候，會注意到扣子掉了嗎？」

「會，我先生很在意這個，扣子掉了一定要補上去，不然他不穿的。」

「所以昨天穿出去的那件，理論上扣子應該是在的？」

「嗯，不在的話他會換一件出門。」

高傅丞聽李慈鳳這麼說，像吃了顆定心丸似的，更加肯定自己下午的假設：那顆消失的扣子，極有可能是在跟凶手拉扯時脫落的。

4

命案相關的鑑定報告，在案發後兩天陸續出爐。

吳維青的死亡時間，目前推估在案發當天上午十點，到下午一點之間。死者體內無藥物殘留，致命傷確定為心臟上的那一刀。至於殺害吳維青的凶器，經確認後陳冰家中的水果刀，上頭沾有數十枚陳冰的指紋。

此外，案發當天高傅丞趕到陳冰住處時，一旁空地上除了警方的車輛，還停了一輛灰色的轎車。該車經確認後，車主是這次命案的死者吳維青。採證人員在轎車周圍的地上，找到二十多個菸蒂，上頭均沾有吳維青的DNA。

「他在那邊抽了這麼多菸？」高傅丞的上司盧國斌感到不可思議。

「是的。總共有二十三個，散落在車子四周。」

會議上，大家聽到鑑識人員的說明都相當驚訝，沒人知道吳維青當時待在那邊的目的究竟為何。倒是指紋的線索，與會人士議論紛紛。以盧國斌為首的派別認為，凶器上既然只有陳冰的指紋，就表示凶手行凶時戴著手套，應該是預謀犯案。另外一些同事則是持相反意見，認為凶手如果是預謀犯案，應該早有準備，不會使用陳冰家的水果刀才是。高傅丞夾在兩方之間，雖然知道大家都期待聽到他這位名偵探的看法，但最終還是沒有表態。他想等其他疑點釐清之後，再一併說出自己的觀點。

這次命案，高傅丞心中的頭號嫌疑犯本來是李慈鳳，但這幾天的調查下來，卻發現好像不是這麼回事。首先，李慈鳳和吳維青交友關係都算單純，兩人在外頭既沒有小王也沒有小三，不太可能是「情殺」；再來，吳維青名下沒有多少財產，生前僅保了儲蓄險跟醫療險，唯一一間房子又已經登記在李慈鳳名下，說是「財殺」也不太可能。最重要的是，警方查證了李慈鳳案發期間的不在場證明，果真如她本人所言，是到臺北某間律師事務所諮詢離婚手續，在那邊從十點半待到十一點半，而後又在附近逛街吃下午茶，下午三點搭乘客運返回基隆，各個地點都有明確的監視器畫面可以作證。高傅丞縱使嘴硬，也不得不承認李慈鳳的不在場證明，就像銅牆鐵壁一樣無懈可擊。

「這不會是我名偵探生涯的第一件懸案吧！」

案發第五天，開完一個內部會議，高傅丞唉聲嘆氣地回到辦公桌。彼時小倩正坐在一旁，翻著命案現場的相關報告。

「你不要那麼悲觀，我們還有其他條線索可以查啊。」

「比如？」

「像是你一直念念不忘的那顆扣子啊。」

「那條線索我暫時是放棄了。」高傅丞說著坐了下來。就算那顆扣子真如他先前所言，是吳維青跟凶手拉扯時掉落的，對案情好像也沒有幫助。

高傅丞看了看時間，下午三點半。他正想叫份下午茶來重振精神時——

「這邊的血跡好像怪怪的耶。」小倩看著手中的報告說。

「怎麼了嗎？」高傅丞關掉叫外送的應用程式，把椅子滑到小倩旁邊。

「你看，死者胸口下方跟側腹部有一些血跡。」

高傅丞接過小倩手中的報告，只見上頭是兩張死者上半身的特寫。的確如小倩所言，死者胸口因為遭利刃刺入，染成紅紅的一片，而在那片血跡下方幾公分處，還有旁邊側腹部的一小塊區域，有淡淡的、像東西滑過的血跡。

「應該就是凶手行凶後沾手沾到血，不小心碰到的吧。」高傅丞說。

「如果是這樣的話，血跡感覺會更大片一點。」

「嗯嗯。但跟那個相比，菸蒂的疑點比較重要啦。」高傅丞把報告翻到菸蒂的照片。「吳維青從星期天晚上八點離開陳冰家，到隔天中午在書房裡被人殺害的這段時間，都在幹些什麼？看起來他好像都待在陳冰家外面那個空地上，他車子停在那，地上也有他抽過的菸蒂。他在那邊守了一整個晚上嗎？如果是的話，目的是什麼？」

「會是在監視誰嗎？比如他知道有人會到陳冰家裡偷東西——」

「偷東西？」

「是啊，這樣就可以解釋到底是不是預謀犯案的矛盾。」小倩拿起桌上的原子筆，一邊說一邊轉了起來。「凶器上只有陳冰的指紋，表示凶手有戴手套，是預謀犯案，這個假設我覺得沒有問題。但關鍵是預謀犯的案不一定是殺人，也可能是其他犯罪，比如行竊。如果吳維青事先知道有人那幾天要到陳冰家偷東西，但又不清楚確切的時間，就只好在附近守著，等到那個人真的進到陳冰家裡，再進去跟對方對質。然後兩個人在陳冰家裡起了爭執，那個小偷於是跑到廚房去拿水果刀——」

「可是案發現場是在書房耶。小偷出去拿刀，吳維青還待在書房不合理。」

「或許是吳維青沒料到對方會想要殺人滅口？」

「那也應該跟著出去吧，對方是小偷耶。」

「也許書房裡有什麼更重要的事，所以他留在那裡啊。」

「就算這樣，那小偷到底偷了什麼？陳冰家沒什麼值錢的東西，而且陳冰後來也向警方表示，家中沒有物品遺失。」

「搞不好書房裡什麼前任屋主設計的暗櫃，連陳冰也不曉得。」

「最好是啦。妳電視劇看太多了！」

小倩今天靈感噴發，連高傅丞也自嘆弗如。其實他有想過，會不會是吳維青和兇手想要在陳冰的見證下談一些事情，所以約在陳冰家中。但如果真是這樣，陳冰應該就會知道那個人是誰，吳維青也沒有理由在外面守了一個晚上。

除此之外，他還想到了另一件事。

陳冰那天說她買完東西回到家，好像聽見外面有人開車還是騎車下山的聲音。那個地方那麼荒涼，整條路上又只住了陳冰一個人，高傅丞認為那有可能是兇手逃離現場的聲音。若是這樣，兇手感覺是等陳冰進到屋裡才驅車離開的。為什麼呢？難道陳冰可以藉由聲音，認出那臺車的主人是誰？盲人的聽覺真的有那麼厲害嗎？

高傅丞正想著這些問題，忽然覺得大腿有些癢癢的，愣了一下才發現是口袋裡的手機在響。他習慣事情井然有序，因此各個類別的朋友都有專屬的鈴聲，像小倩的來電鈴聲就是張國榮的《倩女幽魂》，剛認識的女生是孫燕姿的《遇見》，吃過一次飯就避不見面的女生則是臺灣天團5566的《我難過》。而現在這通電話，鈴聲是本土天王陳雷的經典名曲《歡喜就好》，高傅丞一聽就知道是先前幫忙調查洪志偉命案的那個學弟打來的，因為那個學弟老是嘻嘻哈哈，彷彿從來就沒有過煩惱似的。

「學長，在幹麼？」高傅丞接起電話，學弟的聲音一如往常的明亮開朗。

「剛開完會在休息。你呢？在約會喔？」

「我哪有學長那麼受歡迎？是之前你要我調查的那件事。」

「喔？有什麼進展嗎？」

高傅丞覺得右邊耳朵有點癢，於是把手機換到左邊來聽。老實說，他本來以為學弟打來，是要告訴他洪志偉的案子沒戲唱了。誰曉得這個念頭才剛過去，緊接而來的卻是一個晴天霹靂、震爍古今的大消息，害他差點把午飯都吐了出來。

「好，我知道了。謝啦，改天再請你吃飯……」

「怎樣？要去聯誼喔？」高傅丞掛上電話，小倩問道。

「比聯誼還要振奮人心的事。」

「喔？」

「嗯，我那個學弟說——」

高傅丞喘了口氣。此刻他的心臟好像裝上加速器一樣地狂跳著。

「當年殺害洪志偉的凶手找到了！」

5

人生就是這樣。有些事明知道說出來會破壞氣氛，卻還是無法昧著良心瞞著當事人。就像以前看到同學拉鍊沒拉、臉上有飯粒、鼻毛露出來，縱使一開始有些猶豫，最後還是都會坦承相告。

今天，高傅丞又碰到了類似的狀況。

找到當年殺害洪志偉的凶手，照理說是個令人欣慰的消息。但凶手的身分實在有些不妙。告訴陳冰，怕她受到再一次的打擊；隱瞞也不是辦法，因為陳冰是受害人的母親，絕對有知的權利。為此，高傅丞和小倩商量了一整個下午，吃了兩盒甜甜圈，最後還是決定傍晚到陳冰家中一趟，將實情告訴對方。

中午學弟在電話裡說，當年那件命案，洪志偉的皮夾內側殘留著幾枚非洪志偉本人的指紋，他昨天晚上比對了一下，發現那幾枚指紋的主人，竟然就是這次命案的受害人吳維青。聽到這個消息，高傅丞除了感到震驚之外，總算也稍稍明白吳維青這個謎樣的人物了。這些年來，他恐怕就是因為禁不住內心的煎熬，又沒有勇氣自首，才會選擇做志工來償還自己過去的罪孽，最後甚至像命運安排好似的，來到了當年那個受害人的母親家中幫忙。現在的問題是，有人知道這段過去嗎？這跟吳維青這次遇害是否有關？如果有的話，又是怎樣的關聯？高傅丞越想思緒越是混亂，就好像被人丟到茫茫大海，手上又沒有指南針一樣。這是他從警多年以來，第一次覺得真相離自己那麼遙遠。

「阿姨，是阮[6]，高富帥跟小倩——」

晚上八點，兩人開車來到陳冰的住處。高傅丞將車停在上次那個空地，下車後和小倩上前敲了敲門。由於沒有事先通知，他本來有點擔心陳冰會不會就寢了，但就在這時門後傳來一陣腳步聲，接著大門打了開來。

「這麼晚矣，甚麼逮事？」陳冰替兩人打開客廳的電燈。

「剛好經過這附近，想說過來看看。」小倩說。

「好啊，汝們入來坐一下，我在泡茶。」

在昏暗的光線中，陳冰緩步穿越客廳，沿著牆邊的櫥櫃往廚房走去。高傅丞和小倩跟過去一看，只見流理臺旁邊的地上擺著幾個兩千CC的空寶特瓶，陳冰扶著流理臺站穩腳步後，彎下腰去拿起其中一個，然後再從旁邊的茶葉罐，抓出一把茶葉放了進去。高傅丞想起案發那天，陳冰說過她因為眼睛不方便，不喝熱茶，而是習慣一次泡一大瓶冷泡茶放在冰箱，想喝的時候拿出來解渴。此刻，她的動作就像演練了無數次一樣，放完茶葉後，從前方的掛鉤上拿了一個塑膠做的大漏斗，插進寶特瓶裡。然後拿起手邊的一壺開水，把寶特瓶加滿後蓋了起來，放進牆角的冰箱裡頭。

「汝要拿什麼？」陳冰忽然往旁邊的櫃子走去，小倩見狀連忙問道。

「那邊有一罐藥仔，有看到否？」

高傅丞過去一看，是一罐安眠藥。他這才想起李景發那天說過，自從洪志偉遇害以

6　阮：我們（不包含聽話方）。

來，陳冰都是靠著藥物才得以入眠。

「汝這樣一直吃藥仔敢好？」小倩接過藥罐，遞給陳冰。

「無法度啊，無吃就睡不著。」陳冰說著拿出一顆藥丸，配著開水吞了下去。

三人離開廚房，回到燈光有些昏暗的客廳。沙發只有兩個位子，小倩扶著陳冰過去坐下，高傅丞則是到餐桌拉了張椅子，坐在兩人面前。

陳冰雖然眼睛不方便，但對於生活卻絲毫不見馬虎。不僅自身的衣著、儀容打理得乾乾淨淨的，周遭環境也都維持得整整齊齊、井然有序。不算大的客廳裡，沙發靠在牆角，旁邊一張褐色的茶几，一塵不染的桌面上擺著一只菸灰缸，和案發當天掉落在書房地上的那幅相框。高傅丞看著看著，不知道是自己的錯覺，還是陳冰這幾天把相框重新擦拭過了，她和洪志偉在相片裡的笑容，感覺比上次看到時更加的明亮。

「對矣，殺死吳先生的人敢抓到矣？」陳冰問道。

「猶未，我們現在在調查當中。」

小倩話才說完，陳冰那隻導盲犬忽然跑來，一股勁地要鑽到沙發底下。

「他想要玩啦。」陳冰感覺到導盲犬的動作，笑了笑說。

「玩？」

「下面應該有膠帶，汝幫我拿一下。」

高傅丞低頭一看，沙發底下果然有一捆土黃色的膠帶。他將膠帶拿了出來，交給陳冰，只見陳冰接著隨手一拋，導盲犬立刻像看到獵物一般飛奔出去，把膠帶叼回來交到陳冰手上，然後坐在一旁猛搖著尾巴。

「我們這隻最愛玩這個啦。」陳冰捧著手中的膠帶笑道。
高傅丞出於好奇又彎下腰來，這才發現各處家具底下都有一些這種膠帶。
「這些膠帶是哪裡來的？」
「吳先生剛來時，看我這屋頂漏水，買幾捆仔來幫我補縫。」陳冰微微一笑，摸了摸身旁的導盲犬。「誰知道，我們這隻對這東西很有興趣，我也感覺足趣味的，吳先生就去買整箱過來。我在家裡有時間就陪他玩，每個禮拜吳先生來，才又幫我把滾到家具下面的膠帶找出來，放入去原本的紙箱仔。汝們有看到否，在便所旁邊？」
高傅丞看時，那裡擺著一個大概三十公分高的白色紙箱。
「要高警官把膠帶都拿出來否？」小倩問道。
「免麻煩矣啦——」
陳冰忽然捂起嘴巴咳了幾聲。小倩連忙替她拍了拍背。
「阿姨汝莫再抽菸矣啦，對身體無好。」
「我無抽菸啊。」
「桌上的菸灰缸不是汝的？」小倩看向手邊的茶几。
「那個是吳先生帶來的。他每個禮拜都會在這抽一支仔菸。我也跟他苦勸過把菸戒掉，但是他就是無要聽，實在是喔！」
高傅丞和小倩互看了一眼，心想這下可棘手了。陳冰顯然已經有點把吳維青當作自己的兒子在看待了，如果待會兒知道吳維青就是當年那個殺害洪志偉的凶手，要她如何是好？這種話高傅丞說不出口，所以來之前他們已經商量好了，這麼重要的事就由小倩來說，畢竟小倩是個八面玲瓏的社交達人，就連警政署的長官好像也對她讚譽有加。現在就看小倩要怎麼把話題慢慢帶到那個方向去。高傅丞雖然很想幫忙，但又怕弄巧成拙，所以最後還是決定恬恬的，把這個重責大任全權交給小倩。

「汝家裡敢有需要甚麼東西，要阮帶過來？」小倩看了看屋子四周。

「免麻煩矣啦，要啥我去山腳買就好矣。」

「要一個新的魚缸仔否？」高傅丞問道。

「魚缸仔？」

「對啊，汝不是叫吳先生買一個魚缸仔放在冊房，說這樣風水較好？」

「無啦，那是吳先生自己買來的，說要給我飼魚仔玩。」

高傅丞聽了心想，看來是李慈鳳把吳維青自己對陳冰的好，全都算到陳冰頭上。

「阿汝們下禮拜四敢有閒[7]？」陳冰忽然問道。

「敢有甚麼逮事？」小倩說。

「是這樣的啦，下禮拜八月十四，是阮後生[8]三十四歲的生日，我想要問看看汝們兩個敢有時間，可以帶我去南榮公墓一趟？」

陳冰說著把手伸向茶几，高傅丞知道她要拿相框，幫忙遞了過去。

「這是阮後生，不過他現在已經無在矣。」陳冰把相框轉向他們，臉上微微的笑著，眼框裡卻轉著淚水。「他細漢時[9]老父就跟人走矣，我目珠又無方便，無法度好好仔照顧他，

7 有閒：有空。
8 後生：兒子。
9 細漢時：小時候。

但是他又乖又懂事，吃飯讀冊都不用我煩惱。以前我猶在做藥劑師的時候，他就說以後要讀醫學院，想辦法來治我的目珠。我也無指望那麼多，我只希望他可以一世人平平安安、快快樂樂就好矣。誰知道，後來他才考到醫學院，遂來給人殺死。是焉怎會這樣我也不知道。我的心肝寶貝，怎麼就這樣走矣？」

陳冰雖然強忍著淚水，可是說到最後眼淚還是掉了下來。

「本來是吳先生說要帶我去的，但是他現在——」

「免煩惱啦，阮下禮拜無逮事，可以跟汝一起去無要緊。」小倩說。

「多謝，麻煩汝們真的很歹勢。」

「所以說吳先生也知道汝後生……」高傅丞問道。

「嗯，他剛來時我就跟他講過矣。他人很好，知道阮後生的逮事了後，每禮拜都來幫我的忙。我實在不知道要怎麼感謝他……」

高傅丞看了身旁的小倩一眼，心想接下來是要怎麼告訴陳冰那件事。

「現在是幾點矣？」陳冰微微抬起頭來。

「快九點矣。」小倩說。

「適才吃藥仔，現在有點想睡矣。」

陳冰眼睛一瞇一瞇的。小倩一旁看了，突然咳了聲嗽，正襟危坐起來。

「其實阮今仔日來，有另外一件逮事要跟汝講。」

「喔？」

「當年殺死汝兒子的那個人，警方已經找到矣。」

「哪裡找到的？」陳冰整個人都醒了似的，抓著小倩的手，急切地問道。

高傳丞不敢想像，待會陳冰知道那個凶手就是吳維青會有何反應，正打算閉上眼睛裝死，突然間摸到口袋裡的手機，腦中閃過一個兩全其美，不會傷害到陳冰的方法。

「那個人就是——」

「那個人叫做戴贏崇，前幾日給人殺死矣。」

小倩看向高傳丞，一副你在胡說什麼的表情。

「他不單害死汝後生，今年年初又殺死另外一個人。上禮拜在臺中花錢找查某[10]，跟人吵架，給人一槍打死矣。」

陳冰聽他這麼說，沒有什麼激烈的反應，沉默了半晌才喃喃地說道：

「已經死矣？」

「對啊，一槍打在頭殼上，病院也未赴[11]送就死矣。」

「跟志偉當年同款啊——」陳冰一邊說著，一邊把她和兒子的合照緊緊地揿在胸口。高傳丞這才想了起來，當年洪志偉也是傷勢太重，來不及送醫院就身亡了。

「嘿啊，壞人做壞逮事，早晚都會有報應的。」小倩輕聲說道。

「殺人真的會有報應？」

「當然囉，咱做甚麼逮事，天公伯在天上都有看到。」

「這樣最好。」

陳冰看起來十分疲憊，小倩於是扶著她站起身來。

10 查某：女人。
11 未赴：來不及。

「汝也累矣，我先送汝去睡，咱下禮拜再去山上看志偉，汝說這樣好否？」

陳冰點了點頭，眼裡泛著些許的淚光。

「嗯，多謝汝們矣。」

6

「你剛嚇到我了。」

「是嗎？我自己也嚇了一跳說。」

半晌離開陳冰住處，小倩開口第一句話就是問高傅丞剛剛是什麼狀況。高傅丞於是解釋他當時把手伸進口袋，摸到硬硬的手機，腦中立刻浮現出那天新聞畫面上，戴贏崇那張人如其名的淫蟲臉。

「接著我靈機一動，想說來個偷天換日……」

兩人坐上車子，高傅丞一邊發動引擎一邊表示，這樣既可以讓陳冰得知當年的凶手已經遭到報應而有所釋然，又能瞞住會讓她崩潰的真相，豈不是一箭雙鵰、一舉兩得、一石二鳥？小倩聽了頻頻點頭，一反常態地對他讚譽有加，接著又說他會想出這麼兩全其美的方法，比太陽打西邊出來還要稀奇。

由於今天話講太多，嘴巴渴了，兩人下山後便到李景發開的那家雜貨店打聲招呼，順便買個飲料。老闆李景發知道他們特地來探望陳冰，很豪氣地多給了兩罐飲料，隨後送他們出來時，一面問起警方查案的進度，一面又說起吳維青對陳冰如何如何的好，把陳冰當成自己的母親來孝敬一般。由於偵查不公開，再加上這次的案件也真的沒什麼進度可言，高傅丞就隨便敷衍了幾句，說警方現在還在調查當中。至於李景發對吳維青的那些稱讚，高傅丞聽了就很想把真相講出來，心想李景發要是知道他心中那個有為青年就是當年殺害洪志偉的凶手，會作何感想。

「我看我明天也上去一趟好了，垃圾積了一個禮拜也該清了。」夏天晚上又悶又熱，李景發拿著把扇子一面搧著，一面說道。

「你每個禮拜都會幫忙陳冰整理垃圾？」高傅丞好奇道。

「很少，之前都是吳先生幫忙帶下來的。」

「陳冰跟你說的？」

李景發搖搖頭，打了個哈欠。

「是吳先生告訴我的。有一次晚上他從陳冰那裡下來，車子停在門口跟我買酒，我拿去給他時看見後座擺了兩大袋垃圾，發著惡臭。他就說那是陳冰家整理出來的，他每個禮拜去都會幫忙打掃，垃圾就順便帶下山來。」

「吳先生回去都會順便來你這買東西嗎？」高傅丞問道。

「一個月一兩次吧。」

「那上禮拜天呢？」

「沒有誒，而且那天吳先生好像還忘了幫陳冰把垃圾帶走。」

「你怎麼知道？」

「因為隔天禮拜一陳冰下來買東西的時候，拿了一大袋垃圾要我幫忙丟，她說那是前一天吳先生走得匆忙，忘記帶走的。」

「走得匆忙？」

「大概是被老婆罵吧。」

李景發說著聳了聳肩。高傅丞心想這也不是沒有可能，畢竟李慈鳳就是因為吳維青把心思都花在陳冰這裡，才想要跟吳維青離婚的。

半晌回到車上，高傅丞一邊喝著剛買來的飲料，一邊把這次吳維青命案的檔案拿出來又看了一次。第一頁一如往常是驗屍報告，上頭寫說吳維青死亡時間推估在案發當天上午十點，到下午一點之間，致命傷為心臟上那一刀，體內並無藥物殘留。下一頁則是吳維青案發前一晚，丟在停在陳冰住處外空地上，那輛轎車旁那二十多個菸蒂的照片。這些資料高傅丞已經看過不下二十次了，還是甚麼靈感都沒有。而他現在之所以要繼續看下去，很遺憾的，是因為這些是警方目前唯一掌握的資訊。

「你說那天陳冰聽到的，會不會就是李景發騎車離開的聲音啊？」

高傅丞正要闔上手中的檔案，小倩忽然這麼說道。

「可是這樣來得及嗎？」

「什麼來得及？」

「陳冰進到屋裡，發現屍體後立刻打給李景發對吧？如果當時是李景發騎著機車離開，趕得回去接到那通電話嗎？」

「騎快一點就好啦，而且又是下坡。」

今天稍早的時候，高傅丞跟小倩提到他對於陳冰聽到的那個聲音的看法。如果陳冰真的可以藉由車子聲音辨認出車主，想必對那個聲音十分熟悉，從這個方向想，當時刻意等陳冰進屋後才離開現場的人，或許真的就是李景發了。

「所以妳覺得殺害吳維青的凶手是李景發？」高傅丞問道。

「嗯。因為同情陳冰，所以想替她報仇。」

「他跟陳冰的交情有到那個程度？幫忙殺人耶。再說他怎麼知道吳維青就當年那個凶手？難道是吳維青自己告訴他的？」

「酒後吐真言也不是不可能，剛李景發不是說吳維青跟他買過酒？」

「在李景發那買酒，跟在他面前喝到掛掉是兩回事吧。」

「不能排除這個可能啊。」

「那案發地點為什麼會在陳冰家裡？難不成他們兩個約在那裡談判？」

高傅丞挖挖鼻孔，一邊回頭看了手中的檔案一眼。就在這時，他發現第二頁那張照片裡，二十多個白色菸蒂之中，有一個顏色稍稍不同。

「怎麼了嗎？」小倩問道。

「只有這個是淡黃色的。」高傅丞指著照片中的菸蒂說。

「所以？」

「給我一下李慈鳳的手機號碼。」

「你現在要打給她？」

「嗯。」高傅丞點點頭。他想到了一個假設，連自己都覺得不可思議。

「那麼晚了，明天再打吧？」

「不行，這些事很重要，我一定要現在跟她確認。」

小倩說不過他，找了李慈鳳的手機號碼出來。高傅丞打過去，寒暄幾句後開門見山地問說，吳維青平時抽的香菸是什麼顏色的。

「我記得是白色的，常看他在陽臺抽。」李慈鳳在電話另一頭說道。

「有抽過淡黃色的菸嗎？」

「四月份我一個朋友從日本帶了條菸回來給他，好像就是淡黃色的。」

高傅丞接著提到吳維青之前感冒的事。他問李慈鳳，吳維青上禮拜天去陳冰那裡幫忙前，有沒有確實服藥。李慈鳳說她不記得，但是她確定吳維青那天早上有吃藥，因為當時吳維青不小心把藥弄到地上，還是她幫忙撿起來的。

「對了，妳那天是不是說妳先生的腰有毛病？」高傅丞問道。

「嗯，他去年騎車摔過，傷到了腰椎。」

「很嚴重嗎？」

「最近有比較好了，但是起床還是要我扶他。」

「有吃藥嗎？」

「沒有，就定期去做復健而已。」

「了解。」

該確認的都確認完了。高傅丞本來對自己剛想到的假設只有五成的把握，現在聽完李慈鳳告訴他這些事，把握向上提升到了七成。

「你問她那些事要幹什麼？」高傅丞一掛上電話，小倩立刻問道。

「確認凶手犯案的手法。」

「你知道凶手是誰了？」小倩張大眼睛。

「應該吧。」

高傅丞說著雙手抱在腦後，往椅背上輕輕一靠。

「我們都被不在場證明給騙了。」

7

八月十四日這天早上，高傅丞和小倩開車前往暖暖，準備接陳冰到市區近郊的南榮公墓祭拜洪志偉。兩人八點出發，約莫八點半抵達陳冰住處，高傅丞和之前一樣把車停在旁邊的那片空地上。

「你要在車上吹冷氣還是跟我一起進去？」小倩一邊解開安全帶，一邊問道。

「當然是一起進去啊，我今天可是有重要的任務在身。」

「喔唷，你到底在打什麼主意啦？」

「別急別急，時候到了就會告訴妳的。」高傅丞說著關掉引擎。

那天小倩聽他說大概知道了凶手是誰，有稍微追問了一下，但高傅丞什麼也沒有說。一方面是因為名偵探要有名偵探的堅持，謎底不到最後關頭絕不透露，另一方面是因為他對於那天想到的假設，也還沒有十足的把握。

這幾天在家，高傅丞一直在想著「不在場證明」，這個他身為刑警應該再清楚不過的概念。如果小陳一月一日半夜一點，在臺北的家中遭人殺害，那麼當時人在東京的小李，不管動機多麼明確，都不可能是凶手，這就叫做小李有不在場證明。又假設小陳家中當時是個完全的密室，不可能有人進出，那麼不管小李也好，小趙也好，小三也好，小王也好，大家都可以稱做擁有所謂的不在場證明。還有另一種狀況是，假設小陳是在游泳池內遇害，而小李是個旱鴨子的話，那麼小李也可以算是擁有不在場證明。換言之，「不在場證明」其實就是一種「不可能犯罪證明」。推理小說中不在場證明越牢不可破的人，往往就是兇手。那現實中呢？他一直在想著這個問題。

兩人來到陳冰住處前，高傅丞敲了敲門，朝裡頭喊了一聲。幾乎同一時間，屋內傳來了陳冰難得充滿朝氣的聲音。

「阿姨，阮到矣！」

「門無鎖，汝們自己入來！」

高傅丞和小倩走進去一看，只見陳冰正在廚房，將冰箱裡的冷泡茶分裝到小一點的寶特瓶裡。大概是因為今天要去祭拜洪志偉，陳冰感覺有特別整理過儀容，不僅盤起來的頭髮上別了髮簪，嘴唇上還塗了一層淡淡的口紅。

「汝們早上吃矣未？」陳冰將大瓶的冷泡茶放回冰箱，一邊問道。

「吃過矣。」高傅丞話才說完，陳冰的導盲犬忽然叼了一綑膠帶來到廚房，停在高傅丞的腳邊不停地搖著尾巴。高傅丞見狀笑了一笑，接過狗狗嘴裡的膠帶，往客廳一丟。狗狗旋即像上次一樣飛奔出去，不一會兒將膠帶銜了回來，閃動著水汪汪的大眼睛說他想要再來一次。高傅丞由於心地善良，不忍拒絕，於是又接過膠帶往客廳丟去。

「他這幾日應該很無聊乎？我來把膠帶都撿回來放好矣。」

「現在嗎？要出門了耶。」小倩接過狗狗叼回來的膠帶，也跟他玩了起來。

「嘿啊，回來我再撿就好矣。」

陳冰說著拿了一個袋子，將小瓶的冷泡茶放進裡頭。

「但是——」

「汝免煩惱啦，」陳冰彷彿知道他在想什麼似的，笑了笑說道。「我目珠雖然看無，膠帶會在什麼所在，也是知道的。」

「你今天怎麼這麼勤勞？回來再幫陳阿姨撿就好啦。」小倩說。

「我只是想運動熱身一下，待會要爬山嘛。」

陳冰隨身攜帶的東西不多，除了剛才分裝的幾瓶冷泡茶外，另外就是兩捆紙錢和一包線香。半晌出去的時候，高傅丞一手提著東西，一手牽著狗狗走在前面，小倩則是在後頭扶著陳冰，小心翼翼地往停在旁邊空地的車子走去。

高傅丞今天過來，如同稍早所言是有要務在身的，但卻一直找不到下手的時機。此刻眼看就要離開陳冰住處，他感到有些著急，決定使出珍藏已久的殺手鐧。一會兒到了車子旁，他先是把手上的東西放到後車廂，接著繞到車子側邊，替隨後而來的兩人打開後座。待陳冰和小倩雙雙坐上去後，再讓導盲犬上車，然後關上車門。

「啊——」高傅丞正要往駕駛座走去時，忽然摸著肚子叫了一聲。

「焉怎矣？」坐在後座的陳冰愣了一下。

「腹肚疼。」

「你真是屎尿多耶。」小倩打開車窗，一臉見怪不怪的表情。

「是消化系統良好。」

陳冰這時終於了解發生什麼事了似的，從口袋悉悉簌簌掏出一把鎖匙來。

「便所是房間旁邊那間，阮在這等汝。」

「多謝多謝，我連鞭[12]就來。」

高傅丞接過陳冰手中的鎖匙，用力夾著屁股往旁邊的屋子走去。然而一會兒進到屋裡，他並沒有往廁所奔去，而是把大門牢牢關上，然後從口袋裡拿出手機，打開手電筒，在客廳地上趴了下來。

「這裡兩個——」

牆邊的櫥櫃底下有兩捆膠帶，高傅丞看到連忙拿了出來。其實剛剛三人都在的時候，他就想要這麼做，只不過時機不對未能如願。而此刻他藉故回到屋裡，目標就是在上一次廁所的合理時間內，把膠帶全都集中起來。

這款膠帶寬五公分，一捆長度二十公尺，一箱總共有六十捆。陳冰那天說，吳維青一開始為了幫她補屋頂的漏水處，買了幾捆膠帶過來，因為狗狗覺得好玩，後來又去買了一整箱。可是這會兒他把散落在各處家具底下的膠帶都找出來，放回廁所旁的紙箱裡數了一數，卻發現只有五十四捆。換言之，有六捆膠帶不翼而飛。

這些消失的膠帶——高傅丞從剩下的膠帶中拿起一捆，放到隨身的包包裡頭。就是這次事件真相的最後一塊拼圖。

8

每個季節，都有特別不適合從事的活動。比如冬天不適合打赤膊、不適合去海邊、不

12 連鞭：馬上。

適合開冷氣，夏天不適合吃麻辣鍋、不適合戴毛線帽、不適合晒太陽——還有，高傳丞今天又想到了一項——不適合掃墓。

因為實在是太熱了。

一個鐘頭前，三人沿著南榮公墓殯儀館旁邊的小徑，依照存在陳冰手機裡的座標，往山上的墓區走去。這是高傳丞第一次在清明節以外的日子——而且還是日頭赤炎炎的八月天——來到這裡，走不到五分鐘，全身上下可以冒汗的部位都在冒汗。

洪志偉的墓碑位在接近山頂的地方。一開始因為是平坦的小徑，陳冰還可以自行牽著導盲犬行走。但一會兒路到了盡頭，要踏著墳間的空隙前行，陳冰不得不收起手杖，改由高傳丞在前頭牽著她，小倩則是帶著陳冰的導盲犬，亦步亦趨跟在後方，以防陳冰腳步踏錯，失足摔落。三個人加上一條狗，就這樣一邊吃著毒辣的太陽，一邊小心翼翼的走著，一直到將近十一點鐘才抵達洪志偉墓地的所在。從那裡向下望去，只見滿山遍野層層疊疊，插滿了一座又一座的墳塚。高傳丞看了不禁心想，如果不分陰間陽界的話，這裡應該就是全臺灣——甚至全世界——密度最高的住宅區了。

「喏，拿去。」

一會兒燒完紙錢，小倩丟了一瓶冷泡茶給他。高傳丞連忙咕嚕咕嚕灌了幾口，補充流失的水分。稍早整理墓碑周圍的環境，總共清出了五個三百毫升的飲料空罐，他也流了大概三百毫升的汗水。

坐在一旁的陳冰，這時突然摸著墓碑上洪志偉的名字，喃喃自語起來。

「志偉啊，生日快樂，阿母來看你矣。旁邊的是高警官，跟他的同事小倩。」

「你好。」高傳丞輕聲說道，小倩也微微點頭致意。

「阿母這幾年，真正是甚麼都看無矣，無法度每個月都過來陪汝講話。阿母心內也足艱苦的。」陳冰指尖停在墓碑上的照片，彷彿要把思念傳遞過去似的。「汝敢好否，志偉？阿母足想汝的。汝有在聽阿母講話否？志偉，阿母真的足想汝的。汝有想阿母否？汝在那邊過得好否？阿母有一個好消息要跟汝講，當年那個把汝殺死的凶手，現在已經死矣。那個人不知悔改，當年把汝從阿母身邊帶走，現在又殺死另外一個人。不過天公伯無像阿母這樣青昧[13]，天公伯目珠足金的[14]，咱人在做甚麼壞逮事，他都看得清清楚楚。那個凶手就是壞事做盡，遂來遭到報應，給人一槍打死。阿母知道汝在那邊足寂寞的，不過無要緊，阿母無多久就會過去陪汝矣——」

陳冰說著說著，潸然淚下。小倩連忙過去陳冰身旁，拍著她的肩膀說道：

「莫這樣講，汝一定會活到百幾歲的。」

高傅丞在旁邊看著這一切，不禁感到有些猶豫起來。事件的真相他現在已經百分之百確定了，可是說出來真的好嗎？就在他這麼想的時候，山底下忽然傳來十來輛機車呼嘯而過的聲音。高傅丞心想或許這是老天爺給他的指示。

「吳維青以後不知有人會來幫他掃墓否？」高傅丞在一旁喃喃說著。

「先找到凶手不是較實在？」陳冰苦笑道。

「這回的命案很複雜，阮有同事認為凶手是預謀犯案，因為他有戴手套，但是另外有人認為若是預謀犯案，就不應該用阿姨汝家的水果刀仔，應該自己準備凶器才對。不單是這

13 青昧：眼盲。
14 目珠足金的：眼睛雪亮。

個，凶手犯案的所在，會還在汝家也是阮怎樣都想不通的逮事。」

「你現在說這些幹麼啊？」小倩打斷他的話。

「阿姨汝敢有什麼想法否？」高傅丞沒理會小倩，逕自走到陳冰身旁。

「我哪有這厲害，汝們警察都查不出來矣。」

就在這時，又有幾臺機車從山下呼嘯而過，聲音直直往上竄來。

「汝那天敢真的有聽到車仔離開的聲音？」高傅丞問道。

陳冰沒有回答，臉上的淚水還是不斷地流著。

「那都是假的吧？」

「你在胡說什麼啊？」小倩眼睛睜得老大。

「其實阮有一件逮事也是騙汝的。」高傅丞感覺自己眼淚也快要掉下來了。「殺死汝兒子的人其實不是戴贏崇，是吳維青才對——」

「高傅丞！」小倩尖叫起來。

陳冰沒有說話，可是看得出來她臉上的表情稍稍不一樣了。

「但是其實汝已經知道矣吧？」

「我已經知道矣？」

「嘿啊。」

高傅丞閉上雙眼，深深吸了口氣後說道：

「因為吳維青就是汝殺死的。」

9

「你在胡說什麼——」

小倩把他拉到一旁，一面又回頭看了陳冰一眼。

「陳阿姨眼睛這樣，怎麼可能殺人！」

「的確，陳阿姨眼睛看不見，這就是她不可能犯罪的『不在場證明』。我們第一時間，很自然的就會把她排除在嫌疑犯的名單之外。但事實真的是這樣嗎？陳阿姨真的沒有可能是凶手嗎？答案是否定的。如果經過長時間縝密的計畫，陳阿姨就算雙眼全盲，還是有辦法化『不可能』為『可能』的。」

高傅丞一邊說，一邊把陳冰扶到一旁石塊上坐著。

「汝大概半年前，就知道吳維青是殺害汝後生的凶手矣，是吧？」

「陳阿姨怎麼可能知道？」小倩問道。

「應該是吳維青自己講的。」

「吳維青自己……」

「嗯。」高傅丞走到旁邊坐了下來。「他應該是萬萬沒有想到，自己為了贖罪而做志工，有一天竟然會來到當年那位受害者母親的家中幫忙。這對吳維青內心的衝擊肯定相當大，而我想也就是因為這個緣故，知道實情後的那一陣子，他才會變得像李慈鳳說的那樣歇斯底里，常常一夜不歸。當時的他，大概是在掙扎著要繼續隱瞞下去，還是向陳阿姨坦承一切。就這樣過了一兩個禮拜，吳維青受不了良心的折磨，選擇把真相說出來。而陳阿姨表面上說原諒他了，暗地裡卻在計畫著這次的殺人行動。」
「你是說計畫了半年了？」
「沒錯。因為要蒐集吳維青抽過的菸蒂。」
陳冰坐在一旁沒有講話，可是身體卻微微的顫抖起來。
「陳阿姨那天說，吳維青每次到她那都會抽個一支菸，換句話說要蒐集到二十根以上的菸蒂，就大概需要半年的時間。但陳阿姨因為眼睛看不見，沒辦法分辨顏色，自然不曉得吳維青四月份抽過淡黃色的菸。」
「你的意思是車子四周那些菸蒂，都是陳阿姨放在那的？」
「沒錯。目的是為了讓人以為吳維青案發前一天晚上沒有離開，一直為了某種原因守在屋外。但事實卻是，吳維青是禮拜天中午來到陳阿姨家裡就沒有離開了。陳阿姨用某種方法把他困住，等到隔天禮拜一上午再下殺手。」
高傅丞本來還在想，陳冰是怎麼知道吳維青車子停在哪裡，後來才發覺這根本不是問題。陳冰住處前的空間狹小，地面又崎嶇不平，附近可以停車的地方，就只剩幾公尺外的那處空地，高傅丞第一次來也是毫不猶豫就把車開到那裡。由於四周沒有其他人家，陳冰幾乎可以直接認定，停在那裡的就是吳維青的車。就算當時空地上有其他車輛，只要事先知道車牌號碼，用摸的也可以判斷出吳維青的車是哪一輛。
「用某種方法把他困住？」小倩蹙著眉頭。
「恐怕是把安眠藥混在茶水裡，讓吳維青喝下去。」
「可是，如果安眠藥劑量不夠，吳維青很可能一下就醒來了。如果吃多的話，殘留在體內的藥物又怎麼會檢測不出來？再說死亡時間是星期一上午十點到下午一點，陳阿姨也不可能星期天就殺了他啊。」

「所以陳阿姨才會請吳維青把書房的雜物搬走，清出空間。」

高傅丞說著，拿出從陳冰家裡帶來的那捆膠帶。

「陳阿姨那天說，吳維青一開始買膠帶來，是為了幫她補屋頂漏水的地方，因為狗狗覺得好玩，後來才又去買了一整箱過來。我早上回去陳阿姨家裡，把客廳家具底下的膠帶都找了出來。放進紙箱裡一看，發現少了六捆。」

「少了六捆……」

「這膠帶寬五公分，一捆長度二十公尺。」高傅丞拋了拋手中的膠帶，想像著陳冰家那雜物全數清空的書房。「假設前兩捆膠帶，我每兩公尺切成一段，可以切成二十段，拼起來就是個長兩公尺，寬五公分乘以二十，大概一公尺的長方形。第三、第四捆膠帶，我每一公尺切成一段，就可以拼出兩個邊長一公尺的正方形。吳維青身材中等，大概一百七十五公分左右。如果讓他躺在書房地上，雙腳合併，雙手張開，剛才那第一個拼成長方形的膠帶，剛好可以把他從腳踝到腹部的地方，都固定在地上。而剩下來兩片正方形的膠帶，則可以把他的雙臂固定住。第五、第六捆膠帶再用來補強，就可以把吳維青扎扎實實的困在地上，動彈不得了。」

「這樣真的有用嗎？難道掙脫不開來？」

「一般人或許可以，但吳維青沒有辦法。那天李慈鳳在電話裡告訴我，吳維青腰痛嚴重的時候，連起床都沒辦法。我想陳阿姨也是知道的。」

「你的意思是，陳阿姨禮拜天晚上先讓吳維青吃下安眠藥，再用剛才你說的方法把他困在書房的地上，等到隔天再殺了他？」

「陳阿姨恐怕是白天就讓吳維青吃下混有安眠藥的茶水了。」

「你說吳維青剛過去的時候？」

「嗯，因為安眠藥代謝需要時間，越早下手越好。」

「星期天下午到隔天早上，不到一天的時間，藥真的可以完全排掉？」

「新一代的安眠藥，半衰期只有一個小時。也就是說服藥後每過一小時，藥物在血液中的濃度會變成原本的一半。假設吳維青是星期天下午兩點服下安眠藥的，那麼到隔天十點遇害之前，總共有二十個小時可以代謝藥物。警方驗屍的時候，體內藥物的濃度就會是原本的二的二十次方分之一，不到萬分之零點零一。除此之外，陳阿姨又讓他喝了很多很多水，加快代謝物排出體外的速度。」

「怎麼喝？人都昏睡過去了。」

「就用陳阿姨用來做冷泡茶的那些空寶特瓶跟漏斗。」

「難道說——」小倩摀住嘴巴，一臉恍然。

「嗯。當時的情況我想是這樣的：星期天下午，吳維青服下安眠藥之後，陳阿姨把他拖到書房，先貼好腿部的膠帶，再在他身後擺張椅子，讓上半身立起來。接著在他嘴裡插上漏斗，灌水進去。然後趁著藥效還在，讓吳維青躺下，用膠帶把其他地方固定住，順便也封上嘴巴。這樣就算吳維青之後醒了過來，也沒有辦法出聲呼救。至於安眠藥劑量要怎麼拿捏，陳阿姨以前是藥劑師，我想應該很清楚才是。」

小倩想到了什麼似的，抬起頭來看著他。

「等等，難道說魚缸？」

「沒錯。散落在地上的雜物跟摔破的魚缸，第一層作用是把現場偽裝成有打鬥過的痕跡，第二層作用則是讓魚缸裡的水，蓋去吳維青因為大量進水而排出的尿液。這樣一來，吳維青體內不僅安眠藥，就連最近吃的感冒藥也都檢測不出來。而吳維青的尿液也因為本身就含有大量的水分，不會有什麼氣味。」

高傅丞說著看向陳冰。

「所以那個魚缸應該像李慈鳳說的，是陳阿姨請吳維青買的才對。」

「膠帶呢？現場沒有發現撕下來的膠帶啊。」小倩說。

「當然是處理掉了。案發當天上午，陳阿姨在書房殺了吳維青之後，撕下他身上的膠帶，也就是在這時候不小心把他襯衫上的扣子扯了下來而沒有發覺。而那些撕下來的膠帶，陳阿姨則是和其他垃圾一起裝進垃圾袋裡，帶下山請李景發幫忙丟掉，說是吳維青前一天回去忘記帶走的。這樣一來，現場就變成是陳阿姨禮拜一中午出去買東西，吳維青闖入屋裡跟某個不知名的人起了爭執，然後被殺掉的。也只有這樣，手套、凶器、案發地點的疑點才說得通。凶手根本就沒有戴手套，留在凶器上的指紋就是凶手的。案發地點也別無選擇，因為那是她唯一能夠犯案的地方。」

高傅丞一口氣說完，陳冰在一旁一直默默地沒有說話。

「敢真的是這樣？」小倩轉頭看向陳冰。

明明是豔陽高照，氣氛卻有些冰冷。陳冰隔了半晌，幽幽地冷笑一聲。

「嘿呀，吳維青是我殺死的。」

10

陳冰的導盲犬忽然到她身邊依偎著，抬起頭來看著她。陳冰似乎也感受到了，伸出手輕輕摸著導盲犬的頭。

「吳維青是怎麼知道洪志偉是汝後生的？」高傅丞問道。

「因為那張相片。」

陳冰臉上才剛止住的淚水，這會兒又滑落了下來。她說吳維青剛到她那邊幫忙不久，有一天看見現在客廳桌上那張她和洪志偉的合照，問起過去的事情，她就把洪志偉當年遇害的詳細始末，都跟吳維青說了一遍。

「他的反應是？」

「我看無他的表情，但是感覺得出來他好像怪怪的。我那當時也無想太多，直到一兩個禮拜過後，有一天晚上阮吃飽飯，要出去外面走走，突然間我聽到碰一聲，他在我面頭前跪下來。我未赴問，他就哭出來，講志偉是他殺死的。我講我無要信，他就講他那當時欠人錢，走投無路，剛好看到志偉從車站出來，在旁邊的提款機領錢。他遂來隨志偉走進去巷子內，拿出刀子，要志偉把錢交出來。志偉不肯，兩個人打起來，那支刀子就這樣無小心插入去志偉的胸坎內。他講他那當時整個人都傻去矣，把志偉身邊的錢跟手錶拿起來，就趕緊走矣——」

陳冰說到這崩潰痛哭，眼淚不停地滾落下來。

「他若是有叫救護車，志偉無定著猶有救……」

「嗯。」小倩上前拍了拍陳冰的肩膀，但卻一句安撫的話也說不出來。

「聽他講完那些逮事，我完全無法度思考，遂把他出走。結果那天晚上，我夢到志偉整身軀的血來找我，講他在那邊一個人過得足寂寞的。我心內就在想，都是那個人害的，我一定要替志偉報仇。然後我想到他有在抽菸，想到我家的冊房，想到箱子裡的膠帶，想到我這十幾年來睡不去吃的那些藥仔。這回的計畫，就這樣在我頭殼內愈來愈清楚，愈來愈明白。但是逮事敢真的會那麼順利？他下禮拜就不來我這要怎麼辦？我就這樣一直想，一直想，想到天光。誰知道我一走出去，我這隻狗忽然間亂吠起來，原來吳維青那整晚都跪在阮家門口無回去。他看我出來，就喉滇[15]著跟我講，他無指望我可以原諒他，但是他求我每禮拜讓他來我這幫忙，彌補他過去犯的錯誤。當時我心內就在想，天公伯目珠果然是金的，給我這個機會替志偉報仇——」

陳冰說著慘笑起來。導盲犬似乎也感受到悲傷的氣氛，嗚嗚嗚地鳴叫著。

縱使淚流滿面、汗流浹背，陳冰仍然直挺挺地坐著。跟第一次看到她時的感覺一樣，彷彿周身容不下一絲的汙穢。

汙穢？——

高傳丞一愣，發覺自己漏掉了某件事。

「汝殺死吳維青的時候，還有用毛巾或是其他衣物，對否？」

15 喉滇：哽咽。

陳冰沒有反應。倒是小倩擦了擦眼淚，看向他來。

「毛巾？凶器不是水果刀嗎？」

「用刀子行凶，身上難免會濺到一些血跡。但我們案發當天趕到現場，陳阿姨不管是身上、臉上、還是手上，都是乾乾淨淨的。」

一般人沾到血跡，可以用水清洗，可以換掉身上的衣物。陳冰雖然也可以這麼做，但因為眼睛看不見，沒辦法確認血跡是否已經清除乾淨。因此，他心想陳冰在行凶時，應該是在吳維青胸口上鋪了一條捲成甜甜圈狀的毛巾，刀刃由中央的缺口刺入心臟，溢出來的血液則由死者的衣物、以及鋪在上頭的毛巾吸附。

「所以吳維青的襯衫上，才會有妳上次提到的那些淡淡的血痕。」

「你說胸口下方的……」

「對。陳阿姨行凶後，勢必要把用來吸附血液的毛巾拿走，但她因為看不見，沒注意到毛巾滑過死者胸口下方還有側腹部，在那邊留下了一些血跡。」

高傅丞不禁感到有些汗顏。想當初小倩提到血跡的疑點時，他還不當回事，沒想到那也是案件真相的一塊拼圖。事實上，自從察覺陳冰是殺害吳維青的兇手後，他心中就有一股說不出的違和感，直到現在才驚覺那是因為陳冰身上太「乾淨」了。

「不單毛巾，我還戴了手套咧——」

「那些東西，汝都跟膠帶作伙[16]處理掉矣？」高傅丞看向陳冰。

16 作伙：一起。

「嘿呀，逮事進行得比我想的順利。呵呵、呵呵……」

陳冰似乎已經累了，發出兩聲微弱無力的乾笑。她說她當初想完大致的計畫時，著實煩惱了好一陣子，要怎麼確保自己身上沒有沾到死者的血跡。後來也確實如高傅丞所言，她在吳維青的胸口上放了一圈毛巾，用來吸附噴濺出來的血液。行凶後，她把手套、毛巾，連同撕下來的膠帶一起裝進垃圾袋，拿去山下請李景發代為丟棄，自己在出發前也換了衣服，把全身上下都洗了一遍。如果這麼做，身上還是有血跡沒清除乾淨，那她也認了，至少自己已經親手替洪志偉報了仇。但結果卻比她想的順利許多，這證明天公伯是站在她這邊的，才會一直在暗中保佑著她，助她一臂之力。

「汝敢都無心軟過？」小倩聽陳冰說完，遲疑了一下問道。

「心軟？」

「我知道汝想要替汝後生報仇的心情，但是這半年來，吳維青每個禮拜都過來汝那邊，對汝應該是比誰都好……」

「汝們以為他為甚麼來我這來得這麼勤？」陳冰冷笑一聲，反問小倩。

「因為他很後悔以前做的事情，想要贖罪……」

「嘿啊，他來我這是為了要減輕他心內的罪惡感。他可以靠對我好過得輕鬆一點。啊我咧？失去志偉的痛，我可以跟誰人討？尤其最後那段時間，他快把我那當作他自己的家矣，跟我有說有笑。聽到他那個完全無負擔的聲音，我就知道那段把我折磨十五年的過去，他已經完全都放下來矣。但是我咧？我猶聽得到志偉的聲音在我耳邊喊：阿母，汝在哪裡？我足寒的。替我報仇。替我報仇——」

陳冰說著說著，一陣來自天上的風，把石缽裡紙錢燒剩的灰燼都揚了起來。高傅丞往一旁看時，只見墓碑上洪志偉那張還帶著些許稚氣的相片，彷彿也在訴說著他在另一個世界的淒苦。生於民國六十九年八月十四日，卒於民國八十八年九月十八日，不滿二十歲的年紀，人生才正要開始，就驟然劃上了句點。他無法想像這十幾年來，陳冰一個人在黑暗中是怎麼度過的。現在他只要閉上眼睛，腦中就會浮現陳冰在山上那間殘破的房舍裡，獨自把吳維青拖行到書房的模樣。陳冰在黑暗中，摸到吳維青胸口，感受到對方心跳的時候，心裡究竟在想什麼？吳維青呢？他當時看得見嗎？他心中的罪惡感真的如陳冰所言，慢慢的消逝了嗎？高傅丞不明白這個世界是怎麼了。那麼多慾望，那麼多仇恨。而他身為警察，又可以做些什麼？——

「我猶有一件逮事想要請汝們幫忙，可以否？」

「汝講。」小倩擦著眼淚，看向陳冰。

「我現在是殺人凶手，以後若是無法度過來，敢可以麻煩兩位一年找一兩天的時間，過來替志偉燒一支仔香，陪他講講話？」

小倩早已泣不成聲，高傅丞也覺得眼淚快要掉了下來。

「完全無問題。」高傅丞說。

聽到他這麼回答，陳冰才終於安心了似的，抬起頭來笑了一笑。

「多謝。志偉他最怕寂寞矣。」

採訪現場（二）

「還好吧？」

高傅丞輕聲喚了一下。崔嘉琪坐在他面前，感覺有點哀傷。

「嗯。就覺得很無奈，怎麼會發生這種事。」崔嘉琪動了動嘴角，露出一個算不上僵硬、也說不上自然的笑容。

「我跟小倩當初發現真相也很傻眼。」

高傅丞話才說完，崔嘉琪擺在桌上的手機就響了起來。她低頭看了一眼，立刻把電話切掉，表情由一秒鐘前的哀傷變成了煩躁。

通常會有這種反應，一大原因是那是來路不明的詐騙電話。

但剛剛那通顯然不是。高傅丞注意到來電是有名字的，表示是崔嘉琪認識的人。

剩下來最大的可能，應該就是那個了。

「男朋友喔？」高傅丞裝作若無其事地問道。如果崔嘉琪回答「是」，就表示她現在是死會。如果回答「不是」，高傅丞就會把它看做春天即將到來的信號。

然而，高傅丞聽到的回答卻是兩者皆非。

「前男友。」崔嘉琪說。

前男友？這下情況就複雜了一些。如果崔嘉琪對他已經沒有感情，前男友還持續來糾纏，高傅丞可以趁機來個英雄救美。但如果兩人沒有完全斷乾淨，崔嘉琪對前男友還有留戀的話，那高傅丞的春天就危險了，就像現在戶外的天氣一樣。

這時，桌上的手機又響了起來。崔嘉琪依然毫不留情，立刻掛斷。

高傅丞正想說些什麼，只見崔嘉琪又換上了稍早的笑容。

「你的搭檔感覺是個很漂亮的女生。」

「妳說小倩？」

「對呀，像《倩女幽魂》裡的王祖賢，一定超正的吧。」

「只有頭髮長度像而已啦。」

「是嗎……」

「真的啦。頂多就再加上皮膚白白的像而已。」

崔嘉琪為什麼要提起小倩的事？難道是怕小倩跟他有什麼曖昧？高傅丞心想情況越來越棘手了，他得好好處理才行。

「我們坐這好了。」

高傅丞正在心裡掙扎的時候，一位年輕媽媽帶著小孩來到咖啡廳，往旁邊那張剛消毒過的桌子走了過來。年輕媽媽看起來頂多三十歲，但她身邊的小男孩目測已經唸國小了，長得圓圓滾滾，很像動畫《天外奇蹟》裡的小胖子。

「你要喝什麼？我去點。」年輕媽媽問道。

「大冰奶。」小男孩戴著口罩的嘴巴一動一動的，感覺在吃什麼東西。

「這麼冷還喝冰的。半糖？」

「我要全糖！」

「好啦好啦，那你在這邊坐著等我。」

年輕媽媽說著到櫃檯點餐，小男孩則是溜到崔嘉琪旁邊、高傅丞斜對面的位子坐下，然後拿出手機開始玩遊戲。高傅丞以他縱橫名偵探界多年的經驗判斷，小男孩嘴巴裡的應該是泡泡糖，果不其然，半晌只見他脫下口罩，吹出一個跟他的臉一樣圓滾滾的大泡泡。這讓高傅丞感到有些佩服。他自己吹泡泡，口香糖常常都會噴出去。

「我們聊下一個案件吧。」

高傅丞回過神，只見崔嘉琪碰了一下手機螢幕，似乎是在確認有在錄音。

「好啊，妳對哪一類的案件比較有興趣？」

「哪一類的案件啊……」

「推理小說不是有很多類型嗎？像什麼不在場證明——」

「敘述性詭計！」

「敘述性詭計是什麼？」高傅丞有聽人說過，但定義不是很清楚。

崔嘉琪彈了個響指，眼睛一亮。

「就是玩一些文字方面的詭計。」

「死前留言嗎？」

「不是不是。」崔嘉琪擺擺手，似乎在想要怎麼解釋，過了一會兒才又再開口。「一般推理小說的詭計，是『凶手』想來騙『偵探』的，但所謂的敘述性詭計，是『作者』想來騙『讀者』的。」

「喔，妳說像那種啊！」高傅丞講了一本書名有植物的推理小說。他雖然是名偵探，但其實不怎麼看推理小說，而這本是局裡有同事推薦他才找來看的。當初也是被騙了一場糊塗，後來從頭再看一次，才想說好吧，算你厲害。

「對啊，那本很經典。」崔嘉琪像打開了話匣子，滔滔不絕地說了很多敘述型詭計的種類。「其他的還有像書中的兩個人物，明明是同一個人，但作者的敘述方式卻讓你以為是不同人。明明像在描寫男的，到最後才揭曉那個人是女的。又或者發生在兩個不同時空的事件，讓你以為是同一個時期發生。還有人物間的關係，也可以——」

「哈啾！」

高傅丞打了一個無敵大的噴嚏。雖然有用手遮著，崔嘉琪還是嚇了一大跳。

「歹勢歹勢。」高傅丞連忙道歉。自從去年 COVID-19 在全球肆虐，現在在公共場合咳個嗽、打個噴嚏，都會被人投以異樣的眼光。

「我應該戴口罩的。」

高傅丞正要拿出口罩，崔嘉琪卻擺了擺手，說不用了。

「我不是怕那個。」崔嘉琪說。

「喔。」

高傅丞正想著除了「那個」還有什麼好怕的，只見崔嘉琪摸了摸左側髮尾被切掉的那撮頭髮，嘟了嘟嘴巴。

「可是敘述性詭計，現實中不會發生啊。」高傅丞帶回剛才的話題。

「也是啦。」崔嘉琪點點頭，拿起咖啡輕輕啜了一口。

「其他的呢？有哪方面比較想聽的嗎？像是偽造證據、綁架案……」

「你辦過綁架案？」
崔嘉琪放下手中的咖啡，眼睛再度亮了起來。
「對啊。」高傅丞搔搔腦袋，那是個有點羞愧的回憶。
「我想聽那個。」
「好啊。那也是二〇一四年的案子……」
高傅丞說著說著，腦中又浮現了趙婷婷的身影。
那起綁架案的肉票。

回家的路

1

「歐買嘎……」

高傅丞看著手機上的影片，忍不住輕呼出聲。

人生中有許多的「第一次」。高傅丞幼稚園小班時，第一次被人索吻，對象是隔壁班的大姊姊。國中二年級上學期的期中考，數學第一次考超過六十分。N年前在警校受訓，第一次摸到貨真價實的手槍。歷經這些風風雨雨，二〇一四年十一月二十日這一天，高傅丞又迎來了人生中另一個第一次——偵辦綁架案。

報案人是今年四十五歲的趙立憲，和他三十九歲的太太李君儀。兩人在廟口商圈經營一家珠寶店，育有一子一女。兒子叫趙哲儒，是高傅丞的學弟，在仁愛國小讀小三。女兒叫趙婷婷，十六歲，是基隆女中高二的學生，同時也是這次綁架案的肉票。

趙立憲夫婦告訴警方，趙婷婷昨天晚上沒有回家，今天白天也不見人影，手機一直都關著，聯絡不上。直到今天接近傍晚的時候，他們一家四口在LINE上面的群組，突然收到一個趙婷婷——或者應該說趙婷婷的手機——傳來的影片檔。裡頭趙婷婷身穿學校制服，給人銬在一間空屋的牆邊，眼睛用布蒙著，頭髮則像狗啃似的，被人剪到只剩手掌的厚度。在那短短十秒的影片裡，趙婷婷似乎已經害怕到哭不出來，身體不斷的顫抖，呼吸一下子急促，一下子緩慢，嘴裡斷斷續續吐出一些模糊不清、難以辨認的話語。唯一讓人稍微感到欣慰的地方，就是牆邊另外立著一份今天的早報，趙先生和趙太太至少可以確定，趙婷婷在今早之前算是某種程度的「安然無恙」。

「你們有回撥電話嗎？」

此次的綁架案由高傅丞的上司盧國斌帶隊。高傅丞晚上七點半抵達趙家時，他的搭檔小倩，還有包括刑事局電信警察在內的近十個同仁，全待在趙家客廳等候綁匪聯絡。高傅丞看了趙太太的手機，只見綁匪影片傳來之後，趙太太立刻回了幾封訊息詢問趙婷婷的狀況，但對方卻連讀都沒有讀，讓人焦急萬分。

「有，但是對方關機了。」趙太太說。

「再打打看吧？」盧國斌的聲音從陽臺傳來，他正在那裡抽菸。

「喔。」

高傅丞聽長官這麼吩咐，雖然心裡覺得歹徒會開機讓你找到人才有鬼，但還是不敢有所怨言，立刻用趙太太的手機撥了趙婷婷的電話。

「有通嗎？」趙太太焦急的問道。

「還是關機。」

「之前那封訊息，查得出來是從哪裡發的嗎？」盧國斌問一旁的電信警察。

「在新北市三重那一帶。」

把人從基隆擄到新北市，高傅丞心想還真是奇怪。不過綁匪應該也不是傻子，敢在三重那發訊息，就表示人質一定不在三重，警方殺過去也沒用。

「趙婷婷昨天有去學校嗎?」高傅丞問道。

「嗯?」

「我在想趙婷婷是上學還是放學的途中被人擄走的。」高傅丞向盧國斌解釋。

「放學的途中。」趙太太說。

「跟學校確認過了?」

「嗯,我昨天晚上打電話給婷婷的班導,他說婷婷昨天有去上課,放學的時候他們兩個在校門口碰到,婷婷還跟他打了招呼。」

趙太太話才說完,一旁的趙哲儒就抓著她的手搖了一搖。

「姊姊什麼時候才會回來啊?」

「不要擔心,爸爸媽媽會處理的。」

「怎麼處理?」

趙太太像在求救似的看了警方一眼。盧國斌回到客廳,朝著高傅丞使了個眼神,要他跟小倩把小孩帶到旁邊安撫一下。高傅丞雖然對女生沒辦法,但對小孩還算有兩下子,於是便和小倩把趙哲儒帶到廚房裡,蹲下身來擺出笑臉。

「你有看過《倩女幽魂》嗎?」

「沒有。」

「那你知道『小倩』嗎?」

「鬼嗎?」

「沒錯,好棒棒!」高傅丞指著一旁白眼已經翻到後腦勺的小倩說。「這位就是小倩阿姨，她半夜會飛到壞人那邊，把姊姊救出來的。」

趙哲儒看著高傅丞，眼睛眨了兩下。

「我已經三年級了。」

「喔。」

高傅丞沒想到現在的小孩居然這麼成熟，又試了幾招新花樣。可是很顯然的沒有一樣奏效，半晌三人回到客廳，趙哲儒還是一直嚷嚷著要找姊姊，弄得在場的人都心浮氣躁了起來。趙立憲最後大概是不耐煩了，便叫趙太太把趙哲儒帶到房間休息。

「趙先生你有什麼仇人嗎？」現場終於安靜下來後，盧國斌問道。

「仇人？」

「比如做生意有沒有得罪什麼人？」高傅丞說。

趙立憲一聽，連忙搖了搖頭。

「我做的是正當生意，風評很好，不信你可以去打聽看看。」

「我們沒有質疑你的意思。」盧國斌說。

「就是說啊。」小倩也忙著緩頰。「也有可能是同行眼紅，嫉妒趙先生生意做得太成功，才策劃這起綁架案的。」

趙立憲似乎覺得這個說法比較有道理，點了點頭。

「你們有遇過這種情況嗎？」趙立憲問盧國斌。

「這種情況？」

「綁匪傳了影片來，說人質在他手上，可是又沒有說要幹什麼。」

「這是常有的事。先讓家屬提心吊膽個一兩天再要求贖金。」
「贖金的話，政府可以幫忙嗎？」
「幫忙？」
「我的意思是，政府會幫忙籌錢嗎？」
這可能要等基隆市政府前噴出石油來，高傅丞心想。
「這可能有點困難。」盧國斌說。
「為什麼？」
「如果政府幫忙付贖金的話，等於變相鼓勵綁架了。」
趙立憲似乎自知理虧，沒有再爭辯下去。趙太太也在這時回到了客廳來。
「弟弟睡了？」趙立憲問道。
「嗯。」
趙太太說著坐了下來，但嘴裡呢呢喃喃，似乎在唸著什麼。
「唉……怎麼又……」
「又？」高傅丞好像聽到了關鍵字。
「也沒什麼。」趙太太搖搖頭，看了身旁的先生一眼後，勉強擠出個笑容。「就想到以前一個親戚，也遇過類似的事情。」
「綁架？」
「嗯。十年前的事了。」
盧國斌大概覺得話題扯遠了，連忙咳了一聲，拉回現場的焦點。

「請問兩位一下，婷婷平常都是幾點回到家的？」

「大概七、八點吧。」趙太太回答道。

「有上補習班嗎？」

「沒有。」

「那有什麼比較親近的朋友嗎？」

趙太太和先生面面相覷。

「這個我們說實在的也不清楚。」趙太太偏著頭，顯得有些為難。

「婷婷都沒跟你們提過？」

「她一回到家，就是關在房間，也不出來。」

「在裡頭幹什麼？」

「唸書吧。」趙立憲一臉慚愧地說道。「畢竟婷婷在學校的成績不是很好，老師說她可能連國立大學都上不了。」

「假日呢？都在幹麼？」小倩問道。

「去文化中心看書，再不然就是去看電影。」趙太太說。

「自己一個人？」

趙太太又和先生互看了一眼，表情有些不知所措。

「嗯，應該是吧。」

這真是個奇妙的家庭，做父母的完全不了解自己的女兒。高傅丞名偵探的直覺告訴他，再這樣問下去也不會有什麼收穫，便決定把趙立憲夫婦留給在場同仁，自己偷偷溜到趙婷的房間，看看有沒有什麼蛛絲馬跡。

趙婷婷的閨房位在浴室隔壁，大小大概三坪左右。高傅丞的印象中，這個年紀的女孩子，房間多半是貼滿偶像的海報的，可是趙婷婷卻截然不同，不要說海報，整面牆壁乾乾淨淨，連一個汙點都找不到。書櫃上的書也擺得整整齊齊，分類得井然有序。第一層是教科書，第二層是參考書，第三層以下則全是小說。書桌上則擺著一只圓形的魚缸，底座鋪著些花花綠綠塑膠做的小石頭，四隻小金魚在水中游來游去，十分自在的模樣。

「你在幹麼？」

高傅丞回頭看時，趙哲儒揉著眼睛走了進來。

「你不是去睡了？」

「睡不著啊。」趙哲儒在椅子上坐了下來。

「要我說故事給你聽嗎？」

「我已經三年級了。」

「喔。」

「你到底在我姊姊房間幹麼？」

「我想要了解你姊姊。」

趙哲儒楞了一下。

「你這個壞人！我姊姊都還沒有救回來。而且你幾歲？我姊姊幾歲？」

「唉唷，不是那個意思啦。」

「那是什麼意思？」

「我是想了解一下你姊姊的人際關係。說不定有什麼線索，可以從中找出綁匪的身分。」高傅丞在一旁的矮櫃上坐了下來。

「你有那麼厲害？」

「還過得去啦。『高富帥五郎』這個稱號，可不是叫假的。」

趙哲儒很明顯不想理他，逕自望著桌上的魚缸。

「這隻頭大大的是爸爸。」

「啊？」

高傅丞走了過去，只見趙哲儒指著魚缸裡的金魚又說：

「這隻肚子大大的是媽媽。」

「你分得出來？」

「當然啦。姊姊教我的。」趙哲儒吸了吸鼻涕，指著一隻嗑了藥似的，橫衝直撞的金魚說。「這隻調皮搗蛋的是我。」

高傅丞笑了一笑。

「那剩下這隻又有什麼名堂？」

「眉毛深鎖。」

「啊？」

「姊姊說這隻眉毛深鎖的是她。」趙哲儒指著一隻在魚缸邊緣徘徊，看起來的確有些無精打采的金魚說道。高傅丞本來在想，要不要告訴趙哲儒是「眉頭深鎖」，不是「眉毛深鎖」，但後來想說還是不要對小孩那麼嚴苛好了。

「為什麼姊姊說這隻『眉毛深鎖』的是她？」高傅丞問道。
「因為感受不到愛。」
「愛？姊姊有男朋友嗎？」
「我不知道。」
「有喜歡的人嗎？」
趙哲儒聳了聳肩，拿起一旁的魚飼料，灑了一些到魚缸裡。
「姊姊到底什麼時候可以回來？」
「快了，不要擔心。」
「姊姊不回來，就沒人陪我玩遊戲了。」
「你們都玩什麼？」
「成語接龍。」
「這樣你不是輸定了？」
「姊姊會讓我。」
真是好個姊姊，高傅丞心想。
「剛剛爸爸是不是說，姊姊躲在房裡都在唸書？」趙哲儒說。
「原來你一直都沒睡啊？」
「都什麼情況了，我怎麼可能睡得著？」
趙哲儒說著趴在桌上，看著魚缸裡的魚把水面的飼料一顆顆吃進肚子裡。
「姊姊根本就沒有在看書。」

「那姊姊都在幹麼？」
「說話。」
「跟魚說話？」
「嗯。」
趙哲儒嘆了口氣。
「姊姊說，這些魚就像是她的家人一樣。」

2

高傅丞穿著上個禮拜買的毛衣，走在秋風颯颯的校園中。沿路上不時有女學生對著他笑，一面跟同伴竊竊私語。
「誒誒誒，妳看看那個人，是新來的老師嗎？」
「誒誒誒，妳看看那個人，好時髦喔。」
聽到這些臆測與仰慕的話，高傅丞很想告訴那些好奇的女同學，自己其實是個名偵探。無奈今天有任務在身，他不方便透露太多。
這裡是位於信一路上的基隆女中。警方接獲報案的當天晚上，雖然已經把趙立憲夫婦的人際關係都查過了一輪，但很遺憾地沒能過濾出可能的綁匪人選。高傅丞於是奉命在案發的第二天，來到趙婷婷就讀的學校打探消息。而這也是他活了三十幾年，第一次來到有那麼多年輕女生的地方，而且還掀起那麼大的騷動。

高傅丞當警察的這些年，社會上各式各樣的家庭幾乎都見識過了，唯獨就是沒碰過趙家這種夫妻都是正常人，卻對女兒完全不了解的家庭。趙婷婷在想什麼？跟魚說話又都說些什麼？高傅丞以他在情場上縱橫多年的經驗，本來以為趙婷婷應該是交了男朋友，有感情困擾，可是昨天後來在她房間看了半天，卻連一點少女情竇初開的感覺都找不到。這會兒來到學校，希望可以找出些有用的訊息。趙婷婷在家不跟父母說話，在學校總不可能繼續封閉自己，當個啞巴吧？

「打擾一下——」

趙婷婷就讀二年三班，班導是教地科的。上午第一堂課剛結束，高傅丞稍早打聽到趙婷婷的班導人應該在教科教室，趕過來一看，只見一名大概三十歲左右、戴著副金邊眼鏡的男性，正把桌上的地表模型收到一旁的櫃子裡。

「請問是？」對方轉過頭來，表情有些困惑。

「我是趙婷婷的舅舅。」趙婷婷遭人綁架目前仍不便對外透露，高傅丞方才來的路上已經想好了，今天就決定來演一下高中少女的帥氣舅舅。

「婷婷有舅舅啊？」

「我住在高雄，比較少上來。」

高傅丞心想再說就要露餡了，於是趕緊轉守為攻。

「您是婷婷的班導？」

「對對對，都忘了自我介紹了。弊姓王，是二年三班的導師。」

王老師一邊說，一邊推了推眼鏡。

「婷婷還好吧？已經連續兩天沒來上學了。她媽媽前天晚上打電話給我，說婷婷十一點多了還沒回家，今天早上又打電話來，說婷婷要請一個禮拜的假。」

「是啊，就身體不太舒服，醫生說要多休息。」

「可能壓力太大了吧。」

王老師說著走到講桌，把一疊文件放到一旁的書架上。高傅丞看時，只見書架後方的牆上掛著一幅月亮的圖片，旁邊則貼了張九大行星的海報。剎那間，高傅丞覺得好像回到了過去在教室上課的那段時光。尤其是黑板旁那張摩氏硬度表，滑石方、螢磷長、石英、黃玉、剛金剛，自然界最脆弱的礦物是滑石，再來是石膏、方解石，依此類推，最堅強的則是金剛石，絕對硬度最高可達到一萬。高傅丞也不曉得是自己天資聰穎，還是這個口訣實在太順口，中學到現在十幾年了，他都還忘不了。

「婷婷在家裡狀況還好嗎？」

「嗯？」高傅丞沒想到王老師會問他這個問題。

「她在學校感覺都悶悶不樂的。」

「因為課業壓力？」

「或許吧。婷婷很少跟別人講心事的。」

「婷婷成績真的很差嗎？」高傅丞把趙立憲那聽來的事告訴了王老師。

「的確，國立大學是有點危險。」

「這樣啊。」

「哎，沒想到他們姊弟倆，腦袋差那麼多。」王老師嘆了口氣。

「什麼意思？」

「之前家長會我跟婷婷母親聊了一下，婷婷除了數學以外，其他科目成績說實在有點慘不忍睹。她母親聽了，說婷婷父親對女兒相當失望，然後話鋒一轉，提到了他們家的小兒子，才唸小三，國中程度的理化卻都難不倒他。當然，婷婷父母也是刻意栽培，送他去上才藝班，寫得一手好書法，小提琴也拉得有模有樣。」

「不過我外甥他國語好像不太好。」

「怎麼說？」

「我看他常常說錯成語。」

「小孩子嘛，難免的。」

就在這時，教室外頭突然傳來一陣嘻笑聲，幾個女同學走了過去。

「婷婷在學校有什麼比較要好的同學嗎？」高傅丞問道。

「好像沒有耶。」

「連一個談得來的朋友也沒有？」

「這也勉強不來的，有些人就是比較不擅長跟人互動。」王老師把板擦拿到窗外拍了一拍。「大部分同學，順路的放學都會一起等公車，我們校門口左邊就有一個公車站牌。婷婷家住得比較遠，其他同學要是她的話，都會先搭車到麥當勞對面的循環站，然後再看要轉哪班公車回家。可是婷婷不是，她每天放學都用走的循環站。你住南部可能不曉得，這一趟路可不短啊，少說也要三、四十分鐘。」

「有問過她原因嗎？」

「她好像說要買什麼雞蛋糕。」
「雞蛋糕？」
「我們學校出去，沿著田寮河往右走，有一個賣雞蛋糕的攤販。」
「很好吃嗎？」
「是一對父女賣的，好像還不錯的樣子。」
「婷婷告訴你的？」
「是啊。」
王老師看板擦拍得差不多了，便拿了進來收好。
「之前有一次放學，我開車經過中興路那邊，剛好看見她一個人沿著田寮河一邊走，一邊吃著東西，就想說順便載她一程，送她到循環站去。」
「你們在車上都聊些什麼？」高傅丞問道。
「什麼都聊啊。那時候她問了我一個問題：『愛是什麼？』」
「愛是什麼？」
「我聽到的時候也嚇了一跳。我們本來在聊小說，後來乾掉了，她轉過頭去望著窗外，忽然間就冒出了那麼一句話來。」
「你怎麼回答她？」
「我跟她說：愛是犧牲。」
「啊？」
「因為在那之前，剛好聊到了東野圭吾的《嫌疑犯X的獻身》啊。」

「那婷婷怎麼回答？」
「她嗯了一聲，說她也這麼認為。」
愛是什麼？高傅丞從來沒有想過這麼抽象的問題。要是有女生問的話，他大概會學陳奕迅說「愛是妒忌，愛是懷疑，愛是種近乎幻想的真理」。
「婷婷在學校有男朋友嗎？」高傅丞問道。
「我們可是女校耶。」
王老師皺了一下眉頭，一面走到窗邊檢查窗戶有沒有鎖好。高傅丞不知怎地，總覺得王老師好像在閃躲著什麼似的。但是他也沒有再追問下去，畢竟也快中午了，待會吃完飯還要趕回去趙家報告狀況。
半晌王老師檢查完最後一扇窗戶，高傅丞便和他一起走出教室。只見王老師拿出一個鎖頭，銬在門上，紮紮實實的鎖了起來。他看高傅丞一臉詫異，便解釋說這是學校要求的，之前有一次門窗沒有關好，晚上大概是野貓偷溜進來，弄得亂七八糟，器材壞的壞，丟的丟，總共損失了快要五萬塊錢。高傅丞聽得毛骨悚然，心想這些野貓還真是暴殄天物，五萬塊他勒緊褲帶一個月都不知道有沒有。
「我差不多該回辦公室了。」王老師把鑰匙收進口袋。
「今天真是不好意思，打擾了。」
「咦？你的衣服……」
王老師指著他襯衫外的那件毛衣，欲言又止。
「是不是穿反了？」

「真假的！」

高傅丞摸了一下脖子後方，天啊，牌子真的翻在外面。難怪剛才來的時候，沿路上大家都在看他，原來不光是因為他帥氣而已。高傅丞了解到這點以後，正準備脫下毛衣重新套上，褲袋裡的手機卻在這時響了起來。

「不好意思，我接個電話。」

來電鈴是張國榮的《倩女幽魂》，高傅丞一接起電話就聽見小倩的聲音。

「快回來！」

「斌哥終於發現我很重要了嗎？」

小倩完全沒有理會他的問題，而是延續方才激動的聲音說道：

「綁匪又傳訊息來了！」

3

歹徒第二段影片，是在上午十一點四十八分傳來的。趙婷婷一樣給人銬在牆邊，眼睛蒙著，十分虛弱的模樣。不同的是，擺在趙婷婷身旁的報紙，換成了今天的早報，頭版是月底臺北市長選戰的報導。

緊接著影片之後，歹徒傳了一則文字訊息，上頭寫道：「十一月二十四日傍晚五點，藍色絨布袋內裝入七顆一點五克拉圓形裸鑽，顏色等級D，淨度等級IF，攜至文化中心側門等待聯絡。車子由人質父親駕駛，母親與胞弟亦須同行。報警後果自負。」雖然歹徒像上次一樣，一傳來訊息就把手機關機，但電信警察仍然查了出來，此次訊息的發送地大致位於臺北市信義區一帶。由於綁匪不可能帶著人質四處跑，警方因此推斷綁匪至少兩名，一名負責看管人質，另一名則四處移動，負責與家屬聯絡。至於從影片中的日照及現場環境推測囚禁肉票的地點，警方目前仍在努力，但尚無斬獲。

「綁匪擄走肉票的地點查出來了嗎？」

此刻和昨晚一樣，各路員警十來人由盧國斌帶頭，待在趙家客廳和趙立憲夫妻倆商量對策。聽見盧國斌這麼問道，高傅丞身旁的一位同仁回答說確切的地點還不清楚，但大致應該在從女中出來，沿著信一路一直到義六路的那段路上。

「監視器沒有拍到嗎？」盧國斌接著又問。

那位同仁聽了一臉尷尬。

「那一帶的監視器剛好都故障了。」

「剛好故障？」

「因為前陣子大雨，監視器的線路出了問題，目前還在搶修當中。這個消息新聞有報出來，歹徒八成就是算準了這點，才會選在那一帶把人擄走的。」

「有問過附近的居民嗎？」

「有，但大家都不記得那天有發生什麼特別的事。」

盧國斌點了點頭，表示理解，一面又拿起歹徒稍早傳來的簡訊看了一看。

「籌措這些贖金大概要多久時間？」盧國斌問趙立憲道。

「很快的。」

「喔？」

「這些規格的鑽石，我們店裡前陣子剛好進了一批，對吧？」趙太太一邊解釋，一邊回過頭去向先生確認。

「嗯，但是──」趙立憲雙手抱頭，往沙發上一靠。「七顆加起來市價超過一千萬，硬吃下去我們珠寶店也可以關門了。」

「那我來殺價。」

趙哲儒穿著學校制服坐在母親身旁，本來還拿著手機在玩遊戲，聽到父親在那邊哀聲嘆氣，忽然一臉古靈精怪，在手機上飛快地打起字來。趙太太一旁看了，似乎覺得不太對勁，把手機拿過來一看，瞬間倒抽了一口氣。

「怎麼了？」盧國斌問道。

「哲儒傳了訊息給綁匪……」

「我看看。」

高傳丞接過手機，只見趙哲儒傳了「綁匪叔叔」四個字過去。不過不是傳到趙家的群組，而是傳到趙哲儒跟趙婷婷兩人的對話裡。

「綁匪問起該怎麼辦？」趙太太問道。

「就說是弟弟誤傳的就好了。」盧國斌說。

高傳丞走到趙哲儒身旁，蹲了下來。

「下次不可以這樣子喔。」

「可是我也想幫忙。」

「你擔心姊姊，叔叔知道，可是這樣可能會害到姊姊喔。」
「為什麼？」
「綁架姊姊的壞人，會覺得我們沒有把他當一回事，會不高興。」
「我為什麼要讓他高興？」
「因為他不高興，就會把氣出在姊姊身上啊。」
「喔。那我知道了。」
高傅丞也不曉得，一個九歲的孩子，這樣子領悟力算高還低。他怕趙哲儒待會又不安分起來，於是介紹了一款手機遊戲給他，叫做「成語大猜謎」，總共有五百題，應該夠他消磨時間到趙婷婷平安歸來。
半晌遊戲下載完畢，趙哲儒便自個兒拿著手機到房間去玩。高傅丞想起方才趕來趙家，一進門就看見趙太太坐在客廳，拿著本相簿在那翻著。裡頭是趙婷婷從小到大的相片，有嬰兒時期穿著尿布的，有小學在運動會上拍的，也有上了國中，全家人出外郊遊時照的。而此刻那本相簿就放在趙太太身旁的茶几上，翻開的那一頁，是趙婷婷在海洋廣場回眸一笑的照片，一頭及肩的長髮給風吹得都飛揚了起來。
「贖金政府真的沒辦法幫忙嗎？」
高傅丞回過頭來，只見趙立憲又像上次那樣，一臉懇求地看著警方。
「這方面我們真的幫不上忙。」盧國斌說。
「中央銀行不是可以印鈔票嗎？又不用什麼成本！」
「這不是我們能決定的。」

「那就去找能決定的人來決定啊！」

「趙先生，」小倩看兩人火氣都上來了，連忙緩頰。「請你相信警方，縱使鑽石給了綁匪，我們也有辦法追回來的。現在最重要的是婷婷的安危。」

「憑什麼要我相信你？」

「這類案子，我們警方處理過很多次了。」盧國斌說。

「成績呢？幾成贖金拿回來了？」

盧關斌一時語塞。就在這時，趙立憲從沙發上立起身來，在電視機前來回踱步，半晌突然嘆了口氣，拿了放在一旁的鑰匙，往門外走去。

「去哪？」趙太太問道。

「籌贖金啊！還能去哪？」趙立憲說著踏出家門，碰的一聲將門甩上。

趙太太見狀，連忙向警方道歉。

「真是不好意思，我先生最近壓力比較大。」

「怎麼說？」小倩問道。

「這陣子店裡生意不是很好，我先生才會到處去找便宜的貨源。像那幾顆鑽石就是我先生從朋友那邊弄來的，成本比市價便宜了不少，才會一次進那麼多顆。」

「這件事知道的人多嗎？」盧國斌問道。

「還不少，老客戶大多都通知了。」

「有名單嗎？」

「有。」

趙太太走到客廳後方，用書桌上的電腦列印了一份名單出來。高傅丞看時，只見上頭有七個名字，後面則是各自的聯絡方式。

「有哪一位跟你們有過什麼過節嗎？」小倩也過來看著名單。

「沒有欸，大家都老朋友了。」趙太太說。

「財務狀況呢？」盧國斌問道。

「什麼意思？」

「有哪個最近缺錢，或者遇到什麼困難？」

「這倒沒聽他們提過。」

趙太太說著回到沙發上休息，一面拿起一旁茶几上的相簿，一頁一頁地看著。

「婷婷以前不是這個樣子的。」

「嗯？」

高傅丞看時，趙太太翻到的那頁相簿，上頭的相片是趙婷婷穿著仁愛國小的制服站在臺上，由校長手中接過獎狀的身影。

「婷婷小學的時候很乖很聽話，成績也一直都名列前茅。誰曉得上了高中就完全變了個人，不僅成績一落千丈，性格也變得有些古怪，跟她說話都不太愛理。現在更是一回到家就把自己關在房裡，假日也不跟家人出去。」

「是有發生過什麼事嗎？」高傅丞問道。

「就是沒有啊。」趙太太紅著眼眶，顯得有些著急的模樣。「我也去問過學校的王老師。他說婷婷在班上也是這樣，不太講話。但是又叫我別擔心，說這個年紀的小孩，大部分都酷酷的，有的因為課業壓力，有的因為感情的關係，跟家人會稍微疏遠一點，等一切步上軌道之後，就會慢慢恢復正常了。步上軌道？說得倒輕鬆！婷婷現在這樣已經整整一年了！她跟我們根本就像是生活在同一個屋簷下的陌生人啊！」

趙太太說到最後，淚珠一顆顆地滾落下來。小倩連忙遞了衛生紙過去。

「別想那麼多，我們一定會把婷婷救回來的。」

「嗯。」

趙太太點了點頭，淚水稍微止住了一些。高傅丞一旁看了，心想小倩不愧是安慰界的第一把交椅，三言兩語就把趙太太的情緒安撫了下來。換作是他，可能會認真地分析趙婷婷之所以變成現在這樣的原因。

趙太太大概由於思念愛女心切，半晌淚水止住了，仍然抱著相簿，一頁一頁地回顧著趙婷婷小時候臉上還掛著笑容的可愛模樣。高傅丞怕說錯什麼話，便站在一旁，靜靜地一起看著。他本來還以為趙太太方才那番話有些誇張，不料此刻把相簿看了一遍，只見果真如趙太太所言，趙婷婷上了高中就很少跟家人出遊，那些在山上、在海邊、在河畔、在遊樂園裡拍的照片，都是趙立憲夫妻跟趙哲儒的身影。尤其又以趙哲儒那個小鬼的獨照最多，身上的衣服也都看起來很高級，儼然就像個童星似的。

「這是？」

趙太太照片看到最後，又往前翻。高傅丞看到一張照片，角落的日期是一九九八年十一月五日，照片中一名男性，戴著副太陽眼鏡，抱著個嬰兒站在中正公園信二路上的鳥居底下，笑得十分燦爛。但那名男性並不是趙立憲。

「這是我前夫。」趙太太說。

高傅丞和小倩互看了一眼，兩個人都不知道現在到底是什麼狀況。

「婷婷剛上小學的時候，我才嫁給現在的先生的。」

「那妳前夫呢？還有聯絡嗎？」盧國斌也過來看著照片。

趙太太搖了搖頭，神情顯得比剛才更為哀戚。

「他幾年前就遇害了。」

「遇害？」

「嗯，其實，」趙太太遲疑了一下。「他就是我之前提到的那個『親戚』。」

「親戚？」高傅丞啊了一聲。「妳說遇上綁架案的那個？」

「對。」

「所以你前夫是……」

「被綁匪撕票殺死的。」趙太太說。

4

「歹徒真的會現身嗎？」

「應該吧，不然要怎麼拿鑽石？」

後座兩個同仁對話的同時，駕駛座上的高傅丞看了一眼時間，四點四十二分，離歹徒指定的傍晚五點，還差十八分鐘。他拿起手邊的麵包咬了一口。那是稍早在便利商店買的，一個十五塊，內餡是草莓果醬。

綁匪到底是何方神聖——高傅丞一邊吃著麵包，一邊暗自想道。

前幾天得知趙太太前夫生前也遭人綁架，高傅丞回警局調閱當年的檔案。原來，趙太太前夫叫陳豐泰，六十三年次，在廟口開了家皮鞋店，十年前的某天晚上，打烊回家時遭歹徒強行擄走。贖金綁匪開價五百萬新臺幣，趙太太依約付款，綁匪卻仍然將肉票勒死，棄屍山中。後來警方直搗賊窟，發現綁匪共有三人，兩人當場擊斃，一人活逮，現在還關在監獄裡面。目前看來，當年的案件與此次綁架案應該沒有關係，不過警方仍然不敢掉以輕心，繼續派人研究各種的可能。

接下來的兩天，綁匪中午都會傳一段短片來，證明趙婷婷依然活著。高傅丞則和小倩還有一干同仁兵分多路，照著趙太太那天給的客戶名單，一一探訪，然後也因為各種原因，一一的排除嫌疑。然後，到了今天十一月二十四日，這個和萬惡歹徒正面交鋒大決鬥的日子，一大早盧國斌召集參與此次案件的同仁，在趙家客廳沙盤推演傍晚的行動。七顆鑽石趙立憲都準備好了，依照歹徒要求，裝在藍色的絨布袋裡。高傅丞打從阿母肚子裡出來，沒看過那麼多活生生的鑽石聚在一起，當時顯得有些不知所措。小倩也是一樣，坐在他身旁瞪著兩隻眼睛，口水都快要流了下來。

稍早大約四點，一行人從趙家出發。趙立憲依歹徒要求，帶著鑽石，載著妻兒，到文化中心的側門等待指示。警方共有數十個人，分坐多輛便衣警車在附近待命。其中盧國斌領軍的那輛車，此刻正停在對街的港務局觀看動靜；高傅丞和小倩還有另外兩個新進同仁，則在他們後方十公尺處聽命行事。如果沒有意外，五點一到，歹徒會傳訊息給趙太太，屆時趙太太聯絡警方，警方會再指示下一步的行動。那個裝了鑽石的絨布袋，盧國斌請同仁在底層開了個洞，黏了一個小型的追蹤器進去再封起來。理想的狀況是，警方靠著這個追蹤器，追到綁匪的藏身之處，救出肉票，拿回贖金。但實際執行起來很可能不會這麼順利，畢竟整個過程中不可控的因素實在太多。高傅丞縱使是臺灣名偵探界的第一把交椅，對這種進行式中的犯罪還是感到有些怕怕的。

「五點了、五點了！」

小倩坐在副駕駛座突然叫了起來。高傅丞看看時間，真的五點了。

「綁匪不知道要怎麼拿鑽石，這裡人這麼多。」坐在小倩後方的同仁嘀咕著。鄰近選舉，街上到處都是候選人拜票的車隊。

「就是人多對他們才有利啊。」

高傅丞話才說完，對面趙家的車忽然動了。

「哭夭！」

高傅丞正拿起無線電要一問究竟，盧國斌的聲音就先傳了過來。

「綁匪傳訊息來，地點改到劉銘傳路的肯德基。」

「綁匪肚子餓了啊？」

坐在高傅丞後方的同仁愣愣地說道，盧國斌聽了連忙喝斥。

「餓你個頭啦！趕快跟上！」

高傅丞完全搞不懂綁匪在想什麼。半晌警方跟著趙立憲的車到了肯德基，綁匪又傳訊息來，說要換到安樂區公所。等到了安樂區公所外面，又叫他們改到六堵工業區去。天殺的，這還不是終點，他們到六堵，車才停好，綁匪又說要換到仁愛區。高傅丞不禁感到一陣惱怒，心想對方到底是綁匪還是導遊啊，帶他們把基隆市繞了一大圈。

不過高傅丞沒有失去理智，沿路上一直在觀察有沒有車跟著他們。結果是沒有。他們每到一個地方，沒隔多久綁匪就會傳訊息來，更改交付贖金的地點。如果沒有車跟在後頭，那就表示綁匪每個地點都至少有一名共犯守著，看到他們抵達現場，再通知那個負責聯絡警方的綁匪傳訊息來指示下一步的行動，不然不可能時間抓得那麼準確。他們目前為止一共換了四次地方，現在正要前往第五個，換言之，綁匪至少有五名同夥守在各個地點，另外兩名一名負責聯絡警方，一名負責看管人質。而那名負責聯絡警方的綁匪，經電信警察確認這幾次發訊息的位置，都位於大臺北地區內。

「接下來該不會要到九份吧？」

高傅丞等人回到仁愛區，已經將近晚上七點鐘。高傅丞望著窗外喃喃自語。趙立憲的車就停在對向車道，一棟住商混合大樓的斜前方。兩車相距大概三十公尺。

「不要到澎湖就好了。」小倩揉了揉眼睛。

「對啊，我會暈船。」

這麼說的是坐在高傅丞後方的那位同仁。高傅丞本來想附和他，說自己也會暈船，可是就在這個時候，趙哲儒忽然從前方趙家的車裡走了下來。

「該不會要去尿尿吧?都什麼時候了。」

高傅丞手中的無線電這時傳來了盧國斌的聲音。

「高傅丞你跟著上去。」

「啊？」

「歹徒要趙先生把鑽石交給趙哲儒，讓他帶到三樓的『提姆熊』，說進去之後左轉，角落的地方有一臺『瘋狂賽車手』，後面牆壁有進一步的指示。你就先跟著上去，隨機應變，保護趙哲儒的安全！」

該棟大樓名叫「慶祥大廈」，總共十二層，一樓是商場，二樓是餐廳，三樓是電子遊樂場所「提姆熊」，四樓以上則是住家。高傅丞由於進去較晚，半晌來到「提姆熊」時，趙哲儒已不見蹤影。他循著綁匪的指示，找到「瘋狂賽車手」的遊戲機一看，只見後方牆壁貼著一張便條紙，上頭寫著：「五樓逃生梯第十三階」，於是又依著指示，往五樓的逃生梯趕去，只見在第十三階靠牆的地方又貼了一張便條紙，上頭寫著：「六樓東側窗口」。他有種不祥的預感，就像方才基隆市的導覽行程一樣，這八成不會是最後一張紙條。果不其然，半晌來到六樓東側窗口，牆角又貼了另一張紙條，要他到七樓的逃生梯去。接著是九樓西側窗口。然後是十樓的逃生梯。

「幹，我明年可以去參加一〇一的登高大賽了！」

高傅丞千辛萬苦爬到十樓，正打算喘口氣繼續找字條的時候，走廊上的電梯突然打開，一個眼鏡男從裡頭走了出來。

對方看到他在逃生梯裡氣喘吁吁，似乎有些詫異。

「電梯沒壞啊。」眼鏡男一手提著便當，另一手指了指身後的電梯。

高傅丞本來沒有想要理會對方，但下一秒鐘他名偵探的警報器突然響了起來，抬頭仔細再看，覺得眼前這個眼鏡男有些面熟。眼鏡男似乎也在想著一樣的事，和他對望了半晌，忽然間兩人就像約好了似的，同時叫出聲來。

「王老師？」「婷婷的舅舅？」

「你怎麼會在這？」王老師連忙走來。

「找人。你呢？」高傅丞仍然氣喘如牛，有些上氣不接下氣。

「我怎樣？」

「你怎麼會在這？」

「我住這啊。」

高傅丞沒想到王老師竟然就住在這裡，但他也沒時間管這麼多，立刻又去找綁匪的字條。結果這次綁匪把便條紙貼在中段樓梯的扶手下方，要交付贖金的人到「十二樓東側窗口」去。高傅丞於是拔腿狂奔，半晌來到十二樓，一出逃生梯就看見趙哲儒一個人站在東側窗口，伸長脖子往下望著。高傅丞趕過去一看，只見窗戶下方是條窄巷，停了幾輛機車，但是沒有人影。至於站在他身旁的趙哲儒，大概由於休息了一會兒，此刻只是臉色有些紅潤，不像他因為狂奔上來，喘得好像快要窒息一樣。

「有看到綁匪嗎？」高傅丞吞了吞口水，問趙哲儒道。

「已經走了。」

「走了？往哪走的？」

高傅丞話才剛說完，忽然發現右方牆壁上貼了張便條紙，撕下來一看，只見上頭寫著：「窗外排水管有個破洞，把鑽石丟進來。」探頭出去看時，果然大廈外牆有一根排水管，直徑大概十公分，上頭破了一個大洞。

「你丟進去了？」高傅丞問道。

「嗯。」

「然後呢？」

「一個叔叔在下面把它撿走了。」趙哲儒說。

5

『隨即釋放肉票，敬請期待。』

高傅丞看著紙條上的字，感到一盆冷水從頭上澆來。這世上最令人喪氣的事，莫過於全力以赴卻還是無功而返。

兩個小時前，警方為了圍捕綁匪，派出多名警力把慶祥大樓各個出入口守得密不透風，誰曉得綁匪根本就不在裡面。不僅如此，綁匪取走鑽石後將絨布袋留在原地，原先寄以厚望的追蹤器完全就派不上用場。而綁匪大概是為了嘲笑警方，還特地在絨布袋裡放了七顆小石頭，外加一張寫著上述那十個字的小紙條。

「把監視器全部給我看過一遍！把那個傢伙給我抓出來！」

盧國斌不甘心被綁匪玩弄於股掌之間，命令高傅丞等人從監視器鎖定那個在大樓各處貼紙條的綁匪。遺憾的是，慶祥大廈除了一至三樓監視系統較為完善外，四樓以上的樓層，僅在電梯出口裝了一支監視器，死角甚多，嫌犯只要稍加注意便可避開。唯一有可能拍到嫌犯身影的，就只剩遊樂場店裡面的監視器。高傅丞把今天晚上的監視器畫面看過一遍，發現趙哲儒在七點〇九分的時候，依照綁匪指示，來到「瘋狂賽車手」機臺旁，找尋後方牆上的紙條。至於最近一個禮拜，到過該機臺的人數少說也有一百，若要逐一過濾，恐怕整個警局都要動起來了。

「我是不是搞砸了？」

晚上九點半，盧國斌在跟局長報告狀況，高傅丞送趙立憲一家人離開警局時，趙哲儒忽然拉了拉他的袖子。

「哲儒沒有搞砸。搞砸的是叔叔。」高傅丞摸了摸趙哲儒的頭說。稍早他問趙哲儒拿走鑽石那個人的長相，趙哲儒說他沒有看見，因為對方戴了帽子又戴了口罩。高傅丞當時聽了萬念俱灰，而趙哲儒似乎被他的情緒感染了。

「我知道警察叔叔會跟上來，所以紙條看完，都有再貼回去。」

「嗯，哲儒最懂事了。」

大概是知道鑽石拿回來的希望渺茫，趙立憲一直到開車離去，一張臉都彷彿槁木死灰一般毫無生氣。而目前唯一還值得期待的，大概就是趙婷婷應該可以平安歸來，畢竟綁匪贖金都已經到手了，實在沒有必要再為難肉票。高傅丞知道這是極度樂觀的情境，但他也只能這樣告訴趙太太，畢竟只要還有希望，就沒有理由放棄。

趙立憲一家人離去後，高傅丞和小倩到警局地下一樓的偵訊室，王老師正在那裡等他們。照理說，王老師應該不是綁匪，或者說應該不是趙哲儒看到撿走鑽石的那個綁匪。因為如果他是的話，當時拿了鑽石，放了石頭跟字條，藏完鑽石再變裝上來，根本不可能跟高傅丞碰到，除非他會瞬間移動。但是王老師「剛好」住在那棟大廈裡，這個巧合又有點讓人不敢置信。高傅丞想到那天去學校找王老師，提到趙婷婷是否有交男朋友的時候，王老師反應有點奇怪，好像在閃躲著什麼似的。此刻想來，王老師縱使不是綁匪，應該也跟這次的綁架案多少有點關係才是。

「那是因為婷婷拒絕過我。」

「啊？」

王老師一臉掙扎，拖了半晌才又開口。

「那天我不是跟你說，有一次我載婷婷去循環站？」

「然後你就跟她告白？」

「也不是當天啦。」

「隔天？」

王老師點了點頭。

「我看她平常跟同學都不太講話，可是那天在車上卻跟我聊了那麼多，以為她對我有好感，就趁著下課，找機會跟她告白。」

「然後呢？」

「她說她現在沒有心情。」

「就這樣？」

「嗯。」

「這樣算很給你面子了！」小倩在一旁終於忍不住說話了。「要我就賞你一巴掌，告到學校去，一點耐心也沒有！」

就在這時，一名員警打開偵訊室的門，探頭進來。
「小倩姊，上面有電話。」
「打到警局來，該不會是男朋友吧？」
「少囉唆，繼續問你的事。」
小倩說完跟著那名員警走了上去。偵訊室裡剩下高傅丞和王老師兩個人。
「你跟婷婷告白的事，那天怎麼沒有跟我說？」高傅丞問道。
「我又不知道婷婷被綁架了，而且警官你也騙我啊。」
「我騙你什麼？」
「你騙我說你是婷婷的舅舅。」
高傅丞心想這麼說也是，那就算跟他扯平好了。
「我可以回去了沒啊，警官？」王老師看了看手錶，一臉著急。
「你趕時間？」
「是不趕時間，但我也不想在這裡待上幾個小時啊。」
「那我最後再問你一個問題。」高傅丞傾身向前，一副天底下的謊言都逃不過他的法眼的態勢。「你跟這次的綁架案真的沒有關係嗎？」
「你們饒了我吧，我綁架婷婷幹麼啊我！」
「覬覦她青春的肉體。」
「就算我喜歡婷婷，也沒必要冒這個險，賠上我的前途吧？」王老師拿出手帕，擦了擦額頭上一整排的汗珠。「況且要是我是歹徒，直接叫弟弟把鑽石丟下來就好，丟到水管裡幹麼？弄髒了不是得不償失？」

「直接丟下來，沒接到鑽石就碎啦。」高傅丞說。

「從水管丟下來就接得到？」

「我想只要你腰沒壞，彎得下來，把手放到水管的出口，想失手也難。而且水管內層有摩擦力，可以減緩鑽石掉下來的速度——」

「找到了！」

高傅丞話沒說完，偵訊室的門碰的一聲打開，小倩急急忙忙衝了進來。

「什麼東西找到了？」

小倩大概是用跑百米的速度下來，喘了半天的氣才又開口說道：

「找到趙婷婷了，現在在醫院裡。」

6

嚴格說起來，不是警方神通廣大找到趙婷婷，而是趙婷婷自己從綁匪手中逃脫出來後，警方才接獲通報的。

趙婷婷這次遭人囚禁在暖暖山區的某處空屋。一個多鐘頭前她從疲憊中醒來，發現手銬解開了，自行逃離該處，然而由於體力不支，剛下山就昏了過去，由路過民眾叫救護車將她送至醫院。小倩方才接到同仁轉來的電話，得知趙婷婷性命雖無大礙，但醫院驗傷後發現處女膜已破，推估曾遭綁匪多次性侵。

由於盧國斌還在跟上頭報告，警方便先由高傅丞和小倩過去醫院了解情況。他們倆火速奔往醫院，在一樓大廳向醫護人員表明身分，得知趙婷婷的病房位於七樓，趕到病房一看，只見趙太太坐在病床旁，看起來才剛哭過，眼睛裡都是血絲。趙婷婷則是吊著點滴，躺在病床上休息還沒醒來，一旁擺著她被歹徒擄走時穿的學校制服。就算沒有聽到那個令人心痛的消息，高傅丞仍然感到無比震驚。趙婷婷的樣子比他想像中的還要憔悴許多，全身上下大概有二十幾處擦傷，原本漆黑的秀髮更是被歹徒剪得亂七八糟，就像剃了光頭一個月不整理，頭髮長出來後的那種模樣。

綁架案有細節尚須釐清，高傅丞和小倩怕吵到趙婷婷，便和趙太太到外頭坐著。

「婷婷有說歹徒是怎麼把她擄走的嗎？」高傅丞問道。

趙太太點點頭，拿著衛生紙擦著眼角的淚水。

「就在她回家的路上，直接把車開到路邊，硬把她抓上車去。」

「哪種車？轎車？廂型車？」

「婷婷說是一輛灰色的廂型車。」

「地點是？」

「義九路路口，婷婷說她那時候要去循環站，在等紅綠燈，忽然有人從後面摀住她的嘴巴，把她抓進旁邊的車子。」

果然在監視器壞掉的那一帶啊，高傅丞心想。

「對方有幾個人知道嗎？」小倩問道。

「婷婷沒講。」

趙太太說著捂住臉，失聲痛哭起來。

「哲儒放學我們都會開車去接，要是婷婷我們也一樣去接她就好了。」

「趙太太妳不要自責了，這不是妳的錯。」小倩說。

「哪是誰的錯？婷婷嗎？」趙太太轉身抓住高傅丞的手臂。「你們有聽醫生說嗎？歹徒對婷婷做了那種事情，要她以後怎麼做人！」

「呃……」

「我知道婷婷現在一定很難受，所以現階段我們所要做的，就是陪在婷婷身邊，幫助她恢復以往的樣子，而我們警方會全力抓拿綁匪的。」小倩說。

「綁匪真的抓得到嗎？」

「一定可以的，現在我們知道婷婷被擄走的地點，知道歹徒開的車子，也知道歹徒囚禁婷婷的地方，一定可以找得出有用的線索的。」

就在這時，走廊另一頭突然傳來腳步聲。高傅丞一看，是趙立憲。

「婷婷還在睡？」趙立憲走過來跟他們打了聲招呼，在趙太太身旁坐了下來。

「嗯，但醫生說血糖都已經升回來了。」

趙立憲手上提著一個袋子。裡頭一個塑膠袋綁起來，裝著水和四隻小金魚，另外還有一個玻璃魚缸，底層放著些花花綠綠的塑膠石頭。

「這是婷婷房裡的東西？」高傅丞問道。

「嗯，我們晚上一到醫院，婷婷就吵著說要她房裡的金魚。」趙太太說。

「那孩子就會擔心這些無關緊要的事情。」

「老公——」趙太太忽然抓著趙先生的手。「我們之後要不要送婷婷出國休養？」
「我們家哪有那個財力？」
「可是我怕婷婷萬一在國內又想起了這些事來——」
「哎，等婷婷出院後再說吧。」
趙立憲一臉不情不願。高傅丞一旁看了，心想就算趙婷婷之後出院了，這些事情應該也是不了了之。但是趙立憲說的也是實話，他們這次付了那些贖金，珠寶店的生意還做不做得起來都是問題，哪還有餘裕送子女出國？
看著趙立憲手上的袋子，高傅丞想到那天趙哲儒告訴他，裡頭那些小金魚就像趙婷婷的家人一般，趙婷婷躲在房裡都會跟他們說話。頭大大的那隻是趙先生，肚子大大的那隻是趙太太，調皮搗蛋的那隻是趙哲儒，「眉毛深鎖」的那隻則是趙婷婷自己。高傅丞實在不敢想像，一個十六、七歲的高中女生，要怎麼面對這些連成年人都無法輕易跨越的傷痛。尤其趙婷婷原本就比一般人封閉了，以後要怎麼開朗得起來？
讓事情落到這般田地的，追根究柢就是那幫喪盡天良的綁匪。
想到這裡，高傅丞不禁在心中暗自發誓，一定要將那批歹徒緝繩之以法。
就像金田一賭上他爺爺的名聲一樣，如果一個禮拜內抓不到那幾個傢伙——
他就從此放棄「高富帥五郎」這個稱號！

7

趙婷婷獲釋當晚，警方在暖暖山區上發現了囚禁趙婷婷的空屋。裡頭一間隔間的角落，堆著趙婷婷遭人剪去的頭髮。隔間外的地上則是擺著些八卦週刊、趙婷婷被擄走後連日來的早報，另外還有一個搖搖杯、一個保特瓶、兩個鐵罐、三個鋁箔包，上面分別驗出七個人的ＤＮＡ。

除此之外，警方在空屋後方發現一只灰色的鐵桶，裡頭裝著一套燒剩的衣物、一頂鴨舌帽，部分灰燼由形狀判斷，應為一般市面上販售的防塵口罩。至於趙婷婷的手機，歹徒則是丟棄在空屋外頭山坡下的樹叢裡，旁邊還有果核、酒瓶、衛生紙、塑膠袋等發著惡臭的垃圾。然而由於數量眾多，警方初步認定，該處的垃圾應為長年來路過民眾隨手丟棄堆積而成，與此次的綁架案無關。

除了上述的空屋，趙婷婷遭人擄走的現場也是另一個調查重點。雖然之前警方已經問過附近民眾，但現在確切的地點和車輛的顏色都知道了，再走訪一次或許會有新的線索。於是二十六日這天傍晚，高傅丞抱著最後一絲希望，來到田寮河河畔趙婷婷遭人擄走的那個路口，四處走闖打探消息。誰曉得問了半天，附近的店家，包括賣吃的、賣喝的、賣電器的、賣腳踏車的，甚至溜狗經過的民眾都叨擾過了一遍，大家卻好像串通過似的，口徑一致地說趙婷婷遭人擄走的那天，不記得有看到什麼特別的事情。但這還不打緊，最令高傅丞覺得不可思議的是，這一帶來往的車輛並不算少，尤其現在這時候，很多學生放學都打這走，綁匪就算可以不用管監視器，但到底要怎麼做，才能抓到那個千鈞一髮的時間點，避過周圍行人與車輛的耳目，把趙婷婷擄上車的？高傅丞自認才高八斗，也想不出要如何破解這個有如魔術一般的犯罪手法。

「雞卵糕！好吃的雞卵糕噢！」

高傅丞沿著斑馬線，走到下一段的河畔步道，忽然看見不遠處的一顆行道樹下，有一個攤販在叫賣東西。他這才想起王老師那天說過，趙婷婷每天放學沿著田寮河畔走路到循環站，為的就是買某個攤販賣的雞蛋糕。

「怎麼賣？」高傅丞走到攤車前，看了一看架上剩下的幾塊雞蛋糕。

「小份六個三十，大份十二個五十。」攤販老闆用臺語說道。

「哇，那給我一份大份的。」

賣雞蛋糕的是一對父女檔。父親大概四十出頭，戴著頂鴨舌帽，雖然最近天氣有些涼了，仍然穿著件短袖T恤，而且還把袖子拉到肩膀上。女兒則是銘傳國中的學生，穿著學校的運動服，綁著馬尾，臉上帶著一副像阿拉蕾那樣大大的眼鏡。她手上拿著一本明信片大小的英文單字書，老爸在烤蛋糕的時候，她就在旁邊一面幫忙，一面背著environment、pollution、neighborhood、creativity之類的單字。

「汝們每天都在這賣啊？」高傅丞問道。

「是啊，雨若莫下太大，阮都會出來。」老闆一邊說一邊將奶油倒進鑄模裡。

高傅丞拿出手機，選了一張趙婷婷的相片。

「汝們敢有看過這個女孩子？」

「婷婷姊姊！」小妹妹馬上認了出來。

「她常常來？」

「是啊，她每天放學都會來阮這買一份雞卵糕。不過這幾天好像都無看到她，不知是發生甚麼逮事矣。」老闆說道。

「姊姊還會教我數學。」
「就是講啊，教到我都無好意思收她的錢矣。」老闆搔了搔腦袋。「一直麻煩她。甚麼『二元一次方程式』、『三角數函』，我看都看無。」
「是『三角函數』啦。」
「反正就是那個『賽』、『口賽』嘛！」
「是『sin』、『cos』啦。」
「還不是一樣？」
「不一樣啦！」
父女兩人，你一言我一語逗起嘴來，高傅丞也覺得好笑。
「打岔一下。婷婷上回來是甚麼時候，敢猶記得？」高傅丞問道。
「上禮拜一的樣子。」老闆說。
「是上禮拜二啦。那天數學老師出了幾題很機車的題目，我不會，統統都是婷婷姊姊教我的。」小妹妹信誓旦旦地說道。
「啊禮拜三咧？」
「這禮拜？」老闆把裝著奶油的鑄模翻了一面。
「上禮拜，十一月十九。」高傅丞說。趙婷婷就是這天遭到綁架的。
「她那天應該是無過來。」
「對啊。禮拜三我到學校，老師不相信那些題目是我算出來的，又出了幾題給我。我想等晚上跟姊姊求救，可是姊姊沒有來。」

這麼說來，趙婷婷就真的是在前一個路口被擄走的囉？
「那天晚上，上一個路口那邊敢有發生甚麼逮事？」高傅丞問道。
「甚麼意思？」
「敢有聽到緊急煞車，抑是有人在叫的聲音？」
「好像無爾。」
「有啦，不是有兩臺車在轉彎的地方相撞？」小妹妹說。
「對乎，我險險[17]不記得。」老闆又搔了搔腦袋。「一輛車違規左轉，撞到別臺車的屁股，在那邊搞很久，後來警察來矣，快八點才解決。」
「搞到那麼晚？」
「對啊，《世間情》都要開始演矣。」
老闆把烤好的雞蛋糕裝到紙袋，交給高傅丞。
「趙婷婷平時來，會跟汝們講甚麼否？」高傅丞問道。
「無爾。就是教阮女兒數學。」
「敢有講過她家的逮事？」
「甚少。」
「姊姊好像有說過她爸媽都不太理她。」小妹妹說。
「啊對啦，講是因為甚麼學校功課無好的關係？」老闆搖了搖頭，一副難以理解的表

17 顯顯：差一點。

情。「她這樣叫功課不好，阮這隻要怎麼辦？」

「還不是你生的？」

「啊汝父頭殼就無好啊。」

父女倆又拌起嘴來。高傅丞趁機休息一下，吃了塊雞蛋糕。

「我記得婷婷猶有講她已經足努力矣，但是英文單字就是背不起來。讀到要死，猶是趕不上那些看起來輕輕鬆鬆的人。」老闆說。

「對啊，我們班上也有那種隨便念，都考一百分的同學。」小妹妹說。

「趙婷婷因為這件逮事覺得很煩？」高傅丞問道。

「好像是喔，我看她常常都無啥精神，之前有一回在阮這買完雞卵糕，走一走就撞到頭前路口的糞圾[18]桶，東西都落落出來矣。」

「有受傷否？」

「應該是無。我看她把糞圾撿一撿，一青燈就過去矣。」

「這甚麼時候的逮事？」

「上上禮拜吧。」

兩人又聊一會兒，因為後面有客人來了，高傅丞便先告辭，一邊吃著雞蛋糕一邊往循環站的方向走去。沿路上他又回頭思考著，綁匪為什麼會選在之前那個路口將趙婷婷擄走。那邊風險那麼大，一旦失敗，恐怕連自己也逃不了。還是說，那裡已經是趙婷婷回家

18 糞圾：垃圾。

的路上，歹徒認為最有機可趁的地方？

一輛開往循環站的公車，在右前方的站牌停了下來。高傅丞心想如果趙婷婷走路到循環站是為了買雞蛋糕，那為什麼買完雞蛋糕不在這邊搭公車，而要繼續走下去？趙婷婷到底在想什麼，高傅丞縱使才高八斗仍然搞不太懂。或者應該說，女孩子的心他從來就沒有搞懂過。還有方才雞蛋糕老闆轉述的那句話，趙婷婷說她唸得要死，還是趕不上那些看起來一派輕鬆的人，高傅丞總覺得跟他近日來的某個「印象」相互契合卻又衝突。只不過那個印象到底是什麼，他也說不上來。這種感覺非常折騰人，就像是穿著皮靴走在街上，突然腳癢，可是裡頭空間太小，就連拇趾要幫食趾抓個癢癢都沒辦法。高傅丞受不了這種折磨，決心一探究竟。然而，就在他吞下口中的雞蛋糕，正要變身成高富帥五郎全力思考的那一瞬間，口袋裡的電話忽然響了起來，張國榮的歌聲輕輕地唱著：「人生路，美夢似路長，路裡風霜，風霜撲面乾——」

「喂？」高富城接起手機。

「自殺了！」

「誰啊？」

「趙婷婷！」小倩聲音像見了鬼似的。

8

高傅丞趕至醫院，小倩和趙立憲一家三口，都在十樓的手術室外頭守候著。趙太太和趙先生坐一旁的椅子上，兩隻眼睛哭得又紅又腫，趙哲儒則是一臉驚惶地蹲在趙太太身旁，好像撞見了什麼極其恐怖的事情一般。

「婷婷還好吧？怎麼會這樣？」高傅丞把小倩拉到一旁。

「就趙太太一時大意，把刀子留在病房……」

依照小倩轉述，今天一整天趙太太都待在病房陪女兒，還削了一個蘋果給她吃。到了傍晚，趙立憲帶著趙哲儒來探望姊姊，本來打算一家四口一起去吃晚餐，但趙婷婷說想休息，沒有跟去。趙太太當時沒有多想，把削蘋果的水果刀留在病床旁的櫃子上，哪曉得七點整大夥一回來，就看到趙婷婷倒在床上，左手手腕鮮血淋淋，一旁擺著那把水果刀，半片床單都是紅的。院方得知後，立刻將趙婷婷送到手術室輸血搶救。到現在過了三個小時，大家還在等醫生出來告訴他們趙婷婷是否安然無恙。

「姊姊會不會死掉啊？」趙哲儒抬起頭來，望著坐在身旁的趙太太。

「小孩子不要亂講話！」趙立憲聽了連忙訓斥。

「可是為什麼那麼久了……」

「再耐心等一下，醫生很快就會出來跟我們講姊姊的狀況了。」趙太太摸了摸趙哲儒的頭，勉強擠出一絲笑容。

「姊姊為什麼要自殺？」趙哲儒又問。

「因為，那個……姊姊她……」

趙太太支支吾吾，想必是不知道該怎麼解釋趙婷婷遭歹徒性侵的事。高傅丞站在旁邊看著這一切，心想他那天就在擔心以趙婷婷的個性，這次很可能會走不出來，只是沒想到居然這麼快就動了輕生的念頭，讓人措手不及。
「姊姊到底為什麼要自殺？我以為她回家來會很開心的。」趙哲儒哭了起來。
「因為歹徒把姊姊……」
「嗯？」趙太太沒有說下去，趙哲儒趕忙又問。
「因為姊姊心裡受了傷。」小倩走到趙哲儒身邊，蹲了下來。
「心裡受了傷？」
「嗯，所以姊姊出院後，哲儒在家要幫忙照顧姊姊，聽姊姊的話。」
「我一直都很聽姊姊的話啊。」
「那以後要更聽話才行，不要惹姊姊生氣。」
就在這時，一旁手術室的門緩緩打開，在場眾人一瞬間都往那兒看了過去。
「趙婷婷的家屬？」一個身穿手術袍的醫生走了出來。
趙太太一聽，連忙和趙先生衝上前去。
「我女兒怎麼樣了？」
「狀況大致穩定下來了。」醫生脫下口罩，露出一個滿是疲倦的笑容。「待會送回病房，你們就可以去看她了。」
趙太太聽了眼淚瞬間湧出，趙先生則在一旁不斷地感謝醫生。
「姊姊沒事了？」趙哲儒拉了拉小倩的袖子。
「嗯，哲儒等下就可以去看姊姊了。」小倩微笑道。趙哲儒一旁聽了，就像是做錯事終於得到原諒一般，擦了擦鼻涕笑了起來。

院方將趙婷婷安排到另一間大一點的病房，以便家屬過夜照顧。趙家人在探視完趙婷婷之後，決定今晚由趙太太留下來陪婷婷，趙立憲則帶著趙哲儒先行回去。至於高傅丞和小倩，兩人離開病房後本來也要去停車場開車，但小倩卻說她來的時候去了趟趙婷婷原本位於七樓的病房，把圍巾留在那裡，要高傅丞陪她一起去拿。

一會兒來到趙婷婷原來的病房，小倩拿了圍巾正要離開，高傅丞忽然聽到「登登」一聲，一看，旁邊椅子上擺著一隻手機，是趙哲儒的。他起拿手機，只見螢幕上有一則通知，寫著：「再接再厲，繼續挑戰！」原來是之前下載的「成語大猜謎」，趙哲儒已經破到四百八十關了。高傅丞覺得不可思議，因為縱使他才高八斗，當初還是在第三關就卡關了，最後不得已只好求助於才高九斗的谷歌大神。趙哲儒那小鬼連「眉頭深鎖」都不知道，怎麼可能一下就衝到了四百八十關？高傅丞心想一定有鬼，決定一探究竟。由於之前幫趙哲儒下載遊戲時，知道了他的密碼，二〇〇五，非常好記，就是趙哲儒出生的那年，高傅丞不費吹灰之力就把手機的鎖給解了開來。

「你偷看人家手機幹麼？」小倩嘴巴這麼說，臉卻湊了過來。

「看他有沒有作弊。」

高傅丞把來龍去脈解釋給小倩聽，一面打開瀏覽器。果不其然，趙哲儒的「我的最愛」裡有一個「成語大猜謎終極解碼器」。

「你很幼稚耶。」

「這叫實事求是。」

高傅丞退出網頁，不小心手滑點到了趙哲儒的 LINE。他發誓他不是故意的，但是為時已晚，LINE的首頁在他閉上眼睛之前就硬生生跳了出來。

「不錯嘛。」

高傅丞偷偷看了一下，趙哲儒還挺有兩把刷子的，頭三個都是跟女同學的對話，第四個是跟趙太太的，第五到第八個有男有女，看起來應該都是同學，第九個則是趙哲儒一家人的群組，綁匪之前就是用趙婷婷的手機，傳訊息到這來發號施令。高傅丞看著看著，突然覺得哪裡怪怪的，不過他也沒有細究，趕緊把手機放回椅子上。就在這時，他看見旁邊的垃圾桶裡放著一顆乳白色的石頭，大概四分之一個手掌心那麼大。

「這是？」高傅丞把石頭撿了起來。

「垃圾桶裡的應該就是垃圾吧？」小倩說。

高傅丞感到腦袋一片混亂，回頭看時，只見趙婷婷獲救當晚從她房裡搬來的那個魚缸，此刻正擺在病床旁邊的矮櫃上。趙婷婷，那隻眉頭深鎖的魚，這會兒正在魚缸底層，那些花花綠綠塑膠做的小石頭旁游來游去。

高傅丞接著想到了十一月二十一日那天，趙立憲知道政府不可能幫忙付贖金後，怒氣沖沖踏出家門的樣子。為什麼？綁匪要求交付贖金的日子，是十一月二十四日，明明還有三天，而那些規格的鑽石，趙立憲店裡明明就有現貨，為什麼還那麼急著出去？如果是擔心店裡的人不小心把鑽石賣了，打電話交代不就得了？為什麼非得親自跑一趟不可？高傅丞想到最後，背脊整個發涼，一個踉蹌，跌倒在地。

「你中邪啦？」小倩扶著他站起身來。

「反了。」

「什麼反了？」

高傅丞腦袋轉得太快，想到了那天在基隆女中毛衣穿反的事。

「你到底發什麼神經啦？」小倩有些著急了起來。

「只要反過來想——」

高傅丞抓著小倩的手，兩隻眼睛炯炯發光。

「事情就完全不一樣了！」

9

高傅丞上完廁所，回到咖啡廳的位子上，小倩正坐在那裡，一隻手撐著臉，一隻手百般無聊地滑著桌上的手機。

「趙太太還沒來啊？」高傅丞在小倩身邊坐了下來。

「嗯嗯。」小倩把手機放到一旁，換成兩隻手撐著下巴。

「怎麼那麼沒有精神？」

「因為你都不跟我說等下到底要幹什麼啊。」

「就確認個事情而已嘛。」高傅丞哎唷一聲，拿起桌上的飲料吸了一口。

今天是十一月二十九日。他們跟趙太太約好下午四點，在仁一路上的這家咖啡廳碰面。現在時間是下午四點〇八分，咖啡廳只坐了一成滿，高傅丞推測是因為縣市長投票剛結束，有部分的人窩在家中等開票的緣故。

這幾天高傅丞有點忙，就像牛仔一樣。二十六日他從醫院離開以後，隔天一早先是聯絡了LINE在臺灣的分公司，跟他們要了伺服器上的某段對話記錄，接著又趕往歹徒囚禁趙婷婷的那個空屋，在一旁山坡下樹叢裡的垃圾堆中，找到了一個可能是關鍵證據的東西，帶回鑑識科化驗。結果也如他所料，上頭沾有某個人的DNA。這兩項資訊，是要完成他心中某個「畫面」的倒數第二塊跟第三塊拼圖。至於最後一塊長什麼樣子，高傅丞其實也有十足的把握，只差等一下從趙太太口中確認而已。

說曹操曹操到，高傅丞正想到趙太太，對方就從外頭走了進來。

「趙太太，這裡！」小倩舉起手揮了一揮。

趙太太看見兩人，快步過來。她今天穿了一件灰色大衣，配上深藍色的褲子。

「不好意思，你們等很久了嗎？」

「沒有沒有，我們也剛到而已。」高傅丞說。

趙太太去櫃檯點了杯飲料，回來坐下。他們這張桌子是正方形的，趙太太坐在高傅丞對面，小倩夾在兩人中間。

「婷婷還好嗎？」高傅丞攪拌著面前的飲料，他點的是冰菊花茶。

「還是不怎麼說話，但我跟我先生都怕了，現在不敢讓她一個人待在房裡。」

「那晚上睡覺呢？」

「這幾天我都去她房間跟她一起睡。」

高傅丞點點頭，心想目前也只有這個辦法度過難關了。

「對了，」趙太太遲疑了一下。「你說今天找我出來，是想確認……？」

「前幾天婷婷在病房，有誰去探望過她？」
「就我們家三個人啊。」
「每次都是三個人一起去嗎？」高傅丞換個方式問。
「啊，這倒不是，我們夫妻要留個人照顧哲儒。」
「所以十一月二十四日，也就是婷婷獲救的那天，到醫院的是？」
「那天晚上我是跟我先生一起去的。」
「弟弟呢？」
「先留在家裡，畢竟事出突然。」趙太太大概想起了那天的事，表情有些憂傷。
「那隔天二十五日呢？」高傅丞接著問道。
「那天只有我在病房陪婷婷，我先生沒有過來。」
「瞭解。」
高傅丞又點了點頭。目前一切都在自己的預料之中。接著，他向趙太太確認二十六日，婷婷割腕那天的狀況。趙太太的答覆是，那天白天都是她在照料女兒，直到傍晚，趙立憲才帶著放學後的趙哲儒前來醫院，探視姊姊。
「請問你們確認這些事情是要？」趙太太問道。
「我在思考這次的綁架案。」
「那有結果了嗎？」小倩說。
「差不多了。」
「所以綁匪到底是何方神聖？」

「這不是問題的核心。」高傅丞說。趙太太的熱拿鐵這時送了上來。

「那什麼才是？」小倩說。

「趙婷婷割腕的原因。」

「不就是被綁匪……『那個』了嗎？」

「事情沒有那麼簡單。」

趙太太拿起拿鐵正要喝，聽到高傅丞這麼說楞了一下。

「沒那麼簡單？」

「嗯，」高傅丞喝了口面前的菊花茶，一面調整了一下坐姿。「我問另一個問題好了，妳們覺得這次綁匪有幾個人？」

「不是應該至少有七個？」小倩說。

「的確。交付贖金的那天傍晚，綁匪帶我們繞了好幾個點，每到一個地方，立刻就會傳指示來，通知下一個去處。我當時觀察過了，沒有車輛在跟蹤，剩下來比較有可能的，除了歹徒在趙先生的車上裝了定位系統外，就是歹徒在每個地點都設有埋伏，一看到目標車輛到達定點，就立刻聯絡。我們那天一共去了五個地方，所以守在外頭的歹徒至少五人，再加上一個負責看著婷婷，另一個負責聯絡警方，總共應該至少有七個人。但真的是這樣嗎？歹徒帶我們繞來繞去，目的到底是什麼？」

「不就是故弄玄虛？」小倩也拿起飲料喝了一口。

「我不認為。」

「要不然為什麼？」

「就為了讓我們形成剛才的想法，認為歹徒至少七人。」

「難道不是這樣嗎？別組的同仁後來不是在那個囚禁婷婷的空屋裡，發現了一些飲料罐，上面有七個不同人的DNA？」

「沒錯，就是這麼剛好的，又有另一項證據證明歹徒總共大概有七個人。可是妳們想一想不覺得很奇怪嗎？現場遺留的是：一個飲料店的那種搖搖杯、一個保特瓶、兩個鐵罐、三個鋁箔包。從十一月十九號婷婷被綁架的那天，到二十四號綁匪放人，整整六天的時間，綁匪七個人就只喝了七罐飲料？再說，那種飲料店的搖搖杯，一般來說不是都會順便幫同伴買嗎？為什麼現場就只有一個？」

「也許他們是輪流看著婷婷的，一次一個人？」趙太太說。

「那為什麼屋後的鐵桶，裡頭燒掉的衣物只有一套？」

「因為只有一個綁匪被我們看到啊。」小倩說。

「哪一個？」

「就是弟弟看到在巷子裡，戴著帽子跟口罩，把鑽石拿走的那個啊。那個鐵桶裡，不是也有發現這些東西？」

「這就是歹徒希望我們思考的方向。」

「啊？」

「歹徒就是要我們以為，拿走鑽石的人就是穿著鐵桶裡的衣物。」

「這樣有什麼意義？」

「這我待會再講。在那之前，我想說一下綁匪拿走鑽石的手法。」

「不就是站在一樓的水管旁，等弟弟把鑽石丟下來？」
「那在絨布袋裡放進石頭跟紙條的目的呢？」
「挑釁警方啊。」
「這也是綁匪希望我們思考的方向。」高傳丞傾身向前，把手肘靠在桌上。「放石頭跟紙條，是為了分散我們的注意力。而這也連結到另一個疑問：綁匪為什麼要在各層樓設下關卡，讓我們跑來跑去？我起初以為是要消耗我們的體力，但前幾天我到婷婷每天放學都會去買雞蛋糕的一家攤販，那個老闆跟我說，婷婷之前抱怨過她在學校唸得要死，成績卻還是趕不上某些看起來一派輕鬆的人。剛開始我覺得這句話怪怪的，但又說不出個所以然來，後來我才曉得原來我最近也有類似的經驗。」
「這跟歹徒設下關卡有什麼關係？」小倩問道。
「那天我趕到十二樓，喘得要死，可是弟弟看起來卻很輕鬆，為什麼？」
「哲儒先到，已經休息過一會的關係吧？」趙太太說。
「那他到底比我多休息了多久？」
「大概三、五分鐘吧。就弟弟跟你先後進到『提姆熊』的時間差啊。爬樓梯的話，因為你的腳程比較快，再扣一扣，可能就多休息個一兩分鐘吧？等等——」小倩說著張大了眼睛。「難道說弟弟是搭電梯上去的？」
「我不認為。搭電梯要等，而且各個關卡幾乎都只差一層樓而已，用爬的絕對比較快。」高傳丞拿起杯子，用吸管吸了口所剩無幾的菊花茶，發出簌簌簌的聲音。「除此之外，還有另一個點我也很在意。如果那天弟弟在我之前每層樓的關卡都跑了，那麼牆上的那些紙條真的都還會好端端的黏在那嗎？要是我紙條看了，可能隨手就丟在旁邊。弟弟自己的解釋是，他知道有警察會跟上來，所以每個關卡的紙條看完都會貼回去。我一開始不以為意，可是後來想想真的是這樣嗎？紙條會一直在牆上的原因，有沒有可能不是弟弟『貼回去』，而是他根本就沒有『撕下來』？」

高傅丞把杯子放回桌上，看了看趙太太跟小倩。

「換句話說，弟弟那天根本就沒有跑關，而是直接就爬到了十二樓去——」

「哲儒怎麼可能事先知道綁匪要他去那？」

「對啊，」小倩接著趙太太的話說。「而且監視器不是有拍到弟弟進到遊樂場，看綁匪貼在機臺後面牆壁上的紙條？」

「弟弟不是去那『看』紙條，而是去『貼』紙條的。」

「你的意思是？」

「綁匪應該是前一天，就把其他地方的字條都貼好了。但因為遊樂場裡有攝影機，就叫弟弟交付贖金當天再貼，一方面可以免於暴露身分，另一方面也可以讓大家相信，弟弟是照著各層樓的紙條一一跑關的。」

「為什麼要這麼麻煩？就為了消耗你的體力？」

「與其說是消耗體力，倒不如說是拖延我上到十二樓的時間。」

「弟弟不就把鑽石丟進水管裡？還怕你阻止不成？」

「綁匪怕我阻止的是其他事情。」

「其他事情？」小倩和趙太太面面相覷。

「嗯。弟弟當時在十二樓窗口，把絨布袋丟進水管之前，先把鑽石拿了出來。」
「那裡頭的石頭跟紙條？」
「是弟弟放進去的。因為如果不放石頭，絨布袋是空的，重量不夠，很可能會卡在水管裡。放紙條則是為了掩飾放石頭的用意，讓警方以為綁匪在挑釁。」
「那麼那個帽子男？」
「是弟弟捏造的。鐵桶裡擺上帽子那些東西，其中一個目的，就是要讓我們相信弟弟的證詞，認為確實有帽子男這麼一號人物。」
趙太太聽到這，臉部微微扭曲起來。
「綁匪到底是誰？哲儒為什麼要幫他綁架自己的姊姊？」
「這得從另一個方向去想。」
「嗯？」
「趙太太，妳覺得犯人為什麼要剪掉婷婷的頭髮？」高傅丞問道。
「不就是凌虐？」小倩說。
高傅丞搖了搖頭。
「婷婷說她被擄走的地點，妳們知道在哪嗎？」
「義九路跟信一路的交叉口啊。」
「嗯。那一帶傍晚人不算少，車輛也多。尤其婷婷說她被擄走的那個時候，據說當時還發生了車禍，僵持了很久，警察甚至還到場調解。請問這種狀況，綁匪到底是要怎麼做，才可以擄走婷婷，而周圍的人都沒有發覺？」

「難道說……」

小倩和趙太太一臉恍然大悟。

「沒錯，歹徒根本就不可能有機會下手。」高傅丞點點頭，表情整個嚴肅了起來。「整起綁架案，都是婷婷姊弟倆自導自演的。」

10

「這樣一來，很多事情就解釋得通了。交付贖金的前一天，婷婷到慶祥大樓去貼紙條，穿的就是鐵桶裡燒掉的那套衣服和帽子。頭髮之所以剪掉，是因為戴上帽子可以偽裝成男性。屋內那些飲料罐，自然也是婷婷擺的。」

那天到田寮河畔的那攤雞蛋糕，老闆說婷婷上上個禮拜，有一次看起來精神不濟，走路不穩撞到了前方路口的垃圾桶，裡頭的垃圾都掉了出來。高傅丞心想那是婷婷故意的，為的就是趁機撿幾罐飲料起來，放到書包或隨身的袋子裡。

小倩聽他這麼解釋，本來好像懂了，下一秒又皺起眉頭。

「萬一信一路上的監視器沒有因為大雨故障，婷婷的計畫不就泡當了？」

「她的計畫不管怎樣都行得通的。只要在回家的路上，找一條沒有攝影機的小路彎進去，躲到沒有人的地方變裝後離開就可以了。」

「沒有人的地方？」

「比如說公寓的樓梯間。現在是秋天，女中的制服是長袖的，我想趙婷婷應該是先將便服穿在裡面，到時再直接脫掉就好。而警方一來因為整副心思都放在穿著女中制服的學生身上，二來因為沒有掌握到趙婷婷一開始的行蹤，需要查看的監視器畫面瞬間倍增，要釐清趙婷婷『被人擄走』的地點，幾乎是不可能的任務。也就是說，就算信一路上的監視器沒有故障，趙婷婷只要按照上述的步驟行事，獲釋後被綁架的地點換個說法，就可以把警方蒙在鼓裡。當然，監視器剛好故障，這對趙婷婷來說是再好不過的消息，她只要加以利用，就可以輕而易舉把警方的任務變得更加棘手。」

「那交付贖金的那天呢？婷婷是怎麼知道我們抵達每個定點的時間的？」小倩接著問道。

「趙哲儒傳訊息通知她的。」

「你說 LINE？」

「沒錯。」

「你那天在趙哲儒的手機裡看到了？」

「我什麼也沒看到，因為訊息事後就刪掉了。」高傳丞苦笑道。「但是我記得很清楚，十一月二十一號那天，趙先生抱怨贖金太高，趙哲儒說要幫忙殺價，傳了則『綁匪叔叔』四個字的訊息給綁匪。那則訊息不是傳到趙立憲一家人的群組，而是直接傳給趙婷婷。可是那天在醫院，趙哲儒的手機裡卻沒有跟趙婷婷的對話紀錄。所以我在想，趙哲儒應該就是趙婷婷的人肉衛星定位系統，每到一個地點就會傳訊息過去，讓趙婷婷掌握我們的行蹤，事成之後再刪掉對話。至於趙哲儒為什麼要傳『綁匪叔叔』那則訊息給趙婷婷，恐怕是他一時貪玩，不在計畫之內——」

「你這麼說有證據嗎？」小倩打斷他的話道。

「我前幾天跟 LINE 要了他們伺服器上，趙哲儒那段時間的對話記錄，結果發現趙哲儒每到一個歹徒指定的地點，就傳貼圖給某臺不知名的手機。」

「不知名的手機？」

「嗯。趙婷婷應該是另外準備了一支手機，用來等趙哲儒跟她通風報信，至於原本的手機，則是用來假裝歹徒跟警方聯絡——」

換句話說，趙家群組裡的「趙婷婷」，跟趙哲儒傳貼圖過去的那個「趙婷婷」，是兩支不同手機上的不同帳號。趙婷婷大概在開始行動之前，就先要趙哲儒把手機裡和自己原本帳號的聊天記錄刪掉，接著再把新帳號的名稱跟大頭貼圖片設成跟原帳號一樣，這樣在旁人看來，只要不深入追究，都會以為兩個帳號沒有差別。

「他們姊弟倆為什麼要這麼做？」

趙太太抓著高傳丞的手臂，一臉激動。方才知道趙婷婷就是這次綁架案的主謀，趙太太整個人驚呆了，一直到現在才又開口說話。

「婷婷被人侵犯又是怎麼一回事？」小倩也看向他來。

「要解決這個謎團，首要的任務就是了解婷婷的心裡到底在想些什麼。一個十六歲的女高中生，剛上小學親生父親就遭人殺害，母親帶著她改嫁，有了新的爸爸、新的家庭、甚至後來還有了一個弟弟。婷婷慢慢發覺，父母親的愛，有一部分開始轉移到弟弟身上。但就算這樣，她還是很乖巧、很聽話、很懂事。」

高傳丞腦中浮現趙婷婷那天躺在病床上的模樣，深呼吸了一下。

「婷婷或許天生就比較安靜，不懂得表達，很多事都悶在心裡。然後上了高中，課業壓力越來越大，婷婷應付不暇，成績一落千丈，父母親對她似乎相當的失望。就在這時，她驚覺父母親的愛，已經全部跑到了弟弟身上。父母親常常稱讚弟弟成績好，送弟弟上才藝班，學書法，學小提琴，而弟弟也從不辜負父母親的期望，總可以拿出一番好成績來，讓父母親引以為傲。父母親帶弟弟出去玩，買新衣服給弟弟，而她卻什麼都沒有。婷婷覺得自己一無是處，決定把自己封閉起來，不跟父母說話，而父母竟然也就這樣放棄了她——」

「我沒有放棄！」趙太太猛搖著頭。「我們夫妻倆也是很愛婷婷的。看到婷婷這個樣子，我們比誰都著急，比誰都難過！」

「然後呢？你們有什麼作為嗎？沒有。什麼都沒有。不但如此，妳跟妳先生還只會抱怨，跑到家長會上，跟老師抱怨婷婷成績不好，令你們很失望，然後還大肆稱讚弟弟有多麼優秀。你們有考慮過婷婷的感受嗎？有想要了解婷婷嗎？女兒自我封閉，你們不去打開她的心，而是跑去學校問老師。老師說這個年紀的孩子，耍酷是自然的，過一陣子就會好轉。妳聽了之後，除了埋怨婷婷怎麼過了整整一年，都還無法變回以前那個你們想要的樣子，還有什麼具體的作為嗎？老師沒辦法給妳個答案，妳也就這樣算了。難道不是嗎？這就是妳跟妳先生所謂的著急？所謂的關心？」

趙太太啞口無言，低著頭，縮著肩膀，整個人都顫抖了起來。

「妳說的一點都沒錯，婷婷就像是跟你們生活在同一個屋簷下的陌生人。一回到家就把自己關起來，孤獨到除了房間裡的魚以外，沒有其他對象可以說話。婷婷的一切你們都不清楚。妳知道婷婷每天放學，都用走的去循環站嗎？妳知道為什麼嗎？妳知道為什麼婷婷在半路買完雞蛋糕，還是不肯搭車，還是堅持用雙腳走到市區？因為她想拖時間。家裡沒有溫暖，沒有關懷。她只是想拖延回到家的時間而已！這些妳都不知道，還憑什麼說妳很著急？妳這樣子婷婷要怎麼開朗得起來？」

「好了啦——」

趙太太聽到最後，哭得滿臉淚水。小倩向高傅丞使了個眼色，要他講話克制一點。高傅丞於是止住話頭，讓氣氛稍微緩和一下。

「所以婷婷就策劃這起綁架案，為了報復我們嗎？」趙太太哽咽著問道。

「當然不是，婷婷是因為受到了一些『外在的刺激』。」

「外在的刺激？」

「嗯。妳們如果去過那家賣雞蛋糕的攤販就曉得了。那是對父女在賣的，女兒念國中，功課不好，家中的環境也不是那麼寬裕，可是父女倆的感情卻相當融洽。婷婷看到那對父女，大概想到了自己的親生父親，想到了遺失的父愛。」

高傅丞靠在椅背上，呼了口氣。

「然後她問了自己一個問題：『愛是什麼？』得到的答案是：『愛是犧牲。』或許是因為生父是遭歹徒撕票殺害的緣故，婷婷也如法炮製，開始策劃這次的綁架案。接著是『導火線』，也就是得知父親經營的珠寶店，最近進了一批高規格的鑽石。婷婷心裡大概在想，如果父母親肯『犧牲事業』，用鑽石來贖人，表示還是在乎她的。說穿了，這一切看似複雜的計畫背後，動機其實相當單純，而且天經地義，就只是一個女孩想要父母親的『愛』而已。」

「可是鑽石不是給了嗎？難道後來發生了什麼意外？」小倩問道。

「婷婷被性侵又是怎麼一回事？」趙太太激動地說。

「這就要回到婷婷的學校了。」

「難道是王老師？」小倩一愣。

「不是他。但是跟他也不是完全沒有關係。」

高傅丞一想到王老師，腦中就浮現了那天他在偵訊室一臉無辜的樣子。

「妳知道『摩氏硬度表』吧？」

「礦物硬度的那個？」

「嗯。那天我去基隆女中，他們地科教室的牆上就貼了一張『摩氏硬度表』，把自然界中的礦物，依照相對硬度分成十個等級，滑石方、螢磷長、石英、黃玉、剛金剛，由軟至硬依序是：滑石、石膏、方解石、螢石、磷灰石、正長石、石英、黃玉、剛玉、金剛石。其中石英的相對硬度是七，又叫做水晶。」

說到這，高傅丞從口袋拿了顆乳白色的石頭出來。

「這是那天垃圾桶裡撿的？」小倩問道。

「沒錯。」

高傅丞把石頭放在桌上。

「那天王老師告訴我，他們地科教室之前有野貓偷跑進來，弄得一塌糊塗，害學校賠了好幾萬塊，所以之後離開時，門窗都要確實上鎖。我本來覺得沒怎麼樣，直到那天在婷婷病房的垃圾桶裡看到這顆石頭，才恍然大悟，當時跑到地科教室搗亂的，恐怕不是什麼野貓，而是婷婷為了偷這顆石頭，怕人發現，才故意把教室用得亂七八糟，藉此掩人耳目。

而這顆石頭，就是剛才所說的『石英』。」

「婷婷為什麼要偷石英？」趙太太問道。

「要做實驗。」

高傅丞把手伸進另一邊的口袋，拿出七顆閃閃發亮的東西。

「這是……那天的鑽石？」趙太太和小倩面面相覷。

「嗯。弟弟交付贖金那天把這些鑽石藏了起來，一直到十一月二十六號，他第一次到醫院探望婷婷的時候，才偷偷把鑽石跟這塊婷婷事先給他的石英交給了婷婷。如果把摩氏硬度表上，兩個不同硬度的礦石拿來相互摩擦的話，硬度大的會在硬度小的上頭留下痕跡，自己則毫髮無傷。而硬度表上最堅硬的礦物，金剛石，又叫做『鑽石』。當然，可以在石英上刮出痕跡的，不一定就是鑽石，理論上只要是硬度大於七的礦物，都有這個特性。但是，反過來說，如果某個不知名的礦物，拿來跟石英相互摩擦，自己被刻出痕跡來的話，那麼那個不知名的礦物，就肯定不會是鑽石。」

高傅丞說著拿了顆鑽石，在石英上用力刮了一下。旁邊兩人一看，石英一點動靜也沒有，而「鑽石」卻有些受損了。

「這也是十一月二十一日那天，綁匪提出贖金要求，趙先生明明店裡就有現貨，還那麼趕著出門的原因。為的就是去弄這些假的鑽石！」

「不可能，我先生不可能做這種事的！」趙太太叫了起來。

「你這些鑽石哪來的？」小倩問道。

「婷婷病房裡的魚缸，底層擺著些五顏六色塑膠做的小石頭，婷婷就把這些假鑽石藏在裡面。這也是婷婷為什麼獲救當晚，就要人把她房裡的魚缸搬來醫院的緣故。那些魚是她的家人，而這些『鑽石』，則是她家人有多麼在乎她的證明。說穿了，婷婷會割腕，不是因為遭到性侵，而是因為她覺得自己徹徹底底，被家人給遺棄了。這就是她精心策劃的『實驗』，證明出來的結果。」

「那性侵是？」小倩問道。

「婷婷自己拿酒瓶弄的。」高傅丞發覺自己眼眶濕了，用手背抹去眼角上的淚水。「我在小屋旁邊，山坡下的垃圾堆找到了一個酒瓶，拿去給鑑識科化驗，結果上頭有婷婷的血跡，還有陰道的分泌物。」

這說來也有些運氣成分。高傅丞那時在空屋附近的垃圾堆中，找到了幾個婷婷可能拿來自殘的物品，最後發現了那個酒瓶。婷婷大概沒料到警方會拿來化驗，因此只是稍微擦拭血跡，東西也沒有扔得太遠。高傅丞本來也想找婷婷另外準備的那支手機，但沒有找到。大概是婷婷在下山的途中，隨手丟棄在某處的山谷吧。

「婷婷這麼傷害自己，就為了騙我們綁架案是真的？」趙太太一臉不敢置信的問道。

「不全然是這個原因。」

「那還有什麼原因？你說啊！」

「自殺的藉口。」

「藉口？」

「我想婷婷心裡大概是盤算著，如果最後家裡肯拿真的鑽石來贖人，那麼這些犧牲也就無所謂了，她不在乎。如果是拿假的鑽石來，證明她沒有活著的價值，她就要結束自己的生命。但是她不想讓家人知道她有多麼孤獨，也不想家人因為放棄她而感到愧疚不安，所以就需要另外一個自我了斷的理由。」

高傅丞強忍著淚水，看著眼前滿面愕然的趙太太。

「這樣子妳懂了嗎？」

11

高傅丞和小倩離開咖啡廳時，已是傍晚。夕陽西沉，天空一片昏黃，幾隻麻雀停在路口的電線桿上，啾啾啾的啼叫著。

「我們就這樣離開好嗎？」小倩在路上邊走邊說。

「OK的啦。都是大人了。」

方才聽完他那一番話，趙太太呆楞了好一會兒才回過神來。高傅丞明白這突如其來的真相，當事人肯定很難接受，但他縱使想要幫忙，也無處著手。畢竟解鈴還需繫鈴人，一切的癥結，還是得靠趙家人自己敞開心胸，才能化解。

兩人車子停在咖啡廳斜對面的馬路旁，高傅丞和小倩過去的時候，又想起了趙婷婷房裡那隻「眉毛深鎖」的小金魚。說實在的，趙婷婷並不像她自己想的那麼孤獨，至少趙哲儒就站在她這邊，不然也不會和她聯手，把高傅丞他們幾個大人騙得團團轉。而趙哲儒雖然備受父母寵愛，但內心深處或許也是有些寂寞的，唯一的消遣，就是跟趙婷婷玩成語接龍。但是因為每次都輸，久而久之大概也膩了，趙婷婷於是抓準了這個心理，跟趙哲儒說來玩個新遊戲，不可以告訴別人。

趙哲儒知道遊戲的「玩法」，但卻不清楚為什麼要玩這個遊戲，所以後來看到趙婷婷割腕，才會在手術室外嚇成那副德性。高傅丞心想，趙婷婷雖然聰明，但心智上仍有一些不成熟的地方。自己因為失去父母的愛，痛苦不已，卻沒考慮到趙哲儒可能因為她一意孤行，幼小的心裡蒙上陰影，一輩子都要活在愧疚與自責之中。除此之外，這次綁架案被牽扯進來的，還有趙婷婷那無辜但有點好色的班導王老師。趙婷婷大概是覺得，自己好不容易敞開心房，跟王老師講了些心裡的話，王老師卻得寸進尺，要求交往，因此才決定給他點教訓，刻意把交付贖金的地點安排在王老師住的慶祥大廈。想到這裡，高傅丞不禁覺得王老師不請自己吃頓大餐，實在是說不過去。因為要不是他才高八斗，明察秋毫，那個痴蟲老師早就被抓起來關了！

「要是你是趙太太，你會怎麼做？」半晌兩人坐上車子，小倩問道。

「什麼怎麼做？」高傅丞插上鑰匙，發動引擎。

「你會跟趙立憲攤牌嗎？」

「應該會吧。」

「我是鐵定會！趙立憲那傢伙已經不是『可惡』可以形容了。我要是趙太太，一定會跟他說你幹的好事，老娘都知道了！」

「那婷婷呢？會跟她敞開心來談嗎？」

「我應該會裝作什麼都不知道吧，然後學習怎麼當個稱職的母親。」

高傅丞不太確定自己會怎麼做。但他十分清楚，現在與其煩惱趙太太要怎麼跟先生攤牌，不如想想下禮拜回警局，要怎麼跟盧國斌報告這件事情。盧國斌生平最愛的就是面子，要是知道警方被一個小女孩這樣玩弄，肯定氣炸了。

「你會覺得失望嗎？」一會兒車子開在路上，小倩又問。

「失望什麼？」高傅丞打開收音機，關心選戰的消息。

「第一次偵辦綁架案就是場騙局。」

「那妳會覺得自己很蠢嗎？」

「我哪裡蠢了？」

「妳那天在趙家，盯著那七顆假鑽石，看到口水都要流出來了！」

「你自己還不是一樣？」

「是沒錯啦。」

高傅丞想到那天的畫面，就覺得好氣又好笑。好笑的是，兩個鄉巴佬對著七顆假鑽石嘖嘖稱奇，好像看到了什麼稀世珍寶一般。令他耿耿於懷的則是，趙婷婷自導自演就算了，畢竟他縱橫情場多年，被女孩子呼攏擺弄早已是家常便飯，但趙立憲這個大叔都一把年紀了也要玩他，這點高傅丞就不太能接受了。

「你還沒回答我的問題。」小倩說道。他們剛好在等紅綠燈。

「什麼問題？」

「你會失望嗎?第一次負責的綁架案就是假的。」

「不會。」高傅丞毫不猶豫的答道。

「為什麼？」

綠燈了。高傅丞踩下油門，車子咻的一下噴了出去。

「總比是真的好吧。」

他覺得這個答案實在是太帥了。

採訪現場（三）

真是糾纏不休——

高傅丞講述趙婷婷綁架案的途中，崔嘉琪那位堅持不懈的前男友又打了兩次電話，都被掛掉了。這有可能是因為當時高傅丞在講話，接聽不禮貌。也有可能崔嘉琪死活都不想再跟對方接觸。

但若是這樣，為什麼不直接設為拒接電話呢？

高傅丞正這麼想，只見崔嘉琪在筆電上打了最後幾個字，接著抬起頭來。

「可以問一個私人的問題嗎？」

「喔？多私人？」

「你有女朋友嗎？」

果然，崔嘉琪在意的是這個！

「沒有。」高傅丞說。

「怎麼可能！你那麼優秀，長得又一表人才。」

「哈哈哈哈，很多人都這麼說。」高傅丞內心一陣狂喜，但仍然故作鎮定，決定把球丟回去。「怎麼突然這麼問？」

「名偵探的感情世界，大家一定會感興趣的啊。」

高招，明明是自己想知道，卻把責任都推到讀者身上。

「而且你剛剛說自己縱橫情場多年，我想說一定有很多刻骨銘心的故事。」
「刻骨銘心啊……痛徹心扉的倒是有幾個。」
「是喔。那可以分享嗎？」
「是無所謂啦。妳現在要聽？——」
「哎呀，你看看你——」
高傅丞往一旁看去，只見隔壁桌那個小男孩泡泡糖吹得太大，突然間整個破掉黏在臉上。他媽媽連忙幫他清理。
「就叫你不要吃了嘛。」
「可是這是最後一個了。」小男孩一邊說，一邊撕下黏在臉頰上的泡泡糖。
「嚼那麼久，已經沒味道了吧？」
「所以才要配奶茶啊！」
小男孩指著桌上的飲料呵呵笑道。大概十分鐘前，小男孩的媽媽端了兩杯飲料回來，一杯是小男孩要求的大冰奶，一杯則是自己的熱拿鐵。
不僅是高傅丞，崔嘉琪的目光也被吸引了過去，只不過她的表情有些不太自在。
「妳也想吃泡泡糖嗎？」高傅丞問道。
「才不是呢。你想太多了。」
崔嘉琪說著喝了口咖啡，一面又摸了摸左側那撮切齊的髮尾。
「感情的事現在說嗎？」高傅丞回到稍早的話題。
「那個等一下好了。我想再聽一個案件，先湊滿三個。」崔嘉琪說。

「可以呀。妳想聽哪一類的？」

「有沒有那種很華麗的？比如密室殺人、童謠殺人、孤島連續殺人之類小說會有的情節。」

「現實中不會有那種案子啦。」高傅丞忍俊不住。

「是喔。」

「對啊。凶手動手腳，除了要脫罪，就是把一些祕密壓下來。」

「祕密？」崔嘉琪眼睛一亮。

「嗯嗯，之前有個案子，凶手大費周章就是為了這個目的。」

「我想聽！」

「好啊。」高傅丞拿起水來灌了一口。「那是二〇一五年年初的事。凶手心機超重的，換算成體重的話，應該有一百公斤……」

沉默的自由

1

位於和平島東側的八斗子，從市區過去大概要十五分的車程。高傅丞那天三點吃完遲來的午餐，開車來到八斗子漁港後，從一旁的道路往後方的山坡上開去，又過了五分鐘才到達導航上的目的地。

那是一棟外牆全部漆成白色的獨棟民宅，依山面海，在高傅丞看來是個很適合退休後居住，又或者失戀躲起來療傷的地方。這會兒民宅前方的水泥地上，左邊停了一輛轎車、一部跑車，右邊則停了三臺警方的車輛。高傅丞沿著碎石子路開上來，斜前方有一個附有小瀑布的池塘。他把車子停在池塘旁邊的空地上。

熄掉引擎，高傅丞走下車來，立刻就看見小倩從民宅旁邊走出來的身影。

「你很慢耶。」

「我剛才在吃飯嘛。」高傅丞把車鑰匙放進口袋，朝小倩走去。

「你吃啥？」小倩站在原地等他。

「市區開了一家五百塊吃到飽的牛排——」

「吃到飽？」

「嗯，怎麼了嗎？」高傅丞看小倩臉色怪怪的。

「你待會就知道了，小心點。」

屋子左側有一條用紅色地磚鋪成的步道。小倩剛剛從那裡走出來，現在再從那裡走回去。高傅丞跟在後頭，只見步道通到屋子的後院，此刻五、六個鑑識人員正在那裡進行蒐證作業，聲音此起彼落。高傅丞本來還在猜想小倩剛剛那句話是什麼意思，可是這會兒他完全明白了。後院左邊的水泥地上，一個男性面部朝下倒在那裡，後腦勺看似遭人重擊數次，頭骨凹陷碎裂，乳白色的腦漿像打翻的豆花一樣散落一地。他花了九牛二虎之力，才把胃裡不斷翻騰的嘔吐感壓下來，保住了五百塊錢的午餐。

「死者身分確認了嗎？」高傅丞吞了吞口水問道。

「嗯，是這間屋子的屋主，叫黃裕飛，今年四十五歲。」

小倩手上拿著筆記本，讓高傅丞看了一下上頭死者的名字。

「死亡時間呢？」

「初步判定在早上八點到下午兩點間。」

高傅丞走到旁邊，那裡擺著一支用證物袋裝起來的鋁棒，上頭沾著大量尚未乾枯的血跡，以及一些裹著皮肉的毛髮。

「這在後方草叢發現的。」小倩跟上來說道。

「報案人呢？在屋裡？」高傅丞用手機拍了張鋁棒的照片。

「嗯，總共兩個。」

「家人嗎？」

「一個是死者工作上的友人，一個是死者的妹妹——」

「咦？這是……」

高傅丞正要和小倩往屋裡走去，無意間一看，只見後門右側的室外洗手臺旁，擺著一個坊間用來燒紙錢的鐵桶，裡頭有一些殘餘的灰燼。

「今天早上是不是有下雨啊？」高傅丞問道。

「嗯，大概中午停的吧，怎麼了嗎？」小倩停下腳步，順著他的視線望去。

「桶子裡是乾的，這代表裡頭的東西是中午過後才燒的。」

「中午過後……」

「如果是死者燒的，死亡時間就可以縮小到十二點到兩點之間。」

「那如果是凶手呢？」

「這個嘛，就要再想想了。」

高傅丞說著打開後門，和小倩一起進到屋裡。這會兒廚房有幾個鑑識人員在採集指紋，客廳的沙發上則坐著一男一女。

「妳剛說他們是死者的友人跟妹妹？」高傅丞問道。

「嗯，男的叫程朗，屍體是他發現的，女的叫黃紫蘭，是她報的警。」

「兩人一起過來的？」

「好像不是，黃紫蘭是後來才趕來的。」

小倩一面說明，兩人一面往客廳走去，在一張雙人座的沙發上坐了下來。此刻近看，只見程朗眼睛像瓜子一樣小小的，留著時下很少人敢留的中分頭，年紀應該不到三十；黃紫蘭則大概四十出頭，穿著一件駝色的大衣，打扮頗為時髦。

「這是我的同事，姓高。」小倩說道。

「妳好。」黃紫蘭微笑道，程朗則沒有說話，只是稍稍點了點頭。

雙方寒暄過後，高傅丞把目光移向坐在左手邊的程朗。

「屍體是你發現的？」

「對。阿鍋黃大噶耶拗……」

「啊？」

「我說，我跟黃大哥約好下午討論事情，可是一來就看到……」程朗喉嚨似乎有問題，高傅丞要很用力才聽得懂他說什麼。

「討論事情？」

「嗯，我的新書快要出版了，下個月五號要辦發表會。」

「新書？」

「程朗是小說家，我哥是他的編輯。」坐在一旁的黃紫蘭說。

「你們約幾點討論？」小倩問道。

「二點，我大概一點五十到，就看到黃大哥倒在後院。」

「然後你就打給……」高傅丞往黃紫蘭看去。

「嗯，程朗因為講話不清楚，當時就先聯絡我，我過來後才報警的。」

大概由於噩耗來得過於突然，再加上死者死狀淒慘至極，此刻坐在民宅客廳中的兩人仍然一臉驚惶。黃紫蘭聲音甚至有些顫抖，說兩句話就吞一次口水。

「瞭解。再請教一個問題——」

高傅丞從口袋拿出手機，打開剛才拍的照片擺在客廳的矮桌上。

「這根鋁棒是死者家中的物品嗎？」

「應該不是，我哥不打棒球的。」黃紫蘭說。

「你呢？」高傅丞轉向程朗。「有看過這支鋁棒嗎？」

程朗搖搖頭。

「發現屍體的時候呢？有看到附近有什麼行跡可疑的人物嗎？」高傅丞將桌上的手機收進口袋。

程朗又搖了搖頭。

「屋子四周都巡過了嗎？」

程朗顯得有些緊張，想要解釋，但他的聲帶實在傷得太重，聽起來相當吃力。

「我當時很害怕，就到屋子前面躲著。」

「為什麼不開車下山？」

「我沒有車。」

「那外面那兩臺車是？」高傅丞指了指大門的方向。

「轎車是我的，跑車是我哥的。」坐在一旁的黃紫蘭代為答道。

「所以你是走路上來的？」

「嗯，我先搭公車到山腳，再走路上來。」

程朗言下之意，就是沒有公車沿著這條山路開上來。不過這也難怪，這條路異常的偏僻，四周就只有黃裕飛這處民宅，自然不會有公車經過。

「你發現屍體時，旁邊那個鐵桶裡頭的東西燒完了嗎？」高傅丞接著又問。

「我沒有注意。」

「妳哥哥平常有燒東西的習慣嗎？」高傅丞看向黃紫蘭。

「之前有文件不想外流，他都會直接燒掉。」

「之前？」

「嗯，他最近覺得這樣不環保，買了一臺碎紙機。」

碎紙機啊——高傅丞喃喃唸著，那鐵桶裡的東西就不是黃裕飛燒的囉？

「你哥哥最近有跟人結怨嗎？」小倩問道。

黃紫蘭搖了搖頭。

「我哥平常就是忙出版社的事情，人際關係應該是很單純的。」

「假日呢？也都在工作？」

「他的興趣是攝影，有時間都是往戶外跑。」

高傅丞看了看客廳四周，心想黃裕飛生前的確是個攝影痴，屋裡到處都掛著他在全臺各地拍攝的相片，書房地上更是擺了好幾組攝影用的三腳架，如果不是真的熱衷於攝影，應該是不會花錢買這些器材的。

「妳哥有沒有可能跟什麼人有金錢糾紛？」高傅丞問道。

「你說跟別人借錢之類的嗎？」

「或者說借別人錢。」

「我哥有錢就花，沒有什麼存錢的習慣，應該是沒有能力借錢給別人。」

「都花在哪？攝影器材？車子？」

外頭那跑車最起碼要一百萬，高傅丞暗自想著。

「那臺車是我哥三、四個月前換車時買的。當時我聽到也很驚訝，因為我哥他經濟也不算是寬裕，也許是投資股票賺了一些錢吧。」

「你哥哥有在投資股票？」

「嗯，好幾年了。」

「有賺錢嗎？」

「偶爾，但是就我所知，平均下來應該小賠——」

「相機！」

黃紫蘭話沒說完，一旁小倩突然想到了什麼似的，大叫一聲。

「什麼相機？」高傅丞問道。

「我們剛剛在屋子裡都沒有看到相機！我有朋友有在玩攝影，聽說專業玩家的相機跟鏡頭加起來，超過一百萬是家常便飯！」

黃紫蘭在一旁點了點頭。

「我哥的確花了好些錢買攝影器材，前前後後加總起來一百萬應該是有的。」

「那些器材放在哪知道嗎？」高傅丞問道。

「我記得是在書房。」

黃紫蘭說著站起身來，往書房走去。其他人緊跟在後。

「不在了嗎？」高傅丞看黃紫蘭翻箱倒櫃，但都沒有相機的蹤影。

「我記得上次看他放在這的啊——」

「呃呃！」

高傳丞回頭一看，程朗在書房門口朝他們招著手。

「你找到相機了？」黃紫蘭站起身來。

程朗搖搖頭，一面用力的招著手，指了一指臥室的方向。眾人趕到臥室看時，程朗又指著角落一個黑色的小櫃子，嘶啞著聲音呃呃的叫著。

「對了，這是我哥的防潮箱。」黃紫蘭說。

「放相機用的？」

「嗯。」

防潮箱畢竟不是保險箱，只防潮不防竊。高傳丞蹲下身來一看，只見裡頭空空如也，不要說相機和鏡頭，就連蒼蠅和螞蟻也找不到一隻。

2

接下來的幾天，警方兵分多路展開調查。有人負責追查遺失的相機和鏡頭，有人負責釐清死者的人際關係和財務狀況。

與此同時，相關的鑒定報告也陸續出爐。

首先，死者的死亡時間在遺體解剖後，縮小成案發當日的中午十二點到下午一點間。

其次，那天在草叢裡找到的鋁棒，經DNA鑑定上頭的血跡與毛髮確實為死者所有，故為凶器無誤。對此，大家都不感到意外。倒是鑑識人員在鋁棒上沒有採集到指紋，加上屋內各處指紋沒有遭人擦去的痕跡，由這兩點可以判斷，凶手行凶時應該戴著手套。

這起案件，雖然警方目前朝強盜殺人偵辦，但高傅丞名偵探的直覺告訴他，真相八成沒有這麼單純。為了找出蛛絲馬跡，他把黃裕飛書房的筆電帶回局裡，花了兩天的時間，將裡頭的資料全數看過一遍。無奈就結論而言，沒什麼重大的收穫。黃裕飛生前行程出奇的單純，大多時候就是和作家見面討論作品，然後大概半年多前去過一次照相館，此外並無其他特別的地方。但黃裕飛似乎有定期清理資源回收桶的習慣，為避免有所遺漏，筆電最後還是送到刑事局復原，看看有沒有什麼重要的線索。

這次命案另一個比較特別的地方，是案發當天第一位到達現場的程朗。他之所以言語有困難，大家本來以為是疾病所致，但後來黃紫蘭告訴警方，那是因為程朗三年前寫了很多文章批評時事，最後遭人報復，將鹽酸強行灌入口中的緣故。一般人遇到這種事大多會一厥不振，但程朗卻反而奮發圖強，埋首創作，接下來兩三本作品都擠入暢銷排行榜，擔任編輯的黃裕飛也藉此賺了一些小錢。但就像黃紫蘭先前所言，黃裕飛有收入就拿去買攝影器材或是投資股票，因此財富一直沒有累積起來。警方這幾天調查黃裕飛的財務狀況，甚至發現他七、八個月前拿現在這間房子貸款投入股市，不料賭錯標的，慘賠收場，房子隨時有遭銀行強執的可能。不過黃裕飛似乎還有其他生財管道，銀行戶頭這半年來，每個月都有一筆二十萬到五十萬的款項存入。高傅丞一看到這資料就覺得事有蹊蹺，心想找到這些錢的來源，命案應該也就破了一半。

「我什麼時候才可以月入二十萬啊。」

案發第四天的中午，高傅丞和小倩在外頭用餐，熱騰騰的煮麵剛端上來，高傅丞吸了口麵條，看著手邊這次案件的資料嘀咕著。

「你可以移民到日本去啊，月入二十萬日幣應該是不會太難。」

小倩在他對面滑著手機。高傅丞看到螢幕裡是一張日式城堡的照片。

「妳要去玩喔？」

「我妹啦，她帶我爸媽到九州旅遊。」

「這麼爽。」

「他們昨天可一點都不爽。」

「怎樣？妳逼他們寄明信片喔？」小倩是局裡無人不知的明信片搜集狂。

「才不是呢。」小倩滑到下一張照片。「昨天他們車票都訂好了，結果一到車站，我爸才發現他心臟病的藥忘在旅館沒帶出來，又折回去一趟，搞得當天的行程都亂掉了。我妹也真是的，都特地帶爸媽出國了，也不幫忙多注意一下。」

「我可以幫妳懲罰她。」

「你這個變態。」

小倩說著又滑到下一張照片，高傅丞突然眼睛一亮。

「這個人是妳妹？」

他把小倩的手機轉了過來。照片中小倩妹留著一頭俏麗的短髮，和小倩爸媽三個人站在剛才那座城堡底下，笑得十分開懷燦爛。

「你可別打我妹的主意，她已經有男朋友了。」

「正妹果然就是不一樣。」

「你也覺得我妹很漂亮乎？人家都說我們長得像雙胞胎。」

高傅丞嘴裡的麵差點噴了出來。

「異卵的嗎？」

「吃你的麵啦。」小倩把手機搶了回去。

「我是說妳們不像雙胞胎，妳比妳妹妹漂亮太多了。」

「來不及了。」

高傅丞看小倩的怒氣和碗裡的熱氣一起冉冉上升，連忙轉移話題。

「妳還記得那個鐵桶嗎？」

「鐵桶？」

「就黃裕飛後院的那個鐵桶啊。」高傅丞把手邊的資料翻到那個鐵桶的照片。

「嗯嗯，然後呢？」

「裡頭的東西很有可能是凶手燒的。」

「怎麼說？」小倩興趣似乎來了，拿起衛生紙擦了擦嘴巴。

高傅丞放下筷子。

「妳覺得這次命案，凶手的殺人動機是什麼？」

「不就是行竊被發現，就把人給殺了？」

「也就是說行竊是預謀的，殺了人是意外的？」高傅丞想起去年吳維青那起命案，小倩也提過類似的論點。

「好像也不能這麼說。」小倩把衛生紙抓在手裡，撐著下巴。「如果黃裕飛真的是發現凶手在家偷東西而被攻擊，那應該就不會陳屍在屋外才是啊。如果說是凶手從屋內一路追到屋外，那麼屋內照理說會有打鬥的痕跡，可是我們前幾天勘查現場，屋子裡卻相當的整齊，一點也看不出來有人入侵過的跡象。」

「我也這麼覺得，凶手比較像是先殺了人，再把相機拿走。」

「你是說凶手的目的就是要殺了黃裕飛，把相機帶走只是幌子？」

「有這個可能，但疑點還是很多。」

「比如？」

「凶手應該是死者認識的人，才會想要置對方於死地。但就算是熟識的人，看到對方帶著根鋁棒前來拜訪，死者難道不會起疑心，還會開門讓對方進來？就算真的讓對方進來，又回到剛剛的疑點，為什麼屋內沒有打鬥的痕跡？有一種可能是，凶手趁死者替他開門的瞬間，就朝對方攻擊下去，可是這樣一來死者縱使陳屍在屋外，也應該是倒在門口，而不是倒在離門口十幾公尺遠的屋後。」

高傅丞說到這夾起麵來，刻意讓熱騰騰的蒸氣在小倩眼前飄著。

「煙，我知道了，就是煙！」小倩彈了一下手指。

「什麼煙？」

「凶手到了黃裕飛的住處，並沒有讓對方知道，而是繞到後院在鐵桶燒東西，等黃裕飛發現出來查看，再用鋁棒從背後偷襲！」

高傅丞連忙豎起大拇指，露出一臉驚訝的神情。

「很好，不愧是名偵探的小助手！」

「開玩笑，我平常只是懶得動腦筋，認真起來誰是誰的助手還不知道呢。」

「是是是——」

小倩看起來怒氣都消了，高傅丞也跟著鬆了口氣。但就在他正要把剛才夾起來的麵塞入口中時，手邊資料上的一張照片忽然抓住了他的目光。

「這個黑色的東西是？」

「裝三腳架的袋子吧。怎麼了嗎？」小倩湊了過來。

「那這個呢？」高傅丞指著另一張照片。

「應該也是吧，兩個長得一樣。」

「這邊還有一個。」高傅丞將目光移到下一頁的一張照片上。「所以說總共一、二、三，黃裕飛家中總共有三個三腳架的袋子。」

「黃裕飛那麼愛攝影的人，有個三五個腳架也不奇怪吧。」

「奇怪的不是裝相機腳架的袋子有三個，而是——」高傅丞將資料翻回上一頁，最上頭的是一張在黃裕飛書房拍攝的相機腳架的照片。

小倩端詳了半晌，驚呼出聲。

「一支腳架不見了？」

沒錯，黃裕飛家中有三個裝腳架的袋子，可是腳架卻只有兩支。

「難道是凶手偷走了？」

「凶手偷腳架幹麼？體積那麼大，又不值幾個錢。」

「還是說黃裕飛自己藏起來的？唉呀——」

小倩說話時沒注意，手中的湯匙撲通一聲滑到了湯裡。高傅丞在旁邊突然一愣，一瞬間一個嶄新的假設在他腦中逐漸膨脹，慢慢成形。這是他從警多年以來，第一次在案發的一個星期內就有這麼明確的想法。

「你發什麼呆？」小倩把湯匙夾了起來。

「證據，現在最重要的就是證據！」

「什麼證據？」

「將凶手繩之以法的如山鐵證！」

高傅丞說著往桌上猛力一拍，撲通一聲，這次換他的湯匙掉進了麵裡。

3

「不好意思，只有茶包而已——」

程朗把三個冒著熱氣的馬克杯放到桌上。他今天穿著一件墨綠色的棒球外套，脖子上圍著一條用毛線織成的圍巾。

「不會不會，」小倩擺擺手。「是我們貿然來打擾。」

「對呀，我們才不好意思呢。」高傅丞說。

黃裕飛命案後的第六天，高傅丞和小倩上午在局裡開完會，一同驅車來到程朗位於安樂區的住處。兩人此行的目的，是要再跟程朗確認某些案發細節。另外高傅丞覺得這次命案的某項證據，很可能就在程朗家中。

程朗幼時父母雙亡，從小在育幼院長大，目前單身，一個人住在一間三十多坪的公寓裡頭。稍早聽他們是為了命案的事情前來，程朗顯得有些驚訝，但還是請兩人客廳坐著。這會兒送上茶水，程朗說了聲「等我一下」，接著回到客廳後方的房間，拿了一臺筆記型電腦出來。高傅丞雖然號稱臺灣名偵探界第一把交椅，但腦袋還是有轉不過來的時候。他本來以為程朗要給他們看什麼東西，後來才恍然大悟，對方是因為知道自己說的話有時難以辨認，所以特地準備了臺筆電，輔助溝通。

「黃大哥的命案，還有我幫得上忙的地方？」程朗沒有說話，直接在筆電上打字。

「對，有些細節還要再跟你釐清一下。」

程朗似乎顯得有些緊張，拿起茶來啜了一口。

「你跟黃裕飛平常有事，都是約在他家討論的嗎？」高傅丞問道。

「嗯。」

「你說你那天是先搭公車到山下，再走路上來的？」

「嗯。」

「大概是下午兩點到黃裕飛家裡的吧？」

「嗯。」

「但是我們查了那天這個時段所有前往八斗子的公車，車上的攝影機都沒有拍到你的影像。」高傅丞說著從小倩那裡拿了一疊資料，擺在桌上，那是這幾天他請同事整理出來的公車班次的資訊，還有截錄的影像。

程朗拿起資料翻了一翻，好像很驚訝上頭居然沒有他的畫面。

「會不會是有鏡頭遺漏掉？」程朗問道。

「這也不是沒有可能。」

高傅丞將資料收了起來，一面又看向程朗。

「你那天說你發現屍體後，並沒有確認四周有沒有可疑的人物？」

「因為我很害怕。」

「然後你就到屋子前面躲著？」小倩問道。

「嗯。」

「你為什麼不到山下人多的地方，一個人待在那裡不是很危險？」

「我沒有想那麼多。」程朗微微地低下頭去。

高傅丞拿起桌上程朗替他們準備的茶水喝了一口。

「你有在玩攝影嗎？」

「嗯？」程朗抬起頭來，表情有些訝異。

「有嗎？」

「有，不過沒有黃大哥那麼熱衷就是了。」程朗在筆電上打字說道。

「可以讓我們看一下你的攝影器材嗎？」高傅丞問道。

「嗯，在書房裡。」

程朗說著站起身來，帶他們到臥室旁邊的書房去。高傅丞名偵探的直覺告訴他，小說家的書房肯定有很多小說，而事實也證明如此，程朗的書架上滿滿的都是小說，其中又以日系推理為大宗，一些大師的作品，如東野圭吾的《嫌疑犯X的獻身》、《白夜行》、松本清張的《點與線》、《砂之器》，高傅丞就算平時不愛看書，這幾部作品的名字也都略有耳聞。

「在這。」

程朗從書桌下方拿出一個黑色的背包來，高傅丞和小倩過去一看，只見裡頭裝著一臺相機、外加兩顆一長一短的鏡頭。

「這些是你全部的攝影器材？」高傅丞問道。

「嗯。」

「腳架呢？你有沒有？」

程朗一聽，喉嚨裡發出「呃」的一聲，接著招了招手，帶他們到旁邊的儲藏室，指了一指角落的一堆雜物。一支相機的腳架躺在其中。

「這個腳架是黃大哥之前借給我的。」

高傅丞看時，四周雜物落滿了灰塵，唯獨那支腳架表面十分的乾淨。

「腳架的袋子呢？」高傅丞問道。

「我找一下。」

程朗說著在儲藏室裡四處翻找，但都不見腳架袋的蹤影。

「好像不見了。」

「不見了？」

程朗點了點頭，一面帶他們回到客廳，坐下來在筆電上打字說，有可能是他之前整理屋子時，不小心當成垃圾丟掉了。

「腳架的袋子跟命案有什麼關係嗎？」程朗問道。
「這個待會再談。我先跟你報告另一件事。」高傅丞從自己的包包裡拿出一疊資料，上頭印著一些攝影機截取下來的畫面。「這上面的人是你吧？」
小倩和程朗一看，同時都愣了一下。
「這是哪裡拍到的？怎麼沒聽你提過？」小倩接過資料來翻了一翻。
「黃裕飛家那條山路下來，前四個路口的畫面。」
畫面中程朗一個人走在路上，雖然解析度不高，但身分仍辨認得出來。
「你還要說你是搭公車到山腳下，再走路到黃裕飛住處的嗎？」
程朗一臉槁木死灰，連打字的力氣都沒有了。
「這個是？」
小倩看著列印出來的畫面，忽然倒抽了一口氣。
「這應該就是你剛說弄丟掉的那個腳架袋吧？」高傅丞拿起一旁的原子筆，指著畫面中、程朗肩膀上一個黑色的東西。「你背著它到黃裕飛家幹什麼？裡頭裝的是腳架嗎？不是吧，應該是鋁棒對吧？」
「那是……」
「就是你用來打死黃裕飛的那隻鋁棒。」高傅丞轉了轉手中的原子筆。「你行凶之後，就把袋子留在現場，所以黃裕飛家中腳架跟腳架袋的數量才會對不上。而你之所以不搭公車，就是怕留下影像紀錄，不搭計程車也是怕司機對你留下印象。這一帶路上攝影機沒有幾支，你只要事先調查清楚，遇到時再閃避鏡頭就好。只是你萬萬沒有料到，就在案發的前兩天，拍到你影像的那個路口才新裝了一支攝影機！」

「凶器上有我的指紋嗎？」程朗把手移到筆電上，顫抖抖的打著字。

「當然沒有，你行凶後大可把指紋擦掉，而屋內因為你不是第一次到黃裕飛住處來，會留有你的指紋也不是什麼稀奇的事。」

「那個是我在路上撿到的袋子，就順便帶上去了。」

「你不承認沒關係，我還有另一項證據。」

高傅丞從小倩手中拿過資料，指向畫面右下角顯示時間的地方。

「你說你案發那天大概下午兩點抵達黃裕飛家中，但這臺攝影機拍到你的時間卻是上午十一點四十五分。從那個路口走路到黃裕飛家中，頂多四十分鐘，也就是說，你到黃裕飛家中，最晚也不會超過十二點半。而黃裕飛遇害的時間，已經確定是在中午十二點到下午一點之間。這點你要怎麼解釋？」

程朗一語不發，整個人像洩了氣的皮球癱坐在沙發上。

「不對啊。」小倩嚷嚷起來。

「什麼不對？」

「那些相機跟鏡頭呢？程朗行凶後要藏到哪去？屋子裡裡外外我們都找過了。程朗應該也沒時間再把相機跟鏡頭帶到山下藏起來吧？」

「遠在天邊，近在眼前。」

高傅丞看小倩一臉疑惑，便提到那天她手滑湯匙掉進湯麵裡的事。

「這跟相機藏哪有什麼關係？」

「關係可大了。」

高傅丞說著看向程朗。

「相機跟鏡頭，你都丟到池塘裡去了吧？」

4

高傅丞和小倩離開程朗家的隔天早上，警方在黃裕飛住處前的池塘，打撈出三臺相機和五顆大大小小的鏡頭。

「靠，這一臺要十萬耶！」

相機跟鏡頭帶回警局後，一位有在攝影的同仁嘖嘖稱奇。他告訴高傅丞，三臺相機都是高檔貨，兩臺萊卡，一臺佳能的機皇，其中一臺萊卡甚至是停產多年的底片式相機，網路上價格已經飆到了二十五萬。高傅丞聽了嘴巴半天都闔不攏，心想以前聽人家講「把錢扔到水裡」以為只是一種比喻，沒想到現實中真的有人這樣做。

接下來的幾天，高傅丞帶領著三、五個警局同仁，上山下海卯足全力尋找程朗涉案的證據。就殺人動機而言，警方查出程朗的銀行戶頭，近半年來不時有大筆金錢提領出來，金額跟黃裕飛幾乎同一時間存入的款項相符，因此推斷程朗應該是遭到黃裕飛勒索而動了殺機。然而程朗對此卻一概否認，堅稱那些金流並非勒索，而是單純的借貸。為了戳破程朗的謊言，找出黃裕飛用來勒索的把柄，高傅丞和小倩特地前往黃紫蘭家中拜訪，希望可以多加了解程朗和黃裕飛兩人的關係。

「程朗其實是我介紹給我哥的。」黃紫蘭說。

「喔？」高傅丞嗅到了一絲不尋常的味道。「你們是怎麼認識的？」

「他是我兒子的家教。」

原來，程朗四年多前從某國立大學的中文系畢業，那時候黃紫蘭的獨子魏家揚正好升上國三，學業吃緊，便請他來當國文家教。後來聊天的時候，黃紫蘭知道程朗有在創作小說，卻苦無出版機會，於是便把在出版社工作的哥哥介紹給程朗認識。

她私底下問過黃裕飛，程朗的小說寫得如何。黃裕飛當時回答說有潛力，但就是太黑暗，一般大眾恐怕不太能夠接受，要想走得長久，風格勢必要調整一下。黃紫蘭表示就她記憶所及，隔年魏家揚放寒假的時候，黃裕飛和程朗一起閉關了兩個禮拜修改小說，作品在同年四月問世，雖然沒有大紅大紫，但至少一刷也快賣完了，替程朗以後的作品保留一絲出版的機會。

「對了，妳之前說程朗喉嚨是被人灌鹽酸燒壞的？」高傅丞臨離去時，忽然想起這件事。

「嗯。那時候程朗剛出第二本書，但是成績差強人意。他就把不滿都發洩在網路上，寫了一些文章，得罪了不少人。」

「哪些人還記得嗎？」高傅丞問道。

「就一些炒地皮亂拆人房子的建商，還有一些賣黑心食品的廠商。」

「嫌犯呢？都沒有抓到？」

「有抓到幾個，但最後都因為罪證不足釋放了。」黃紫蘭說。

程朗雖然是這次命案的加害人，但卻是三年前那起事件的受害者。高傅丞一方面出於好奇，另一方面因為名偵探的正義感使然，那天回到警局，他特地把當年那起事件的資料調出來看過一遍，然後發現了幾件令他頗為意外的事。

第一，他本來以為程朗身為作家，應該是用道理說話的，不料當年那些網路上的評論卻是充滿了情緒性的字眼，有些論點根本沒有依據，淪為造謠謾罵，有些廠商甚至還反過來控告妨害名譽。第二，就那些謾罵的內容，當年有記者前去採訪程朗小時候待的那家育幼院的院長陳清豐陳老先生，陳老先生向記者表示，他從小看著程朗長大，程朗的為人品行他再清楚不過，是絕對不可能在網路上說出那些口無遮攔的話。第三，也是高傅丞最感到吃驚的一點，就是程朗三年前遭人襲擊強灌鹽酸的案發地點，竟然就在前往黃裕飛位於八斗子半山腰那間住宅的山路上。

據警方資料記載，那天是黃裕飛四十二歲生日，他邀請程朗還有黃紫蘭母子前來家裡慶生。大家約定的時間是晚上六點半，但到了七點都還不見程朗人影，打手機也沒有接聽。黃裕飛有些擔心，於是出去查看狀況，結果在離他家幾分鐘腳程的山路上，發現程朗一臉痛苦地倒在那裡，雙手一直抓著喉嚨，後腦勺則似乎遭人重擊，不斷地滲出血來。當下他聞到一股刺鼻的酸味，又看見程朗嘴巴有些潰爛，叫了救護車和報警後立刻返回住處，拿了清水來替程朗清洗嘴巴。幾分鐘後，警方趕來現場，在一旁路上找到一顆石塊，上頭沾有血跡，後來經鑑定為歹徒用以攻擊程朗的石塊無誤。此外，在離石塊幾公尺遠的地方，警方發現一個透明玻璃罐，裡頭裝著鹽酸，推測歹徒應是先用石塊將程朗敲昏，再將鹽酸灌入程朗口中。所幸灌入的量尚不足以致命，程朗後來送至醫院洗胃，休養幾個星期後便康復出院。

這起事件，當時在網路上討論得沸沸揚揚。程朗雖然保住了小命，但卻從此失去了健康的聲音，社會大眾或是基於同情，紛紛提起「一人一書救程朗」的運動。而程朗也沒有灰心喪志，接連寫出了兩三個好故事，最後終於在文壇占住了一席之地。

這也算整起不幸的事件中，唯一一件值得欣慰的事情。

5

「叮咚！」

眼前的門有裡外兩扇。高傅丞按下電鈴，不一會兒裡面那扇門打了開來，從外面鐵門的縫隙中可以看到後面站著一個白髮蒼蒼的老先生。高傅丞心想如果他眉毛長一點，再留把鬍子，就是電視劇上的張三豐了。

「高警官啊？」老先生看著站在門外的高傅丞和小倩。

「對，不好意思，有點遲到。」他們約下午兩點，可是現在已經兩點〇一分了。

「沒關係沒關係，進來吧。」

老先生說著打開鐵門。高傅丞和小倩在門外脫下鞋子，一前一後走進屋裡。跟許多公寓的格局一樣，老先生的家一進去一邊是客廳，另一邊是開放式的廚房，前方走道的兩側則是臥室和浴廁等等的隔間。客廳的家具並不多，就簡單的桌椅跟電視機。電視機旁邊另外擺著一個兩公尺高的書櫃，總共六層，都塞滿了書。

「你們先坐，我泡個茶。」老先生在他們身後關上鐵門。

「不用麻煩了，」小倩搖了搖手。「我們——」

「不會麻煩，你們能陪我聊天喝茶，我還求之不得呢。」老先生呵呵笑道。

他們眼前的這位長輩，就是程朗幼時那家育幼院的前院長陳清豐陳老先生。那天高傅丞翻閱完當年的檔案，對陳老先生當年對採訪他的記者表示，程朗絕不可能在網路上那般謾罵的那一番話印象十分深刻。他和小倩一致覺得，雖然三年前的事件跟這次的案子不見得有關，但為了找出程朗落在黃裕飛手上的把柄，了解程朗的為人有其必要，而陳老先生和程朗相處多年，對程朗的認識比誰都深，想必能提供警方一些寶貴的資訊，也因此兩人先行用電話聯絡陳老先生，約好在這天下午前往拜訪。

高傅丞和小倩在客廳等了一會兒，陳老先生從廚房端了三杯茶出來。

「我來就好。」小倩幫忙接過茶水，放在桌上。

「謝謝。」

陳老先生在旁邊一張藤椅上坐了下來，藤條因為擠壓，發出唧唧唧的聲響。

「這次的命案您大致上都聽說了吧？」高傅丞問道。

「嗯，電視新聞天天都在播，網路上的討論更是鋪天蓋地。」

「網路啊……」

「是啊，」陳老先生苦笑道。「什麼臉書啊我也是有在用的，一些人嚷嚷要把程朗處死，我看了就，唉，不知道該說什麼……」

「網友們就是這樣，您不要太在意。」小倩說道。

「其實我也不怪他們，畢竟程朗自己罪有應得，我只是覺得心痛而已。」

案發至今已經十天了，但網路上的討論仍然熱度未減。由於社會大眾普遍認為程朗能夠出人頭地，黃裕飛身為編輯功不可沒，因此紛紛指責程朗忘恩負義，一片要求將程朗處死的聲浪，在全國各大論壇吵得沸沸揚揚，不可開交。

「您跟程朗最近有聯絡嗎？」高傅丞繼續問道。

陳老先生搖了搖頭。

「之前逢年過節，他還會寄明信片過來，但這陣子大概忙著寫作，就沒了。」

「這樣啊，那你們上次見面是？」

「四年前吧。那時候他第一本小說剛出版，帶了本過來給我。」

陳老先生回過頭去，指了一指擺在電視機旁邊的書櫃。高傅丞走過去一看，只見最上面一層擺了十來本書，最右邊的六本清一色是程朗的小說。其中一本名為《黑夜裡的巨人》，書腰上寫著是程朗踏入文壇的第一本創作。

「其他本都是您自己買的？」高傅丞問陳老先生道。

「是啊，我恐怕是他年紀最大的書迷吧。」

「那你們上一次見面，程朗有跟您提過他跟黃編輯相處的情形嗎？」

「那次倒沒有，不過後來有一次在明信片上提到過一些。」

陳老先生起身往書櫃走來。最下面一層擺著一個白色的紙盒，他從裡頭翻出幾張明信片。高傅丞看時，只見其中一張是三年多前寄來的，程朗在上頭跟陳老先生提到他最近很苦惱，黃裕飛平時就嫌他話少又不會應對，有一次帶他去跟出版社的老闆們吃飯，他更因為說話笨拙惹得老闆們頗為不滿，在背後有所怨言。

「程朗真的有這麼安靜嗎？」高傅丞將明信片放了回去。

「比起小時候在育幼院，現在的他算是話多囉。」

「喔？」

「是啊。說實話，當初能看到他在社會上生存下來，我可是相當欣慰的。只可惜後來居然──」陳老先生遲疑了一下。「居然變成了那個樣子。」

「您是指三年前的那個事件？」

「嗯，沒想到好好的一個青年，最後居然落到了那般田地。」

「程朗在老先生心中，似乎是個相當溫和的人？」小倩也加入討論。

「是啊，當年育幼院的小孩，就屬他脾氣最好。」

高傅丞和陳老先生回到位子上。陳老先生喝了口茶，告訴他們程朗是四歲那年，父母經商失敗雙雙自殺之前，把他偷偷送到育幼院來的。程朗本來還算是個活潑的孩子，知道父母親丟下他後，慢慢變得不愛說話，別的孩子在玩，他都一個人坐在角落讀故事。後來有些小孩覺得他不合群，聯合起來欺負他，程朗也都不為所動。

「怎麼樣的欺負法？」高傅丞問道。

「像是把他鎖在廁所，或是在他的湯裡丟一些蟲子進去之類的。」

「院方知道後都怎麼處置？」

「打啊，罵啊！」

「然後那些小孩還是繼續欺負程朗嗎？」

「該怎麼說呢，這某種程度也算是程朗自己甘願的。」

高傅丞聽了一驚，只見陳老先生把手中的茶杯放回桌上，嘆了口氣，像在回憶著什麼似的，瞇起他那雙老耄而又混濁的眼睛。

「有一次我看到一個大程朗兩三歲的小孩又在欺負程朗，把他抓起來用藤條打，打得屁股都開了花。別的跟著起搗亂的小孩，看了都怕了，拚命地求饒，直說以後絕對不會再欺負程朗了。我那時心想為了杜絕後患，一定不能心軟，正舉起藤條要往那個孩子屁股上再抽下去，忽然間程朗從一旁衝了過來，抓著我的手，淚眼汪汪的要我別再打了。旁邊那些小孩看到程朗這個舉動，一個個都驚訝得說不出話來，而我則是心想慘了，這下程朗注定永遠活在食物鏈的最底層，別想再翻身了。」

「你是說在那之後，那些孩子還是一樣欺負程朗？」

「嗯，只不過換了另一種方式。」

「另一種方式？」高傅丞和小倩面面相覷。

「無視。那些孩子在那之後，徹底的把程朗當作空氣一般。」

「都不和程朗說話的意思嗎？」小倩問道。

「不只是不和程朗說話，而是徹徹底底的無視程朗。他們心想既然你這麼喜歡獨處，那我們就當作沒你這個人，把你徹底的隔絕在人群之外。」

「程朗的反應呢？」高傅丞問道。

「表面上滿不在乎，可是我看得出來他心裡還是難過的。人只要越是孤獨，就越會想把自己武裝起來，這是千古不變的道理。」

「程朗當時連一個朋友都沒有嗎？」小倩問道。

「曾經有一個。」

「曾經?」

「嗯，那個孩子跟程朗同年，兩個人常常聚在一起看故事書。但程朗進來育幼院沒多久，那個孩子就讓人領養走了，所以兩個人相處的時間也不長。」

「程朗也不跟那個孩子談心的嗎?」高傅丞問道。

陳老先生撐著膝蓋站起身來，走到客廳的落地窗旁，望著窗外悠悠的白雲。

「不是不談，是沒辦法談。」

「沒辦法談?」

「嗯，因為那個孩子天生就是個啞巴。」

「所以兩個人是難兄難弟，一起受到其他孩子的欺負?」小倩說道。

陳老先生搖了搖頭，露出一臉苦笑。

「那孩子還在的時候，其他人還不會找程朗麻煩。」

「為什麼?有人罩他嗎?」高傅丞問道。

陳老先生又搖了搖頭。

「那時候大家之所以找程朗麻煩，是因為程朗孤僻，都不跟人說話。但那個孩子生下來就是個啞巴，大家一方面基於同情，一方面也都了解他不是故意那麼安靜，而是真的不能說話，所以也就不會刻意去找他麻煩。」

「您剛說基於同情?」高傅丞問道。

「是啊，這個世界就是這樣，對於某些人事物，一開始只要有一部分的人表現出某種情緒，越強烈越好，那種情緒很快就會在群體中渲染開來。」
「您是說一開始就有人對那個啞巴孩子表現出同情？」
「嗯。」
「是育幼院裡的孩子還是大人？」
「孩子他們自己。」
陳老先生回過身來，面對著坐在椅子上的兩人。
「外界對於育幼院的孩子總是有些誤解，覺得他們的心靈是扭曲的。但他們也是人，也是有惻隱之心的啊，看到那孩子天生殘疾，只要有幾個人心生同情，大家不知不覺就會跟著效法起來。而程朗剛進來育幼院的時候，因為常常和那個孩子待在一起，其他人頂多就是自己玩自己的，不會刻意過來捉弄程朗。」
「沒有人忌妒那個孩子嗎，如果大家對他的待遇特別不同？」小倩問道。
「多少也是有的。我想後來之所以有人想要欺負程朗，除了因為他孤僻以外，大家把先前對那孩子的嫉妒轉嫁到程朗身上，或許也是原因。」
「在那之後呢？程朗都沒有再交到朋友了嗎？」
「有沒有交到『朋友』我不敢說。但後來育幼院有些新的孩子進來，程朗被人孤立的情況，本來有改善了一些。」
「本來？」
陳老先生面露掙扎，似乎想到了什麼難以啟齒的事情。
「又有人帶頭欺負程朗？」高傅丞問道。

「哎，那天發生的事情，已經超過小孩子相互欺負的程度了。」

陳老先生回到藤椅上坐下來，告訴兩人那時候育幼院來了一個新的孩子，是個國中中輟生，父母親因為販毒雙雙入獄。因為塊頭比院裡其他孩子都要高大，所有的人看到他都繃緊神經，唯獨程朗依然活在自己的世界裡。那孩子覺得程朗瞧不起他，常常找程朗麻煩，但程朗卻仍然一副滿不在乎的模樣，惹得那孩子心裡更不是滋味，積怨越來越深，最後釀成大禍。

事情發生的那天下午，陳老先生跟朋友在會客室聊天，正要送客的時候，廁所那邊忽然爆出一疊聲的尖叫。陳老先生過去看時，只見七、八個孩子從廁所衝了出來，那新來的孩子則是慘白著臉，滿手鮮血的摸著褲襠，一拐一拐的走在後頭。陳老先生心想大事不妙，趕緊吩咐人叫救護車，接著衝進廁所一看，只見幾個孩子站在一間隔間前，程朗弓著身體倒在裡頭的馬桶旁，短褲給人退到了腳踝，後庭跟嘴邊都沾滿了血跡。他趕忙上前替程朗穿上褲子，將對方抱在懷中，也就在這時，猛然看見馬桶內側血跡斑斑，中央的積水處一小條扭曲的肉塊沉在那裡。倒在他懷裡的程朗，則像個剛從陰溝裡救起的棄嬰一般，眼睛一闔一闔的，連顫抖的力氣都使不出來。

「天啊——」小倩聽到這裡，忍不住驚呼出聲。

「事情大概就是這樣。程朗從那起事件發生以後，到後來長大離開育幼院的那幾年間，都沒有再開口說過話。」

「那個欺負程朗的孩子呢？後來還待在育幼院裡嗎？」小倩問道。

「傷好之後，就送到感化院去了。」陳老先生說。

高傅丞在旁邊聽著聽著，一方面覺得有點痛，另一方面忽然想起了當年程朗遭人強灌鹽酸的事件發生後，陳老先生接受記者採訪時表示，他不相信當時網路上那些謾罵的文章是程朗寫的。此次兩人前來，主要目的固然是了解程朗的成長背景、個性為人，但陳老先生當年的那番說辭，高傅丞總覺得也有必要再探究一番。

「您現在還是覺得那些文章不是程朗寫的嗎？」高傅丞提起之前看到的報導。

「程朗個性內斂，不會在網路上隨便批評他人。」

「或許是因為正義感使然？」

「嗯？」

「他批評的對象，都是一些無良的黑心製造商還有建商。」

「那些文字的風格不像是程朗寫的。」

「怎麼說？」

「程朗對自己寫出來的東西要求很高，你們兩位要是看過他的小說，應該就懂我在說什麼了。如果他真要撰文批評那些黑心商，一定是用證據、用道理論述，而不是像個三流寫手在那邊胡亂謾罵，激怒對方。」

「會不會是因為程朗那時候剛好處在低潮的關係？」高傅丞問道。

「低潮？」

「程朗當時剛出第二本書，但是成績不甚理想。」

「嗯，這我有聽說。但程朗絕不是那種沒有耐性的人——」

「可是那些文章真的是程朗寫的啊。當初有幾家廠商告上法院，查了那幾篇文章發文的

ＩＰ，證實是程朗寫的沒錯，而且程朗本人也沒有否認。」小倩說。
陳老先生沒有反駁，拿起茶來默默喝了一口。
「這次的命案呢？您也覺得不是程朗做的嗎？」高傅丞問道。
「很難想像，但也不是不可能。」
陳老先生說著將茶杯放在桌上，深深地嘆了口氣。
「程朗如果真的殺人，肯定也是被逼到絕處，不得不有所反擊。」
「就像之前在育幼院一樣？」
「是啊。」
「程朗從半年前就遭到黃裕飛勒索，前前後後總共拿了三百多萬給對方，這個情況在您看來，算是被逼到絕處嗎？」
「重點不在錢，而在於對方到底拿什麼東西來要脅程朗。」
「您有什麼看法嗎？」小倩接過話頭，急切地問。「程朗到底是什麼把柄落到這次受害人的手中，或者說程朗到底是在保護什麼？」
「換作是妳呢？會為了保護什麼而殺人？」陳老先生反問道。
「家人吧。」
「為什麼？因為家人是妳生命中最重要的東西？」
「嗯。」
「那麼我想程朗應該也是一樣。」陳老先生抬起頭來看著兩人。「肯定也是為了保護他生命中最重要的東西，才會不惜殺人。」

6

高傅丞把柳橙汁的杯子放到桌上的時候，小倩正拿起紅酒杯，一邊看著手上的書一邊啜了一口紅酒，感覺很是享受。

「唉呀，不要用那種羨慕的眼神看我啦。」小倩放下杯子。

「我們偶爾也對調一下角色吧，每次都是我開車。」

「以後再商量啦，你快看你那本，等下不是還要分享讀書心得？」說完，小倩把手上拿著的那本《黑夜裡的巨人》翻到了下一頁。

兩個鐘頭前，高傅丞和小倩離開陳清豐老先生位於萬華的住處，當時天色已經暗了下來。兩人很有默契地，心想既然來到了天龍國，當然要去吃點好料，於是上網找到了現在這間位於信義區的法國料理。但是由於餐廳生意太好，兩人一直在附近閒晃，等稍早店員打電話通知他們有位子時，已經將近晚上八點鐘。

餐廳樓下是一間大型的書店。方才在等待的途中，兩人到那邊晃了一晃，高傅丞想說要多了解程朗這個人，便到中文創作區挑了兩本他的小說，一本是處女作《黑夜裡的巨人》，另一本書名則叫《遠走他鄉》，似乎是程朗的第三本小說。此外，高傅丞心想既然他身為名偵探，就應該看看偵探小說，於是半晌挑完程朗的書，又到一旁的推理小說區拿了兩本推理小說，一本是臺灣作家提姆封面非常奇特的作品《下雪了》，另一本則是日本人氣作家東野圭吾的《惡意》。其中《惡意》看故事簡介，主角野野口修居然跟程朗一樣是作家，這讓高傳丞覺得一切都是緣分，不買實在說不過去。

由於講了一整天的話也有點累了，後來兩人回到餐廳，便靜靜地一邊品嘗美食，一邊翻著方才買來的書籍，說好等下來分享心得。小倩挑的是《黑夜裡的巨人》，高傳丞則是《遠走他鄉》。該書將近三百頁，大意講的是一個年輕人到異地打拼，從一個天真無邪的大學畢業生，不斷的在社會上打滾磨煉，最後變成了個人人敬而遠之的大魔王。在通往所謂成功的道路上，主人公每碰到一個凶惡的敵手，總有辦法展現出比對方更張狂的氣焰，一路過關斬將，踏著一具又一具的屍體邁步向前。一些親信看不下去，善意提醒，主人公卻一個字也聽不進去，彷彿在告訴世人：反正我已壞事幹盡，回不了頭了，那不如就讓我用這種方式，一路走到人生的盡頭吧。就是這種王者才有的霸氣，讓高傳丞看了又是嚮往，又是恐懼，就好像戀愛一樣。

「妳那本如何嗎？」高傳丞看累了，闔上書本一邊休息，一邊問小倩道。

「還不錯，但就是有點沉重。」

「沉重嗎？我這本也差不多，就像鉛塊一樣。」

小倩似乎不覺得這個比喻很誇張。她放下書本，告訴高傳丞《黑夜裡的巨人》講的是一個父母因故早逝，從小在寄養家庭長大的小男孩，因為飽受兄長各方面的欺凌，最後忍無可忍放火把整個家都燒了的故事。網路上看過的人，評語大多都是：故事老套，但細節相當寫實逼真，讓人看了很不舒服。甚至有人懷疑，程朗應該是有過類似的經歷，不然不可能把主角決定報復的心境轉折描繪得那麼細膩。

「我這本《遠走他鄉》網路上的評語也差不多。」高傳丞說。

「也覺程朗應該有過類似的經歷？」

「嗯。」

《黑夜裡的巨人》還可以說程朗是在寫他以前在育幼院的遭遇，但《遠走他鄉》程朗要從何借鏡？·高傅丞也許對程朗還不熟悉，但他名偵探的直覺告訴他，程朗應該是不太可能有這種「踩著別人屍體往上爬」的經歷。

「嗯。」

「你剛說你那本是程朗的第三本小說？」小倩問道。

「那不就是他被人強灌鹽酸後的那本？」

「沒錯，而且好像也是他目前賣得最好的作品。」

「不能說話一定很痛苦。」

小倩說著又拿起酒來喝了一口。每次和小倩出來都是這樣，他負責開車，小倩負責喝酒，從去年到現在一次例外也沒有。

「不知道現在還抓不抓得到犯人？」小倩放下酒杯說道。

「這要看是誰出馬。」

「意思是你出馬就抓得到嗎？」

「也不一定，這案子的線索太少了。那條山路沒有攝影機，平時也沒什麼車輛經過，然後那個裝鹽酸的瓶子也沒有留下指紋。」

「用來襲擊程朗的凶器上呢？」

「凶器是石頭，表面粗糙，沒有留下什麼指紋。」

「石頭是路上撿的？」
「應該是。」
高傅丞記得那天調閱檔案，從照片看到案發現場的那條山路上，隨處可見許許多多大大小小的石塊，其中歹徒用來襲擊程朗的，是一顆大概木瓜麼大、單手可以抓起來的石塊，案發後遭人丟棄在一旁的水溝裡頭。
「程朗有看到犯人嗎？」小倩問道。
「算有嗎？」高傅丞搔搔腦袋。「我之前看檔案，程朗是說當時他後腦勺突然遭人重擊，幾乎昏了過去，然後恍惚間有人扶他起來，撐開他的嘴巴，接著就感到整個口腔一片灼熱，痛得清醒過來。警方事後問他對方的長相，程朗說是個男的，但戴著全罩式安全帽，長什麼樣子完全無從得知。也因此警方最後雖然靠著山坡下路口的監視器抓到了幾個嫌疑犯，但因為程朗沒辦法指認對方身分，全部又都放了回去。」
「不過就算抓到犯人，也不是真正的犯人。」小倩說。
「什麼意思？」
「案件的主謀是那些程朗在網路上批判痛罵的奸商。只要落網的人沒有供出幕後的指使者，他們照樣可以全身而退。」
「前提是被抓到的人口風要夠緊才行。」
「一定緊的啊。拿錢辦事就是要把責任全部擔下來，要不然以後就不用在道上混了。而且他們通常有什麼把柄落在上頭的手中，不是老婆小孩的安危，就是以前幹過什麼刑責更重的案子，關鍵的證據由別人掌控著。」

高傅丞聽小倩這麼說，腦中突然浮現一個想法。

「這次的案子會不會也一樣？」

「嗯？」

「程朗會不會是以前犯過什麼罪，黃裕飛知道了，就拿來威脅他？」

「可是問題是黃裕飛怎麼會知道？」

「程朗自己透露的。」

「怎麼可能？」

「有些小說家靈感不是都來自真實事件嗎？搞不好程朗就是以自己以前做過的壞事為基礎，然後把人物姓名改一改，寫出一篇新的小說。」

「就算這樣，黃裕飛也要夠敏銳，才可以把小說內容跟案件連在一起。」

「黃裕飛就是夠敏銳才可以當編輯的啊。」

小倩聽了點了點頭。

「如果真是這樣，那程朗以前幹過的壞事應該已經到了搶劫殺人那種等級了，不然黃裕飛也沒有辦法拿來威脅他。」

「那可不一定。程朗多少也算個公眾人物，形象對他而言比一般人重要得太多。如果黃裕飛手中握有程朗以前偷過東西、或考試作弊之類的證據，這種料一旦爆出來，殺傷力也不容小覷，程朗可能因此沒辦法再出書了。」

「如果只是偷過東西或作弊，有必要為了這種把柄殺了黃裕飛嗎？」

「這就要看作家這個身分在程朗心目中的份量了。」

「我沒辦法想像因為這種原因殺人。」

「程朗會殺人，也不單單只是黃裕飛握有他的某項把柄。」

「不然呢？還有感情因素嗎？」

「還有錢的因素。」

「陳老先生剛才不是說了錢不是重點？」

「錢不是重點，並不表示錢完全不重要啊。黃裕飛從半年前就開始勒索程朗，而程朗則是到上個禮拜才動手殺人。我想這次八成是黃裕飛一口氣要了太多，程朗長期的積怨一股腦兒爆發開來，就決定下手把黃裕飛給殺了。」

「好吧，這麼說也有道理。」

「那妳要不要來驗證一下我剛剛的假說？」

「你說從程朗的小說裡找線索？」

「嗯啊。」

高傅丞方才上網查了一下，程朗四年前出道至今，總共就出過陳老先生收藏的那六本小說，加上原本下禮拜要發行的，一共七本。扣除他們今天看的兩本，剩下來要研究的剩五本。一本小說以三百頁計算，一頁花一分鐘看，五本書一千五百頁，他和小倩兩個人分工一下，不用半天應該就能看完了。

高傅丞正打算將這個不知道是好消息還是壞消息的消息告訴小倩的時候，小倩包包裡的手機忽然響了起來。此刻兩人進來餐廳快要三個小時，小倩紅酒喝了快半瓶，眼神本來有些迷濛了，不料一接起那通電話，不到五秒，整個人像喝了八罐解酒液一般登時轉醒，連腰桿都打直了起來。高傅丞心想對方來頭肯定不小，半晌待小倩掛斷電話一問，果然不出他名偵探所料，是局長大人親自打來告訴他們，上禮拜送到刑事局復原的那臺黃裕飛的筆記型電腦，稍早之前已經託人去取回來了。

「有什麼發現嗎？」高傅丞問道。

「案發當天有人清理過資源回收桶。」小倩說。

「然後呢？檔案有救回來嗎？」

「嗯，局長說他剛剛掃過一遍，發現一個半年多前拍攝的影片檔。」

「影片檔？程朗的？」

「對。」

小倩像是要壓驚似的，咕嚕咕嚕把面前還剩半杯的紅酒一口氣灌進嘴裡。

「我想那就是他落在黃裕飛手中的把柄。」

7

「黃裕飛常去你家嗎？」

高傅丞稍稍傾身向前。坐在他和小倩面前的程朗，才在看守所內待沒幾天，整個人瘦了一大圈，連頭髮都有些灰白了。

不到二十四個小時前，他們還在討論黃裕飛或許是知道程朗以前做過一些壞事，用來勒索程朗。結果現在真相揭曉了，程朗根本一點壞事也沒有做，但黃裕飛手中握有的把柄，殺傷力卻可能比程朗殺過人放過火還要大。

昨天那段遭人刪去，長達八分半鐘的影片檔，內容是程朗洗完澡，全身赤裸地躺在床上自瀆。那時房間的燈雖然沒開，但因為是白天，陽光穿過窗簾照射進來，程朗在屋內的一舉一動仍然清晰可見。小倩當時一看到程朗裸身的畫面就掉頭走人，高傅丞則是撐了四、五分鐘，正準備要把螢幕關掉的時候，只見程朗忽然起身，到一旁櫃子裡拿出了個彎彎的條狀物，回來躺到床上，側著身，把那條狀物往自己身體裡塞去。就在那一瞬間，程朗萬分痛苦地叫了起來，一面手上的動作卻沒有停止，大約過了兩、三分鐘，才整個人虛脫似的倒在床上。高傅丞直到此時此刻，想到昨晚看到的那些畫面，仍會感到有些震驚而不知所措。

自從得知警方找到了影片，程朗就一直僵在那裡沒有反應。

「黃裕飛常去你家嗎？」高傅丞又問了一次。

「你這樣保持沉默也不是辦法，我們警方要知道實情，才能替你主持公道。」

聽到小倩這麼說，程朗稍稍搖了搖頭，又點了點頭。

「用打的吧。」高傅丞指了指程朗面前一臺警方替他準備的筆電。

「有時候……」

程朗顫抖著手摸上鍵盤，緩緩地打了幾個字。高傅丞一看，只見程朗表示黃裕飛假日出外攝影，回來如果有經過他家，都會上來坐個一會兒。

「他到你房間裝攝影機，你都沒有發覺嗎？」

「他找人把我支開。」

程朗又在筆電上打了幾段文字，大意是有一次黃裕飛來他家，過沒多久，樓下突然有人按對講機說他叫的比薩外送到了。程朗下去一看，地址是他家沒錯，但叫外送的人卻不是他，而是一位「陳先生」。由於他話說得不清楚，兩人溝通了好久，程朗才說服那個外送小弟，叫外送的人地址寫錯了。後來黃裕飛拿影片來勒索的時候，也承認自己就是利用那次機會到他房間裝上針孔攝影機。接著則是兩個禮拜後，週末又到他家拜訪時，趁著程朗上廁所的幾分鐘，偷偷進到房間把攝影機拆卸下來。

「這是什麼時候的事？」高傅丞問道。

「去年六月。」

現在是二月份，去年六月差不多是八個月前，黃裕飛把房子拿去貸款買股票，結果賠錢，房子可能遭銀行強執的那段時間。

「黃裕飛怎麼會知道你平常會在房間做那種事情？」高傅丞問道。

「是我告訴他的。」程朗說著低下頭去。

「四年前那個時候？」

「嗯。」

黃紫蘭上次說過，黃裕飛當初在看《黑夜裡的巨人》的初稿時，覺得內容太黑暗，後來和程朗閉關了兩三個禮拜，一起修改作品。高傅丞心想，黃裕飛當時應該很好奇程朗為什麼會寫出這樣的內容，進而詢問故事的創作背景。

程朗如果是文壇老手，自然不會這麼輕易就把自己的祕密透露出來。但當時程朗連一本書都沒有出版過，面對唯一賞識他的編輯不斷追問的話，最後恐怕還是說出了自己以前在育幼院的遭遇。而祕密一旦說了一點，就像在水桶底端戳了一個洞一樣，不到完全乾枯是不會止住的。和黃裕飛獨處的那兩個禮拜，程朗恐怕就是在對方不斷追問之下，把長年以來壓抑住的自我，毫無保留地解放開來。

「我看銀行的資料，黃裕飛是從去年七月開始勒索你的？」高傅丞問道。

「嗯。」

「你都是直接拿現金給他？」

「嗯，他說這樣才不會留下紀錄。」

「黃裕飛每個月大概跟你拿二十萬到五十萬不等，前前後後總共勒索了三百二十萬？」

小倩一邊翻著手邊的資料，一邊問道。

「嗯。」程朗點了點頭。

「上個月是怎麼回事？你拿了兩筆錢給黃裕飛，一筆六十萬，一筆八十萬。」

「我跟他說我把剩下的積蓄都給他，求他放過我。」

「然後呢？」

「他騙我，他騙我——」

程朗忽然激動了起來，顫抖著手不斷地在筆電上打著相同的字。

「他又跟你要錢了？」高傅丞問道。

「他知道我已經沒錢了。」

程朗搖了搖頭，一邊又打了兩三行字。高傅丞和小倩不看則已，一看像給雷劈到了一般，愣在那裡一句話也說不出來。就像昨天下午，陳清豐陳老先生說程朗以前在育幼院的遭遇，已經超出了小孩子彼此欺負的程度一樣，黃裕飛最後向程朗要求的東西，也已經超出了某種成人間的界線而泯滅了人性。

8

「黃紫蘭說會晚一點到。」

高傅丞拿著歸檔用表單回到辦公桌時，坐在一旁的小倩剛講完電話。今天是案發的第十四天，警方和黃紫蘭約好下午兩點到警局來認領黃裕飛的遺物，也就是之前從池塘打撈起來的那些相機和鏡頭。

「有說大概幾點嗎？」高傅丞看了看時間，現在是一點五十五分。

「兩點半之前。」

「是喔，那還可以休息一下。」

「休息個頭啦，你趕快把你那邊結案的東西整理給我，不要拖累到我的進度。」

「等黃紫蘭走之後再整理啦，我需要沉澱一下紛亂的思緒。」

「你只是懶而已吧？」

「唉喲，這次案件的複雜程度妳又不是不知道。」

高傅丞伸了個懶腰，在位子上坐了下來。警方這次辦案，就像在拆解俄羅斯娃娃一般，原來以為是真相的真相，下一秒鐘又發現裡頭還藏有祕密。而其中最令人震驚的，就是黃裕飛電腦裡那段程朗自瀆的影片。在那之後，受害人跟加害人的界線就開始變得模糊不清，最後雙方的角色更是完全顛倒了過來。

「他要我跟他……跟他……」

程朗那天因為痛苦而更加嘶啞的聲音，就像人在溺水前最後的掙扎一樣，高傅丞一回想起來，全身上下沒有一處不起雞皮疙瘩。他知道人都是貪財，都是有七情六慾的，但怎麼滿足自己的慾望，則是界定人與禽獸的差別。黃裕飛一開始向程朗勒索金錢就算了，沒想到下一步竟然把腦筋動到程朗的肉體上，要求對方跟他行那苟且之事。程朗說他起初斷然拒絕，爾後在黃裕飛不斷的要脅之下，掙扎了又掙扎，最終還是選擇屈服。因為寫作是他生命的全部，如果黃裕飛把他自瀆的那段影片，還有他以前在育幼院遭人性侵的事散播出去的話，他的作家生涯毫無意外會立刻告終。

「那後來為什麼又決定殺人？」高傅丞當時這麼問道。

「因為，他不肯放過我……」

程朗聲音梗在喉嚨，整張臉扭曲了起來。他告訴高傅丞，他起初以為黃裕飛只是一時興起，試過一兩次就會結束了，沒想到對方卻打算一輩子把他玩弄在股掌之間。就在兩人這種關係持續了近一個月，他向黃裕飛求饒，說他以後的版稅全部雙手奉上，可黃裕飛卻還是不肯放過他。

「於是我就豁出去了，開始暗中擬定這次的計畫，」程朗顫抖著手在鍵盤上敲打著。「包括準備鋁棒，還有到前往八斗子的路上，觀察沿途攝影機架設的位置。接著在案發當天，我大概十二點半就到了黃裕飛的住處。那時候他正在客廳看電視，我偷偷繞到屋子後面，在鐵桶裡擺了些廢紙點火，等他在屋裡察覺不對勁出來察看的時候，再用事先藏在三腳架袋裡的鋁棒，從後方偷襲。」

程朗打到這，臉上露出極度恐懼的神情。他說當時黃裕飛倒在地上，回過頭來看見是他，竟然扭曲著臉大笑起來，好像在說這一切都在他的預料中。就在那一瞬間，他完全失去了理智，握著鋁棒往黃裕飛後腦勺一陣猛揮猛打，等回過神時，對方早已氣絕身亡。接下來為了煙滅證據，他先是擦掉鋁棒上的指紋，把鋁棒丟到屋子後方的草叢中，然後再到屋內把三腳架的袋子放到書房，刪去電腦中的影片檔，最後再到黃裕飛的臥房，把防潮箱裡的相機跟鏡頭一併拿到屋外丟到池塘裡去。程朗說他從沒想過自己可以一輩子逍遙法外，他只求警方發現真相的時間可以盡量延後，等到哪天他把想說的故事都說完了，那時要他自首他也甘之如飴。但是他並不後悔，如果重來一次，他還是會選擇殺了黃裕飛。因為如果他的那段過去終究要攤在陽光下的話，那他要選擇用最壯烈的方式，把自己的名字刻在每個人的心上。

「喂？妳到了？」

高傅丞還沉浸在自己的思緒裡，一旁的小倩忽然接起電話，往警局門口走去。高傅丞起身看時，只見小倩隨後帶著兩個人進來，一個是黃紫蘭，另一個則是黃紫蘭目前就讀大一的兒子魏家揚。

「抱歉，遲到了。」黃紫蘭頷首致意，樣子顯得有些憔悴。

「不會啦，是我們要妳特地來一趟警局的。」

高傅丞帶著兩人來到旁邊一間會議室，黃裕飛的遺物都放在那裡。

「東西都在這裡了。」高傅丞說。

「好，謝謝。」

魏家揚今天拖了一個小型的行李箱過來。半晌清點完數量，他將桌上那些總價將近百萬的相機和鏡頭一個個用布包好，小心翼翼地放到行李箱裡頭。與此同時，高傅丞為了釐清案情的一些細節，尤其是被害人與加害人的關係，便向黃紫蘭問起黃裕飛和程朗的性向，還有兩人平時相處的情形。

黃紫蘭聽到這些問題，無奈的表情全寫在臉上。只見她苦笑著說，黃裕飛和程朗平時就是編輯和小說家的關係。兩人因為有共同的嗜好，偶爾會一起去拍個照，但頂多兩三個月一次，不到頻繁的程度。至於性向，黃裕飛離過兩次婚，最近一次在八年前，兩段婚姻都沒有小孩，黃紫蘭說她從沒想過黃裕飛對男性也有那方面的喜好。

「那妳哥有沒有跟妳提過，他對程朗的想法或是感覺？」高傅丞問道。

「他覺得程朗是個很執著的人。」

「執著？對於寫作嗎？」站在一旁的小倩說。

「嗯，他說程朗為了寫作而犧牲的東西，遠遠超乎常人的想像。」

「犧牲？」

「我當時聽了也很訝異，問我哥程朗為了寫作犧牲了什麼，但我哥似乎不想談得太深入，就把話題帶到別的地方。」

黃紫蘭說這話時，表情顯得有些尷尬。高傅丞心想程朗為了寫作而犧牲的東西，現在看來再清楚不過了，就是生而為人的尊嚴。而黃裕飛當時之所以不想深談的原因也不難理解，因為他就是那個踐踏程朗尊嚴的人。

「不過程朗對於寫作再執著，還是有跨不過去的關卡。」黃紫蘭嘆了口氣。

「跨不過去的關卡？」

「程朗有社交障礙，有一次還得罪了出版社的老闆。」

「妳說在飯局上嗎？」高傅丞想起那張程朗寄給陳老先生的明信片。

「嗯。有一次我哥帶程朗去跟幾個出版社的董事吃飯，席間人家問他問題，都不怎麼愛答，搞得整個飯局的氣氛都僵掉了。」

「這是什麼時候的事？」

「我記得是三年多前，程朗第二本書剛出版的時候。」

「所以是喉嚨受傷前的事？」

「應該吧。程朗喉嚨受傷以後，不用紙筆或電腦幾乎沒辦法跟人溝通，我哥哥不太可能自討沒趣，帶他去跟老闆吃飯——」

「好險！」

在一旁收拾東西的魏家揚突然大叫一聲。高傅丞回頭一看，魏家揚已經把原本桌上的相機跟鏡頭都收得差不多了，剩下最後一臺相機，因為沒拿穩，差點滑落地上，好佳在魏家揚反應快，膝蓋一彎，接住了正往下掉的相機。

「身手矯健喔，這臺摔下去不得了。」高傅丞走過去拍了拍魏家揚的肩膀。

「是啊，太危險了。」

魏家揚一臉餘悸猶存。他懷裡抱著的，正是那臺萊卡的底片式相機。

「這東西真的要二十五萬？」高傅丞好奇道。

「差不多，不過我舅舅當初好像只買二十萬而已。」

「二十萬還是很荒唐啊。」

「小意思啦，破百萬的相機都有囉。」

魏家揚一邊說一邊拿了塊絨布，將相機小心翼翼地包了起來。

「你也有在玩攝影？」高傅丞看他一副專業的樣子。

「偶爾會跟學校攝影社出去拍拍照。」

「我就怕這孩子長大後跟他舅舅一樣，把錢都花在相機上。去年他是推甄上大學的，六月份同學都還在苦讀，他舅舅看他也愛攝影，就挑了一個週末連假帶他到花東去拍海。回來的時候整個人神采飛揚，比上大學還要開心。」

「有個讀書以外的興趣很好啊。」小倩說。

「陷進去可就不妙了。」

魏家揚聽母親這麼說，吐了吐舌頭，一面將相機放進行李箱的空位中。

「這臺相機還能用嗎？」高傅丞問道。

「應該不行了吧，都泡水泡那麼久了。而且我舅舅當初是為了收藏買的，好像也沒什麼在用，沒有保養早就有零件故障了也說不定。」

「如果是買來收藏的，應該定期都會保養才是啊。」小倩說。

「對乎，我那次偷用好像沒什麼問題。」

「偷用？」

「就前幾年有一次到舅舅家幫舅舅慶生，我看到這臺相機擺在書房桌上，一時好奇就拿起來拍了幾張。」

「你就是愛玩，舅舅知道了沒有罵你？」黃紫蘭問道。

「舅舅那次沒有發現。」

或許是想到以前帶他去花東過夜、教他怎麼拍照的舅舅今後沒辦法再罵他了，魏家揚說完苦笑了一下，露出有些哀傷的神情。

半晌大概三點鐘，黃紫蘭母子離開警局，高傅丞沒藉口偷懶了，便開始整理這次案件歸檔用的資料。他以前非常不喜歡做這種事，總是能拖就拖，直到小倩說這是他可以把自己的破案紀錄流傳下去的好方法，他才開始有點幹勁。

案發到現在十四天，兩個星期內破案，算是高傅丞水準以內的表現。但不知怎地，這會兒凶手雖然抓到了，動機釐清了，證據也都蒐齊了，他還是覺得有些不太滿意。或許是因為程朗那段自瀆的影片在他心中留下的陰影太深，又或許是因為黃裕飛那泯滅人性的掌控慾讓他感到不寒而慄，高傅丞覺得自己心裡有好多地方都在唉聲嘆氣，就像是跟女朋友心結沒有解開就分手了一樣，無法昂首闊步繼續向前。

「幹麼愁眉苦臉的？」小倩把檔案攏一攏，放到一旁的架子上。

「我也不知道。」

「是破案後的失落感嗎？」

高傅丞聳聳肩，往後靠在椅背上。小倩的辦公桌上擺著一本猛男桌曆，他無意間一瞥，忽然想到一件事情。

「你對這個也有興趣喔？」小倩注意到他的視線。

「黃裕飛，」高傅丞坐正起來。「半年多前去過一次照相館。」

「照相館？」

「嗯，我之前看過黃裕飛筆電裡的行事曆，他的行程大多是跟作家見面討論作品，然後大概半年前去了一次照相館。」

「所以？」

「他去照相館要幹什麼？」高傅丞問道。

「買攝影器材吧。」

「攝影器材一般來講，應該會去專門賣攝影器材的店買才對吧。」

「或許吧，但你現在追究這些要幹麼？」

「這案子有些地方怪怪的。」

「哪裡怪了？」

「黃裕飛去照相館這件事就很怪。現在是數位相機時代，坊間照相館差不多都倒光了，黃裕飛那麼專業的玩家還去幹麼？」

「會不會是去洗相片？黃裕飛不是就有一臺底片式的相機？」

「可是魏家揚說那臺相機是黃裕飛買來收藏的，幾乎沒什麼在用。」

「沒什麼在用不代表完全沒用啊。」

小倩這話不無道理，但高傅丞還是覺得心中不甚舒坦。

「不然去照相館問問看嘛。」小倩說道。

「現在嗎？」

「還是你要十年後？」

「十分鐘後好了。」

高傅丞說著站起身來，披上他帥氣的警用外套。

「我先去上個廁所。」

9

黃裕飛半年前去的那家照相館叫做「攝相人之邑」，位在廟口鬧區的邊緣，一棟五層樓公寓的一樓。高傅丞和小倩趕過去時，正好是下午五點。從外頭看，店裡面沒什麼客人，連燈都只開了一半。

照相館老闆是個五十歲左右的中年人，梳著個西裝油頭，身上穿著一件淺綠色的條紋襯衫。高傅丞和小倩推門進去的時候，老闆正一個人慵慵懶懶地坐在櫃檯後方，聽著收音機裡的廣播。或許是因為生意冷清了一段時間，老闆一看見他們進來，八成以為是客人上門，立刻站起身來，上前迎接。

「兩位拍照嗎？」老闆臉上堆著笑容，鞠躬哈腰地問道。

「我們是警察，有件事想跟您請教一下。」

待高傅丞表明來意，老闆知道他們是來詢問黃裕飛的事情後，立刻又變回先前那副毫無生氣的模樣。也就在這時，櫃檯後方老闆原本在聽的廣播，上一則新聞剛好報完了，三十秒的廣告過後換到下一則新聞，高傅丞無意間一聽，竟是在報導程朗的消息。整則新聞的大意是說，程朗近一年來書籍銷量不如以往，出版社本來打算跟他終止合約，而原本下個月預計替程朗舉行的新書發表暨簽名會，也因為程朗惹上殺人嫌疑，打算取消。但程朗遭到勒索的消息曝光後，輿論轉向程朗這邊，出版社又決定加碼投資，此刻正在為程朗準備交保金，希望可以換取程朗暫時的自由之身。

「殺人犯也可以這樣吹捧，這社會真是病了啊。」老闆打了個哈欠說道。

「是啊，的確是有點誇張。」

聽到小倩這麼附和，老闆頗為滿意地點了點頭。

「看來你兩位還算是明理的人。殺人犯就是殺人犯，難道他再多殺幾個人，我們也要謝天謝地，蓋座紀念堂來紀念他嗎？」

「是啊是啊，這真是太荒謬了。」高傅丞也跟著附和起來。

老闆大概是覺得室內空氣悶，忽然起身拿了支檀香，插到角落一組三腳架上頭燒著。

高傅丞覺得有些奇妙，他沒想到相機的腳架還有這個用途。

「你們剛說是要來問黃裕飛的事？」老闆回到櫃檯坐了下來。

「嗯。黃裕飛他常來你這邊嗎？」高傅丞問道。

「偶爾會過來坐坐，我們同個攝影協會的，也認識好幾年了。」

「那有來這邊洗過相片嗎？」

「來我這幹麼?他家自己就有印表機可以列印了。」

「我是說那種用底片拍的相片。」

「噢，有啊。」

「那是什麼時候的事？」

「去年六月吧。那卷底片他沒拍完就拿來洗了，總共只有十五、六張。」

「相片的內容你還記得嗎？」

「頭幾張我記得是風景照，再來是一些室內照。」

「室內？」

「應該是他家吧。」

「有什麼比較奇怪的相片嗎？」

老闆想了一會兒。

「有一張照片我不懂在拍什麼，後來黃裕飛來我這拿相片，我就調侃他怎麼拍出這種東西來，他看了好像也很驚訝的樣子。」

「照片的內容是什麼？」

「就一張黃昏時候，從室內往窗外山坡下拍的相片。」

「山坡下？」

「嗯，黃裕飛說那是從他家書房往外拍的。」

「相片裡還有什麼東西嗎？」

「角落的地方，我記得好像有個人影。」老闆想了一想說。

「看得出是誰嗎？」

「沒辦法，人影太小了。」

「那人影當時在做什麼，看得出來嗎？」

這問題似乎有點難，老闆回憶了半晌才想了起來。

「不太確定，我只記得那個人影右手好像舉得高高的。」

「像這樣嗎？」高傅丞一邊說，一邊模仿自由女神把右手高舉起來。

「差不多。然後手中好像有拿著個什麼東西。」

「噢？多大的東西，還有印象嗎？」

「差不多這麼大吧。」

老闆想了半晌，忽然像變魔術一般，從櫃檯底下拿出了顆手球往高傅丞丟來。高傅丞單手接著，本來還在想這老闆的興趣還真是多元，又是攝影，又是焚香，又是聽廣播，又是打手球，可是下一秒鐘，他忽然覺得眼前的手球也可以是另一樣常人看似普通，但在那個的案件中卻極為關鍵的東西。

「難道……」

高傅丞感到心跳加速，連忙把手球還給老闆，走出照相館。

「你幹麼啊？」小倩滿臉問號地追了出來。

「先不要跟我說話。」

和以往一樣，高傅丞腦袋的開關一打開思緒就停不下來。他想到了黃裕飛住處後方鐵桶裡的灰燼，想到了黃裕飛筆電裡那個遭人清空的資源回收桶，想到了小倩妹帶小倩爸媽到日本旅遊發生的事，另外還想到了那天到陳清豐陳老先生家，對方提到三年前程朗遭人襲擊的那個事件時，那略顯遲疑而又萬分感概的模樣。

「真的是這樣？怎麼可能是這樣？不可能是這樣啊……」

高傅丞用他自以為很小聲、但旁人都聽得到的音量喃喃自語。他把這次的事件不斷地拆解、重組，漸漸地方才那一連串的枝微末節，忽然間全像有了生命一樣，在他腦中自動地排列開來，交織成另一個嶄新的假設。為了確認某些細節，高傅丞隨後打了通電話給魏家揚，另外又請警局同仁幫忙調查一些關鍵的時間點。小倩看他忙來忙去，十分不解，雖然知道他身為名偵探不可能這麼輕易就把真相說出來，但最後還是壓抑不住好奇心，一會兒等他事情都交代完了，連忙問他又在發什麼神經。

「妳還記得那個孩子嗎？」

「哪個孩子？」

此刻六點剛過，西邊的天空一片橘黃。兩人一邊往停在田寮河畔的警車走去，高傅丞一邊提起那天到陳清豐陳老先生家，對方說程朗當年剛進育幼院的時候，唯一的朋友是一個天生是啞巴的孩子。

「還記得啊，怎麼了嗎？」

「那孩子對程朗的影響，恐怕比大家認知的都還要深遠。」高傅丞說。

「對程朗的影響？」

「嗯。」

高傅丞停下腳步，望著漸漸暗下來的天色嘆了口氣。

「這次的案子，恐怕還沒有完全結束。」

10

講臺後方的天藍色看板上，畫著一個展翅高飛的小男孩，旁邊寫著「飛翔・程朗新書發表會」幾個白色大字。

原本以為要取消掉的程朗新書發表暨簽名會，在三月五日這天如期舉行，地點在臺北市信義區某間大型的連鎖書店裡。高傅丞本來以為沒什麼人會去，不料稍早三點半，活動剛開始時和小倩抵達現場，只見有近百位書迷守候在那，一看見程朗走到臺上，像看見什麼偶像明星一般，紛紛尖叫起來。

「有那麼誇張嗎？」高傅丞當時看書迷們瘋狂的樣子，有些不解。

「還好啦，人家現在可是當紅作家呢。」小倩說。

活動大抵的流程，前三十分鐘是新書發表，再來的一個小時是程朗與書迷互動的時間。由於程朗無法言語，新書發表基本上就是主持人將出版社事先擬好的問題和答案念給大家聽，程朗則在一旁適時的點頭微笑，作為互動。後來大概五點鐘，主持人宣布今天的活動到此為止，高傅丞和小倩立刻上前和程朗搭話，邀他到地下室的美食街喝杯咖啡。或許是在看守所待了一兩個星期，這會兒終於交保出來，程朗顯得格外的神清氣爽，縱使看到兩人的當下有些詫異，臉上還是立刻掛上公眾人物該有的微笑。但由於他還有些事要和出版社商議，三人一直到五點快半的時候，才終於到樓下的咖啡廳點了咖啡坐了下來。

「恭喜恭喜，可以幫我簽個名嗎？」高傅丞方才在樓上書店買了本程朗的新書，這會兒得以和作者近距離接觸，立刻把書拿了出來。

「啊，謝謝。」程朗點了點頭，從胸前的口袋拿出一支鋼筆。

「你這次寫作的風格好像轉變了？」

高傅丞一邊看著程朗簽名，一邊裝作若無其事地問道。程朗這次的新書講的是一個患有自閉症的小男孩，夢想能夠在天上飛的故事。高傅丞方才大致把書翻了一下，覺得程朗好像終於擺脫了人生的陰霾似的，行文風格變得活潑不少。

「總會想要有所突破。」程朗簽完名，在隨身攜帶的小型筆電上打字說。

高傅丞把書收進腳邊的紙袋裡。

「話說回來，你的人生好像常常有這種變化？」

「有嗎？」

「像這次就是啦。我前幾天聽廣播說，你近一年來書籍銷量下滑，出版社本來打算跟你解除合約，現在卻反過來加碼投資。」

「我也沒想到會這樣。」

「你是東野圭吾的書迷嗎？」高傅丞喝了口剛剛點的咖啡，話鋒一轉。

「嗯？」

「我那天在你家書櫃，看到很多東野的小說。」

「嗯，他的書我幾乎每本都有買。」

「所以你也看過《惡意》囉？」

「嗯。」

「有從中得到什麼寫作的靈感嗎？」

「我不寫推理小說的。」

高傅丞看程朗一臉困惑，便解釋說自己前陣子在書店買了《惡意》，昨天剛好看完，覺得很有趣，想跟他討論一下。

然而程朗畢竟不是省油的燈，知道兩人今天前來斷不是為了跟他討論讀書心得。高傅丞心想既然計謀已遭識破，那就不必再裝模作樣，於是便直接表明想要再次釐清黃裕飛命案的一些細節。而小倩因為高傅丞身為名偵探不得不賣關子，很多事情都還沒有和她說明，此刻見到高傅丞切入正題，聚精會神地在一旁聽著。

「你上次說你殺了黃裕飛之後，就到書房把影片刪了？」高傅丞問道。

「嗯。」

「怎麼刪的？」

程朗愣了一下，似乎不懂這個問題的意思。

「你先是刪除影片檔，然後再把資源回收桶清空？」

「嗯。」

「為什麼不把那個影片檔單獨從資源回收桶中刪除就好？我們警方這次之所有會找到那個影片，就是因為看到資源回收桶裡都沒東西，才會想說把電腦送到刑事局復原，看有沒有什麼重要的檔案遭人刪去。也就是說你當初如果只移除那個影片檔，說不定到現在我們警方都還沒能發現你犯案的動機。」

「我那時候沒有想到那麼多。」

「是嗎？還是說你的目的就是希望警方早點發現那段影片？」

「這樣對我有什麼好處？」
「好處就是今天的簽書會如期舉行，規模恐怕也比原先預計的大。」
「這不是他可以控制的吧。」坐在一旁的小倩說。
「程朗的確沒辦法百分之百預測社會大眾對這個件事的反應。但反過來看，如果警方沒發現那個影片，程朗恐怕現在還蹲在看守所裡，沒有人同情他，沒有人保他出來，今天的新書發表會是百分之百不可能如期舉行的。」
「你是說程朗反過來利用黃裕飛偷拍他的那段影片博取同情？」
「這樣講也不太準確。」
高傅丞拿起桌上的咖啡喝了一口，看向程朗。
「你之前說去年六月，黃裕飛趁著某個週末到你家來，叫了比薩外賣把你引到外面去，再到你房間裝上針孔攝影機，沒錯吧？」
「嗯。」
「這是哪天的事你還記得嗎？」
程朗搖了搖頭。
「都這麼久的事了，也難怪你會忘記。那我來告訴你好了，那天是六月二十一號星期六，比薩外送的小弟是下午四點二十分左右到你家去的。我們查了北部有在外送的店家，六月份就只有那天有人叫外送到你家的地址。叫外送的人也的確是某個『陳先生』沒錯。那個小弟也跟我們證實，那天的客人說他沒有叫比薩，因為對方不太能說話，兩個人溝通了很久，因此他的印象特別深刻。」

「嗯，我們差點還吵了起來。」程朗把手移到筆電上打字。

「然後你說黃裕飛就是趁那時候到你房間裝攝影機的？」

「嗯，我在樓下待了快二十分鐘。」

「這就怪了。上禮拜黃小姐帶她兒子魏家揚來警局認領黃裕飛的遺物，提到魏家揚也喜歡攝影，去年六月的一個週末，黃裕飛還特地帶他到花東去拍海。我前幾天打電話跟魏家揚確認，他跟黃裕飛是去年六月哪天到花東去的，你猜答案是什麼？魏家揚查了查電腦裡的相片，告訴我說他們那次一共去了三天，六月二十號星期五白天就出發，一直到二十二號星期天晚上才回來。如果他說的是真的，那黃裕飛六月二十一號星期六人在花東，又要怎麼到你家去裝攝影機？」

「也許是我記錯了。」

「什麼記錯了？『陳先生』叫比薩外送到你家的確是那天沒錯啊。」

「黃裕飛也有可能是趁著別天到我家去的。」

「可是你不是說黃裕飛勒索你的時候也承認了，他就是趁著那天你下樓應付外送的時候，到你房間裝上針孔攝影機的？」

「我不知道黃裕飛為什麼要說謊，但他的確錄到了那段影片。」

「說謊的是你吧？」

「我說謊？」

「難道不是嗎？那段你在房裡的影片——」

高傅丞傾身向前，表情一整個嚴肅起來。

「其實是你自己拍的吧？」

11

高傅丞此話一出，程朗像被雷劈中一般僵在那裡，小倩則化身成為《七夜怪談》的貞子，兩隻眼睛張得老大。

「你是說黃裕飛根本就沒有勒索程朗？」

「黃裕飛有勒索程朗，這是千真萬確的。證據就是這半年多來，程朗的確拿了三百多萬給黃裕飛，而黃裕飛也確實把錢存進了銀行裡。只不過黃裕飛拿來勒索的，並不是那段程朗自瀆的影片，而是另一個程朗寧願出賣自我都要守下來，一個程朗一旦發現有人知道，就立刻計畫要殺了對方的祕密——」

「程朗一開始就打算殺了黃裕飛？」

「嗯。因為那段影片確實是在去年六月拍攝的。」

高傅丞接著表示，他並非先發現影片是假，才去找尋真的動機。相反的是先覺得程朗似乎有另一個更大的把柄落在黃裕飛手中，才去找尋證據證明影片是捏造的。那天在照相館外頭整理思緒，他心想案發當天程朗為什麼要在屋後燒東西，把黃裕飛引出來再下殺手？為什麼不直接走進屋裡就好？程朗有在攝影，背著腳架袋前來應該不至於突兀，更何況黃裕飛之前還借了一組腳架給他。高傅丞想來想去，程朗當時之所以那麼做，就是要讓警方以為他在屋後燒東西的目的，單純是為了把黃裕飛從屋內引出來而已。但事實上他在行凶之後，又利用後院的鐵桶燒毀了某樣「證物」。
「證物？」小倩聽到關鍵字，雙眉微微一皺。
「就是照相館老闆那天提到的相片。」
「為什麼要這麼麻煩？程朗可以在屋內行凶後再到外頭燒照片啊。黃裕飛平時有文件不想外流，就是在那個鐵桶裡燒掉的。他大可讓警方以為屋後鐵桶裡的灰燼，是黃裕飛案發當天銷毀文件燒剩下來的。」
「他本來可以這麼做，但最近事情有了些變化。」
「變化？」
小倩似乎聽不太懂，高傅丞於是再給她一個提示。
「妳還記得案發當天提到燒東西的時候，黃紫蘭說了什麼嗎？」
「案發當天……啊，碎紙機！」
「沒錯。黃裕飛最近覺得燒文件不環保，特地買了臺碎紙機。這樣一來，屋後鐵桶裡的灰燼，就不可能是黃裕飛燒東西剩下來的。」
高傅丞看了身旁的程朗一眼，他從剛剛開始就微微地在發抖。
「可是黃裕飛當時到底拍到了什麼？」小倩又問。
「那張相片不是黃裕飛拍的。」
「嗯？」
「老闆那天說那張照片完全看不出來在拍什麼，後來黃裕飛來拿照片的時候，他甚至還藉此調侃了一下黃裕飛。言下之意，就是那張照片拍攝技巧不怎麼入流，不像是出自黃裕飛那種經驗豐富的攝影玩家手中。」

「難道是……魏家揚？」小倩有些遲疑，聲音聽起來沒什麼把握。

「嗯，除了他沒有別人了。」

「可是魏家揚到底拍到了什麼？」

「妳還記得魏家揚那天去黃裕飛家幹什麼嗎？」

「幫黃裕飛慶生？」

「嗯。那天離開照相館我打電話給魏家揚，除了確認去年六月黃裕飛帶他到花東拍照的日期，還問了他偷用黃裕飛那臺底片式相機是哪一年的事。」

高傳丞一邊說，一邊拿起桌上的咖啡喝了一口。

「結果魏家揚告訴我，那年是黃裕飛四十二歲的生日。」

「四十二歲？難道——」

「沒錯，程朗就是在那天前往黃裕飛的途中，遭人強灌鹽酸奪去了聲音。」

高傳丞說著往程朗看去，只見他低著頭，身體仍然在發抖。

「魏家揚當時拍到了襲擊程朗的凶手？」小倩也看了程朗一眼。

「要這麼說也可以。」

「可是那張照片不是不清楚嗎？黃裕飛要怎麼確認凶手的身分？而且就算黃裕飛知道凶手是誰，程朗又為什麼要受他威脅？」

「因為程朗不能讓那個『凶手』的身分曝光。」

「你說他在袒護某人？」

高傅丞沒有直接回答，而是提到了當時凶手用來攻擊程朗的工具。

「妳記得凶手是用什麼擊昏程朗的？」

「石頭？」

「妳不覺得很奇怪嗎？就像妳那天說你妹妹都『特地』帶爸媽出國玩了，居然還忘了替爸媽留意藥品，那個凶手都特地帶了鹽酸，埋伏在那裡等待程朗路過，又怎麼會沒有帶襲擊程朗的物品，而用地上隨便撿的石頭來攻擊？」

「怕被人看到啊。」

「那段山路相當的荒涼，平常根本根本沒什麼人走，沿途也沒有攝影機。」

「以防萬一啊，誰曉得會不會剛好有人經過。」

「如果這是原因，凶手可以帶像板手那樣可以藏起來的凶器。」

小倩點了點頭，但仍然有些疑惑的樣子。

「原因在於凶手當時沒有辦法像一般人那樣施力。」

「什麼意思？」

「如果妳是凶手，事前會準備什麼凶器來行凶？」高傅丞換另一個方式問。

「就你剛剛說的板手吧。」

「為什麼？」

「體積小，又有握柄可以握啊。」

「那假設凶手當時用來襲擊程朗的凶器就是板手，妳覺得程朗頭上的傷口會是什麼形狀？」

「長條狀吧，凶手從後方由上而下的揮下去。」

「妳這個推論是建立在凶手可以正常施力的假設上。」

「凶手沒辦法由上而下施力？」

「很難。」

高傅丞接著提起，凶手當年用來襲擊程朗的那顆石塊，大小跟那天照相館老闆扔給他的那顆手球差不多，一隻手就抓得起來。

「現場還有其他石塊，凶手為什麼不用大一點的行凶？」高傅丞問道。

「怕用力過猛，一不小心就把程朗打死了吧。」小倩說。

「要單單一擊就殺了人，也不是那麼容易。」

「不然呢？」

「因為凶手沒辦法用雙手拿石塊。」

高傅丞話一說完，一旁程朗的臉色瞬間鐵青起來。

「凶手手受傷？」小倩問道。

高傅丞搖了搖頭。

「原因跟剛才一樣，凶手當時沒辦法由上而下的施力，尤其是用雙手。」

小倩越聽臉色越顯困惑。

「所以程朗到底在袒護誰？」

「他誰也沒有袒護。」

「嗯？」

「我們上次不是討論過，程朗有可能是把自己以前一些見不得人的事情改編後寫進小說，黃裕飛發現了就拿來勒索？」

「嗯。」

「這個假設對了一半。黃裕飛的確是發現了程朗以前犯下的某樁罪行，只不過不是因為看了程朗寫的小說，而是看了魏家揚偶然拍到的那張照片發現的。那張照片，最大的關鍵在於裡頭只有一個人影。我想黃裕飛當時看了，應該馬上聯想到那個人影正高舉著右手，拿著顆石塊要往自己頭上砸去——」

「呃！」

程朗猛搖著頭，用他那混濁的聲音嘶啞地叫著。

「難道說？」小倩捂著嘴巴。

「沒錯。三年前程朗遭人強灌鹽酸的那個事件——」

高傅丞看向程朗。

「也是自導自演的。」

12

傍晚七點，附近上班族沒加班的大多都下班了，美食街的人潮也漸漸多了起來。高傅丞由於方才話說得太多，此刻嘴巴好像烘乾機烘過一樣的乾渴，於是便起身到前方櫃檯，打算點杯冰紅茶來喝。

排在高傅丞前面的是兩位女性客人，點了一杯伯爵奶茶、一杯熱可可。半晌飲料準備好了，兩人端著托盤到裡頭找座位，碰巧看到小倩他們前方有一張空的桌子，便在那裡坐了下來。若是平常時候，高傅丞待會回去肯定會找對方攀談幾句，可是這會兒他卻一點談情說愛的心情也沒有。至於程朗和小倩，此刻心裡八成也是紛亂如麻，高傅丞看他們坐在位子上，一個臉色因為祕密遭人揭穿而惶恐不已，一個也因為真相太過震撼，情緒一時間還無法平復過來的樣子。

方才離開座位前，高傅丞把這次案件他所認知的來龍去脈，原原本本跟小倩說了一次。程朗究竟為了什麼而不惜自殘，一般人或許難以想像，但在高傅丞看來，這一切卻都有理可循。那天他發現了這個真相後，不斷地在心中回想著就他所知，程朗從小到大經歷的點點滴滴。一直以來，程朗都是他所屬的團體中最安靜的那個人，也因此受到了很多歧視的眼光。小時候在育幼院遭人欺負排擠，長大出社會也因為不善言語，差一點斷送了自己好不容易開闢出來的前程。黃紫蘭那天說過，程朗出第二本書的時候，黃裕飛帶他去見公司董事，程朗整個飯局都不曉得如何跟人應對，搞得董事們頗為不滿，在背後有所怨言。別人的冷言冷語，程朗或許還可以不在乎，但寫作是他的生命，一旦得罪了老闆，他的創作生涯可能就此告終。更何況當時他第二本書賣得不好，上面隨時都有可能在商言商，一聲令下把他打入冷宮。

程朗恐怕就是在這樣的心境之下，決定毀掉自己的聲音，博取世人同情。

「可是為什麼要選擇那麼極端的方式自殘——」

「妳為什麼會覺得極端？」小倩當時像聽到地球要被黑洞吞噬一樣，露出又驚恐又不敢置信的表情，高傅丞於是反問她道。

「一輩子不能說話，難道還不極端嗎？」

「妳覺得這樣很痛苦？」

「當然啊。」

「可是程朗恐怕不這麼認為。」高傅丞看向坐在一旁默然無語的程朗，他似乎連打字的力氣都沒有了。「我想對於程朗來說，這種自殘方式他唯一要承受的痛苦，就是灌下鹽酸的那一剎那，至於自殘後不能說話，這正是他想要的結果。」

「你說程朗想要擺脫自己的聲音？」

「是吧？」

程朗看高傅丞又往他這邊望來，原本低著的頭又垂了幾分下去。

「難道是之前得罪老闆的關係？」小倩問道。

「這只是其中一條導火線。」

「還有別的因素？」

「妳還記得陳老先生那天提到的那個啞巴孩子嗎？」高傅丞反問道。

「嗯。後來有人把他領養走了。」

「程朗小時候跟那個孩子一樣，都安安靜靜地待在角落看書，可是大家對他們兩人的態度卻截然不同。妳覺得是為什麼？」

小倩搖搖頭，一面往程朗看去，好像期待他能夠回答似的。

「原因就在於那孩子天生就是個啞巴。」

「啞巴……所以大家對於他遠離人群比較能夠釋懷？」小倩問道。

「嗯。而程朗明明能夠說話，卻總是那麼孤僻，不跟別人親近。大家或許就是覺得程朗高傲，才會在那個孩子離開育幼院以後，不斷地來找程朗麻煩。我想，程朗恐怕就是在那時候體認到了一個事實：大家會欺負他，是因為他不『想』說話，而大家之所以對那個孩子這麼寬容，是因為那孩子不『能』說話。」

換言之，「聲音」對程朗而言，完全是個累贅。

高傅丞猜想如此扭曲的觀念，程朗一開始或許只是模模糊糊地相信著，但後來開始上學，甚至畢業後出社會，類似的遭遇應該也沒有少過，於是這樣的認知便漸漸地在程朗心中扎起了根來。而最終程朗會決定毀去自己的聲音，導火線恐怕就如同剛才說的，因為書籍銷量不佳，又得罪了出版社高層，他視之如命的寫作生涯極有可能就此終結，所以不得不靠自己的力量做點什麼，來讓自己的夢想免於崩壞幻滅。

「有了這個覺悟以後，下一步就是實際行動。」

「你說計劃自導自演的事？」

「嗯。程朗先是在網路上寫出那些謾罵的文章樹敵，接著案發當晚，再到黃裕飛住處的山坡下假裝遭人襲擊。」

那天事情發生的順序應該是，程朗先拿石塊砸傷自己的後腦勺，在原地等後來黃裕飛因為他沒有準時赴約而出來查看時，再喝下事先準備好的鹽酸，然後忍著痛擦去瓶子上的指紋，倒在地上等著黃裕飛前來發現。

「而程朗之所以選擇用石塊作為凶器，」高傅丞喝了口咖啡，繼續說道。「原因就像我剛才說的，是因為一般人拿東西往自己後腦勺打去，施力方向必定有所限制，要弄出像是遭人從後方攻擊的傷口，並不是那麼容易。如果是用像板手、鐵鎚等有握柄的凶器，傷口要是縱向長條狀的才自然，可是憑自己的力量，很難做到這點。至於選擇單手可以抓起的石塊，理由也是一樣，一般人很難雙手拿石塊，在自己後腦勺弄出像是他人從後方攻擊的傷口。這種種細節，程朗都考慮到了。他唯一沒有料到的是那天魏家揚正好在黃裕飛書房中把玩相機，無意間把他自殘的畫面拍了下來。」

「然後黃裕飛就那麼巧地發現了那張照片？」小倩問道。

「那不全然是巧合。」

高傅丞搖搖頭，在位子上伸了個懶腰。

「妳還記得去年六月的時候，黃裕飛遇到了什麼事嗎？」高傅丞問道。小倩想了大概五秒鐘，突然一臉恍然。

「房子被法拍？」

「嗯嗯，黃裕飛應該就是那段時間整理家裡的東西，把相機裡的底片拿去洗，意外發現當年那個事件，是程朗自導自演的。」

「然後因為他自己也剛好需要錢，就拿這件事來勒索程朗？」

「大概吧。剩下來的應該就像我剛才說的，程朗一知道黃裕飛發現了那個他死也不能讓人知道的祕密，就開始策劃這次的案件。先是在家錄了自瀆的影片，找機會放到黃裕飛的電腦當中，接著等存款差不多見底的時候，再伺機殺人。」

「程朗那麼短的時間內就想出了整個計畫？」小倩不敢置信的問道。

「這恐怕要拜那本書所賜。」

「書？」

「你的靈感是從《惡意》來的吧？」高傅丞看向愣愣地坐在兩人面前的程朗。對方沒有反應，倒是小倩立刻就想了起來。

「你一開始提到的那本小說？」

「嗯。」

高傅丞告訴小倩，《惡意》的主角野野口修也是個攻於心計的人，但礙於不能爆雷，他也不能透露太多。他只是沒想到現實世界中，居然真的有人從推理小說尋找作案的靈感。長此以往，之後豈不是會有人為了殺人而蓋一些奇形怪狀的房子？又或者作案後不趕快逃離現場，而在那邊花時間把門窗從外頭反鎖？

高傅丞發現這次案件的真相時，心中其實還有另一個疑問，就是程朗為什麼不直接殺了黃裕飛，而要擬定這麼複雜的計畫？但他後來想想，這不就是程朗一直以來在做的事嗎？三年前，他因為書籍銷量不佳而自殘博取同情，這一次也是因為書賣不好，出版社想要解約，碰巧黃裕飛又拿他的祕密前來勒索，因此來了這麼一個一石二鳥之計。除此之外，程朗如果直接殺了黃裕飛，固然得以免於遭人勒索，但倘若找不到另一個賞識他的編輯，他的作家生涯恐怕無法延續。這是程朗絕對不願意見到的事情。

至於程朗「博取同情」的靈感從何而來，高傅丞心想恐怕又要追溯到他在育幼院時的經歷。陳老先生那天告訴他們，小時候大家之所以不刻意為難那個啞巴孩子，一部分原因如剛才所述，在於「不能說話」和「不願說話」的差別，另一部分原因則在於大家同情那個孩子。團體中只要有幾個人率先展現出某種情緒，剩下的人很可能就會跟著盲從，而當時或許有些小朋友同情心特別旺盛，先對那個孩子示好，大家就隨之仿效起來。這讓高傅丞不禁懷疑，三年前那個「一人一書救程朗」的運動，搞不好就是程朗自己匿名在網路上起的頭呢！總而言之，程朗用計之深之廣前所未見，高傅丞自認踏上名偵探這條路多年以來，還沒有碰過這麼恐怖的對手。

但是儘管如此，這些年來恐怕還有一件事情——高傅丞心想。

是程朗沒有預料到的。

13

「妳真的都不吃嗎？」

高傅丞吃完最後一口藍莓蛋糕，正考慮接下來要對起司還是巧克力下手時，忽然想到還是再跟小倩確認一次比較妥當。

「你吃就好，」小倩搖搖頭。「我沒有胃口。」

「嗯，那我就不客氣囉。」高傅丞說著把巧克力蛋糕拿到面前。

十分鐘前，高傅丞在櫃臺本來只想點冰紅茶就好，但看到一旁冷藏架上的蛋糕好像很好吃的樣子，忍不住就點了個藍莓口味的。然而由於他們有三個人，只點他自己的似乎有損他臺灣名偵探界第一把交椅的名聲，高傅丞索性又加點了兩個蛋糕，一個是薄荷巧克力，另一個是他原本也很想點的檸檬起司。

誰曉得，後來高傅丞端著冰紅茶和蛋糕回到位子上，程朗和小倩卻似乎沒什麼胃口，對他精心挑選的蛋糕不理不睬。程朗的話，高傅丞還可以理解，因為他方才去櫃檯前才烙下了狠話，說希望程朗這禮拜找個時間去跟檢察官把事情說清楚，不然他就要逕自向上呈報。但小倩這個為甜點而生的女人，平時看到棒棒糖都會一副龍心大悅的樣子，這會兒竟對眼前的蛋糕不為所動，這就有些出乎高傅丞的意料之外。但是蛋糕買都買了，他也只好秉持著名偵探不浪費食物的精神，單槍匹馬大戰三個蛋糕。

「你有空去探望一下陳院長吧，他一直掛念著你。」

高傅丞挖了一口巧克力蛋糕，放進嘴巴前對著坐在面前的程朗說道。一聽到「陳院長」這個關鍵字，程朗緩緩抬起頭來。

「掛念著我？」程朗沒有打字，而是用他那嘶啞的聲音說。

高傅丞看程朗一臉困惑，便提起那天到陳老先生家中，陳老先生說他是程朗年紀最長的書迷，程朗的每一本小說，他都有買來收藏。

「他看你這樣，心裡肯定很難過的。」

高傅丞把湯匙上的蛋糕送進嘴裡。坐在他們對面，方才點了伯爵奶茶跟熱可可的那兩位女客人，不知道是不是因為他的聲音太有磁性，還是察覺到他們這桌的氣氛有些不尋常，不時地竊竊私語，用一種帶著崇拜的眼神朝他們這邊望來。

「難過啊。」程朗重複著他剛才的話，喃喃自語。

「是啊。這些年來，他一直看著你為了追逐夢想，而欺騙世人——」

小倩和程朗一聽都愣住了。

「一直看著？難道陳老先生早就知道了？」小倩詫異道。

「應該吧。要不然他那天也不會說出那句話來。」

「那句話？」

「沒想到好好的一個青年，最後居然落到了那般田地。陳老先生那天是這說的沒錯吧？」高傅丞喝了口冰紅茶說。

「這不代表陳老先生知道那件事是程朗自導自演的啊。」

「或許吧。但如果不知道，他當時告訴我們這件事的時候為什麼要猶豫？我想陳老先生口中的『只可惜程朗後來居然變成那個樣子』，並不是指程朗遭人強灌鹽酸變成啞巴，而是指程朗居然選擇自殘來延續寫作的生命。」

程朗聽他這麼說，眼框瞬間泛紅，肩膀也跟著顫抖起來。

「可是，陳老先生怎麼可能會知道這些事情？」小倩接著問道。

「妳覺得這次能夠破案，最重要的關鍵是什麼？」

「照相館老闆提到的那張相片？」

「最重要的是要能夠體會程朗的心理。」高傅丞指了指自己的胸口說道。「一般人用一般的觀點思考，絕對想不到程朗竟然會為了賣書而毀掉自己的聲音。但如果妳了解程朗的成長歷程，了解程朗心靈的寄託，這一切就不是那麼難以理解了。而這世上除了從小看著程朗長大的陳清豐陳老先生，誰又有那個能耐？」

那天陳老先生說，程朗如果不惜殺人，一定是為了保護他生命中最最重要的東西。這對一般人來說，不是家人朋友就是事業愛情，但對程朗而言，卻是那一個個用文字堆砌出來的故事。這些陳老先生都了然於胸，也一直在背後默默地支持著。三年前程朗那個事件爆發開來的時候，陳老先生也給過提示，告訴媒體網路上那些謾罵的文章絕不可能是程朗寫的。警方當時如果進一步思考，就會想到如果那些不像程朗寫的文章真的是程朗寫，那程朗的目的到底是什麼？這樣追查下去，真相或許就呼之欲出了。

「陳老先生也知道影片是假的？」小倩問道。

「這我就不確定了。」

高傅丞聳聳肩，又喝了一口桌上的冰紅茶。

「不過我想陳老先生從新聞上得知影片的內容，內心肯定相當的難過。因為程朗小時候就是因為他一時不察，才發生那樣的慘事。而陳老先生恐怕就是為了贖罪，才會一直幫程朗隱瞞著當年那個事件的真相。」

程朗聽著聽著，大概是想到了過去那段在育幼院痛苦的回憶，表情忽然變得相當的掙扎。高傅丞記得那天陳老先生說過，那次他聽聞騷動趕到廁所看時，只見程朗蜷縮著身體倒在馬桶旁邊，褲子給人退到腳踝，後庭跟嘴邊都沾滿了血跡。整個人彷彿剛從陰溝裡打撈上來的棄嬰一般，連顫抖的力氣都使不出來。

當時在高傅丞眼中，程朗是整個事件的焦點，是唯一的受害者。可是此刻想來，那些圍觀的小朋友，還有性侵程朗的那個國中生，他們的心靈恐怕也因此蒙上了一輩子揮之不去的陰影。陳老先生身為院長，內心的自責肯定非旁人所能體會，也因此這二十多年來，才會一直掛記著程朗。縱使程朗已經離開育幼院，跟他毫無瓜葛了，陳老先生還是持續關注著程朗，看著他當上作家一圓夢想，再看著他為了夢想而誤入歧途。

「請問你是程朗嗎？」

高傅丞回神看時，只見坐在他們對面的那兩位女客人拿著手機走了過來。

「嗯。」程朗愣愣地點了點頭。

兩個女生像看到偶像一般小聲地叫了出來。

「我們今天本來想去你的簽書會，但是因為要上班。」

「沒想到居然在這邊遇到你！」

「真是太幸運了！」

兩個人你一言我一語說得沒完沒了。高傅丞在旁邊看了，心想原來是程朗的書迷啊，怪不得從剛才就一直往他們這邊看來。

「可以跟你合照嗎？」兩個女書迷同時問道。

「嗯。」

「我先我先！」

兩位女書迷開心地跟程朗自拍起來，一個說她最喜歡程朗第三本著作《遠走他鄉》，另一個則表示自己最愛程朗的處女作《黑夜裡的巨人》。程朗雖然沒有心情，仍然努力配合書迷要求，擺出笑臉一同合照。

遠走他鄉，高傅丞想起這個故事的主人公為了成功不擇手段，心想自己反正壞事做盡，那就不要回頭，繼續用這種方式走完人生。程朗不也一樣嗎？既然大家都嫌他沉默，那他就永遠沉默下去。差就差在《遠走他鄉》的主角在故事結局孤獨地站上了人生的頂峰，而如今程朗卻即將因為過去的謊言而跌落深淵。

現在是個開明的社會，大家對於影片中的性癖好不至於大驚小怪，但對於程朗當年自殘身體的那種瘋狂，還有欺騙世人博取同情的那種行徑，恐怕永遠無法諒解。想到這裡，高傅丞不禁感到有些愧疚，那天聽黃紫蘭轉述黃裕飛的話，說程朗是個非常執著的人，為了寫作而犧牲的東西已經超乎了常人的想像，他還以為黃裕飛說的是程朗願意犧牲尊嚴和他做那檔子事，完全就著了程朗的道。現在想來，黃裕飛那段話完完全全就是程朗這個人的寫照：執著，超越瘋狂的執著，為了夢想可以自殘，為了夢想可以殺人！然後就這樣終其一生，活在自己用一個又一個謊言拼湊起來的牢籠裡。

「再拍一張！」

「我也要！我也要！」

兩位女書迷換個姿勢，一連又拍了好幾張照片。而程朗大概一直在壓抑著內心恐慌的情緒，表情越來越僵，笑容也擺不怎麼出來了。

高傅丞突然覺得這一切實在是不可思議，嘆了口氣緩緩地站起身來。

「我們走吧。」

「回基隆？」小倩也站了起來。

「嗯，回到真實的世界去。」

採訪現場（四）

「原來那個案子是你破的！」

崔嘉琪露出一臉崇拜的表情，高傅丞看了心中一喜。剛剛那個前男友沒有再打電話來，這也讓他安心不少。

「對呀，」高傅丞說。「妳聽過那個案子？」

「聽過啊。而且程朗最後那本《飛翔》我還有買呢。」

「妳是他的書迷？」

「也不算啦。就在書店看故事簡介，覺得滿有趣就買下來了。」

崔嘉琪一邊說，一邊從包包裡拿出一個髮圈，把頭髮綁了起來。以高傅丞名偵探的審美眼光來看，崔嘉琪頭髮的長度還不適合綁馬尾。但這樣就看不到那撮髮尾被剪掉的部分，崔嘉琪應該是因為這個理由才綁的吧。

與此同時，高傅丞喝了口他的小牧草鮮奶茶，偷偷往旁邊看了一眼。小男孩的媽媽這會兒手上拿著本書在看，至於是什麼樣的書並不清楚，因為外面包了一層書套，看不見書的封面。不過這並不是重點，高傅丞目光之所以被吸引過去，是因為小男孩的媽媽早先脫下口罩，露出一張十分溫柔的臉龐，讓他忍不住多欣賞了一下。那種溫柔的程度，感覺放到二十年前的八點檔連續劇，絕對會是命運坎坷的女主角。

「我準備好了，開始吧。」

高傅丞把視線拉回來，只見崔嘉琪調整了一下馬尾的高度，重新掛上笑容。

「下一個案子啊，我想想看……」

「不是案子啦。我想多了解一下，你剛才提到的那段痛徹心扉的往事。」

「哈哈哈，其實也沒有多痛徹心扉啦，我剛剛是運用了誇飾法。」

高傅丞突然覺得有些害羞了起來。

「你們怎麼認識的？」崔嘉琪手回到了鍵盤上。

「網路上。交友軟體遇到的。」

「喔？你是怎麼展開攻勢的？我以前也用過交友軟體，上面變態好多，感覺都在亂槍打鳥，很少是真心想來認識人的。」

「嗯嗯。我本來以為對方也是這樣，可是有一天她突然提議出來吃個飯。」

「這麼主動？」崔嘉琪似乎感到有些驚訝，大概她自己不是這種人吧。

「我當時也嚇到了，以為是詐騙。」

「結果咧？」

「結果……」高傅丞想起第一次和那個女孩吃飯時，對方臉上流露的笑容，還有身上那套落落大方的黑色洋裝。「我就對她一見鍾情。」

「一見鐘情？」崔嘉琪感覺又嚇了一跳。「這麼浪漫？」

「是啊。她正好是我的菜嘛。」

「然後呢？後來為什麼會……」

「我也不知道確切的原因。」高傅丞聳聳肩。「總之她後來就消失了。」

「吃過一次飯就避不見面？」

「我們總共見過三次面。第二次是看電影，第三次是一起去運動。那陣子我像在洗三溫暖一樣，一下覺得她應該對我也有意思，一下又覺得是我自作多情。後來受不了了，想說下一次見面我要跟她說我喜歡她，誰曉得就沒有下次了。」

「你是有踩到什麼她的地雷嗎？」

「應該是沒有。跟她在一起的時候，我都戰戰兢兢，比辦案子還要謹慎。」

「搞不好就是因為你太謹慎了，她喜歡狂放一點的男人。」

「狂放啊……」

高傅丞心想這也不是沒有可能。他在名偵探的世界中是個狂放不羈、所向披靡的男人，但一談到感情就會突然顧忌很多，像剛剛轉到新學校的小學生一樣，怎樣都施展不開來。女生都喜歡有趣的男人，這道理他明白，因為他風流倜儻的外表下，住著的就是那個千年一遇、用百分之百的幽默打造出來的靈魂。但世人好像都不這麼認為。以前跟小倩提起這件事，她想也沒想就說：「你那不是幽默，是幼稚。」

「我覺得你也不用太在意，就是沒有緣分而已。」

崔嘉琪面露微笑。雖然只是場面話，高傅丞還是覺得有些暖心。

「對不起啊，跟妳講了一個這麼無聊的事。」

「不會無聊啊。生命就是這樣，有起有落嘛。如果你願意說的話，我還想聽。」

「會寫到報導裡嗎？」

「你不希望的話，我可以拿掉。」

實在太令人感動了。高傅丞無法用言語形容目前的心境。如果是小倩的話，一定會像審訊犯人一樣，要他把事情原原本本地交代一遍，然後再把他說的話原原本本地刊登出來。搞不好連字都要他自己打呢。

「妳比較專業，妳決定就好。」高傅丞喝了口水，胸口撲通撲通地跳著。

「那你要接著說嗎？要是先來個案子，轉換一下心情？」

「也可以啊。妳想聽哪一類的？」

「有那種比較大型的案子嗎？比如跟其他縣市的警方合作？」

「正式的合作倒是沒有，但有一次我休假去臺北找我朋友，順便幫他偵破了一件命案，死者是一名在文教業上班的女性。」

「文教業？」

「嗯嗯。我記得是在做升學參考書的公司。」

「喔？感覺背後有一樁大生意。」

「是有牽涉到一些金錢糾紛沒錯。」

「那就這個吧。讀者應該會有興趣的。」

崔嘉琪看了一眼手機的錄音程式，一面把手放到鍵盤上，蓄勢待發。

「哈哈，真的嗎？哈——」

最後那個「哈」是「哈啾」的「哈」。高傅丞又想打噴嚏了。

但千鈞一髮之際，他靠著名偵探鋼鐵般的意志力，把那癢癢的感覺壓了下來。

接著，他緩緩道出二〇一五那年夏天發生的事。

同鄉人

1

炎炎七月的晚上八點，高傅丞剛剛把新光三越臺北站前店的樓層全部逛了一遍，這會兒正沿著旁邊的館前路往襄陽路的方向走去。他打算碰到路就右轉，碰到路就右轉。這樣既可以消耗時間，又不會迷路。

最近天氣實在是有點熱，高傅丞完全沒有工作的衝勁。這禮拜他把去年快到期的五天特休一口氣請完，打算在家吹冷氣，可是後來覺得有些無聊，就跟以前警校的同學、目前在天龍國當刑警的連政豪約好今天星期一晚上，由連政豪作東，請他吃個天龍國才有的超級大餐。不料一個小時前他抵達臺北，連政豪卻說有突發狀況，二二八公園有民眾報案發現一名女性屍體，必須前往處理。高傅丞無可奈何，便在附近閒晃遊蕩，打算等連政豪待會命案處理到一段落，兩人再一起去找東西來吃。

「哇嗚——」

繞過襄陽路轉到重慶南路上時，一陣香味猛然襲來。高傅丞一看，只見兩個遊民坐在一家速食店外面的騎樓，各自拿著一個雞腿便當吃得津津有味。大概菸癮犯了，其中一個遊民看到外面馬路上，一個年輕人香菸抽到一半扔在地上，急忙出去撿了進來，和同伴你一口我一口地抽著，抽完再繼續啃便當。高傅丞起初就覺得眼前這兩個遊民哪裡怪怪的，此刻仔細一看終於恍然大悟，現在是大熱天，可是兩位遊民卻穿著像聖誕老人一般厚重的外套。除此之外，高傅丞名偵探的直覺還告訴他，兩位遊民應該還有另一個同伴，因為現場總共有三個裝滿雜物的巨型帆布袋，另外還有一輛破舊的腳踏車停在一旁，上頭用尼龍繩綁滿了舊報紙、寶特瓶、塑膠袋等等的雜物，看起來就像一頭陪著主人奔波跋涉多年、如今眼看就要闔上雙眼的驢兒一般。

當然啦，最吸引高傅丞注意的，還是兩位遊民手中那香噴噴的雞腿便當。

「敢有甚麼逮事？」稍早撿香菸的遊民轉過頭來，用臺語問道。

「無啦，我看汝們便當足好吃的，想說在哪裡買的。」

「那邊踅彎[19]過去的樣子，阿忠適才去買的。」另一個遊民指著衡陽路那頭。

「好像就叫做阿忠便當。」撿香菸的遊民說。

「阿忠去買阿忠便當，是不是很笑詼[20]？」

兩個遊民說著哈哈笑了起來。高傅丞覺得有些混亂，便問兩人該如何稱呼，第一個說他叫王添財，第二個說他叫李聖龍，一面還拿紙筆寫給高傅丞看。

「汝稍等一下，阿忠連鞭就回來矣。」王添財說。

「他去買飲料乎？」高傅丞問道。

「無啦，去尿尿啦。」李聖龍哈哈笑道。

---

19 踅彎：轉彎。

20 笑詼：好笑、有趣。

王添財一手拿著雞腿啃著，另一手又拿起地上兩人剛剛抽完的菸屁股。

「那個少年仔今晚怎麼沒有來？」

「人有頭祿做，無定著[21]在加班。」李聖龍應道。

「哪一個少年仔？」高傅丞問道。

「就在附近上班的一個少年人，他每日下班都會過來請阮抽菸。」王添財說。

兩個人看起來五、六十歲，高傅丞推測他們口中的少年人應該不到四十。

「汝們今仔日一直在這？」

「無人趕就在這，有人趕就看哪裡有所在去。」

「今仔晚時，汝們敢有看到附近有甚麼怪怪的人？」高傅丞問道。天龍國雖然不是他的管區，但正義是不分疆界的。如果兩位遊民一直待在這裡，或許會看到什麼可疑的人物，對現在公園裡的命案有所幫助。

「怪怪的人？」

王添財和李聖龍面面相覷。

「做壞逮事怕警察抓的那種人。」高傅丞解釋道。

「無爾，汝問這個要做啥？」

「公園內有一個查某給人殺死矣。」

「莫怪我看那裡圍了好多人。」王添財扒了口飯，一臉恍然大悟。

---

21 無定著：說不定。

「咱吃飽也去看覓。」李聖龍說。
「看死人要做啥?」
「看人屍骨是焉怎收的啊!」
兩人你一言我一語的聊了起來，大致上在討論以後他們橫死街頭，政府會怎麼處理他們的屍首。高傅丞一旁聽得哭笑不得，心想還是不要打擾他們好了，便向兩人先行告辭，繼續稍早的右轉計畫，打發時間。
在連續右轉了八次之後，高傅丞名偵探的直覺告訴他，今晚的大餐應該是已經插上翅膀或是搭上飛機飛走了。果不其然，半晌公園命案處理到一段落，他和連政豪約在館前路上一家便利商店碰面時，已經將近晚上九點半鐘。附近餐廳大多打烊了，再加上連政豪說他沒有品嘗美食的心情，原訂的大餐只好往後延期。
「餓的話，附近有家自助餐還不錯，我請你吃。」
「喔，好啊好啊。我本來還想說去便利商店買麵包呢。」高傅丞說。
連政豪口中的那家自助餐店，位在衡陽路和重慶南路的路口上。兩人匆匆趕去，點了一個排骨飯、一個牛腩飯，加起來快要四百塊錢，這讓高傅丞不禁由衷地感嘆，天龍國不愧是只有天龍人才住得起的地方。連政豪聽了他的肺腑之言，連忙解釋說這間自助餐是特例，別的地方最貴頂多一個便當一百五。高傅丞心想一百五還是有點誇張，他在基隆買同樣的便當一個只要七十五塊而已。但因為這餐是連政豪請客，他也沒有繼續抱怨下去，而是集中精力品嘗眼前這份要價將近兩百的排骨飯。
「好吃嗎?」連政豪喝了口蛋花湯，問道。

「還不錯，但是——」
「但是沒有兩百塊的價值？」
「是啊。」
連政豪笑了一笑，說他剛搬來臺北也不習慣，但現在已經見怪不怪了。
「你那個命案棘手嗎？」高傅丞啃了一口排骨說。
「有目擊證人，目前在調查當中。」
「看到凶手行凶？」
「還不確定是不是凶手。」
連政豪說這次的命案現場在二二八公園裡一個隱蔽的角落，方才報警的是一對高中生情侶，本來想找地方親熱，忽然間看見一個穿著襯衫的上班族男性，慌慌張張地從樹叢裡衝了出來，往一旁廁所的洗手臺跑去。兩人一時好奇，繞進樹叢一看，只見死者倒在一灘血泊之中，已經沒有了生命跡象。
「衝往洗手臺的那個男的呢？」
「那兩個高中生說他們報完警再去看的時候，人就不見了。」
「有看到臉嗎？」
「有。」
「行凶動機呢？初步判斷是什麼？」
「我們有在想說是不是強盜殺人，但又不太像。」
「什麼意思？」

「死者身上最值錢的東西，像是項鍊還有手機都還在，可是錢包裡的現金卻被搜刮一空，連一塊銅板都沒有留下。」
「連零錢都拿了？」
「嗯。」
「錢包上有找到死者以外的指紋嗎？」
「有，而且還滿清楚的。」
「為什麼說又不像是強盜殺人？」高傅丞扒了口飯，一面問道。
「因為下手太重了，感覺就是要置對方於死地。」
「凶器是？」
「公園裡的石頭。」
「致命傷呢？在頭部？」
「嗯，法醫剛才初步勘驗，歹徒一共拿石頭往死者頭部砸了三次，後腦勺整塊頭皮像土石流一樣連血帶肉都垮了下來。」
「土石流？」
「嗯，你看到也會這麼覺得的。」
高傅丞並不是懷疑連政豪的描述能力，而是想到二月份程朗那件案子，黃裕飛的後腦勺也是給砸得只剩一半。他把這件事情告訴連政豪。連政豪說他在新聞上都看過了，附加一句他覺得程朗雖然變態，但也有點令人同情。
由於這個話題實在不適合吃飯時聊，兩人接下來很有默契地另闢途徑。連政豪提到他最近在追一個在銀行上班的女的，高傅丞則因為身旁沒什麼女性朋友，便把小倩搬出來講，但重點不是小倩，而是小倩那個長得很正的妹妹。末了吃飽飯足，高傅丞為了不留遺憾，正打算再去盛碗紫菜蛋花湯，一起身只見都過十點了，自助餐裡人潮還是絡繹不絕，店家也適時補上菜餚，炸雞腿、東坡肉、烤香腸，一樣樣地從廚房端了出來。

「這間店只做晚上生意，從七點一路賣到十二點。」連政豪說。

「這麼酷？」高傅丞第一次聽到這種經營方式。

「是啊，而且除了老闆跟闆娘的結婚紀念日以外全年無休，是不少老饕的最愛。」

這間自助餐貴雖貴，但說實在還蠻好吃的。為了留做紀念，順便回基隆跟小倩炫耀一下，半晌盛完蛋花湯，他又繞到櫃檯跟店家要了一張名片。

「阿忠便當？」回到位子上，高傅丞一愣。

「嗯？」

「這間店叫做阿忠便當？」高傅丞看了看手中的名片，抬起頭來問連政豪道。

「是啊，老闆叫做鄭正忠。怎麼了嗎？」

高傅丞於是把方才在重慶南路上遇到遊民的事跟連政豪說了一遍。

「他們今天也吃阿忠便當？」

「嗯。」

高傅丞點了點頭，心裡揚起一股不祥的預感。

「兩百塊錢一個的阿忠便當。」

2

高傅丞現在雖然在放假，但因為名偵探的潔癖感使然，隔天早上他又溜來天龍國，關心二二八公園殺人事件的後續發展。

這次命案的死者叫魏佳儀，上個月剛滿二十八歲，在臺北車站附近一間叫做「楓橋文教」的公司上班。連政豪早上的計畫是去找魏佳儀的同事問話，但在那之前高傅丞有個假設要驗證一下，和連政豪一起來到重慶南路。

兩人沿著人行道往前走去，半晌快到昨天那個速食店外的騎樓，遠遠看見王添財和李聖龍都在那裡。他們坐在地上，一個上班族男性——大概就是他們說的那個少年人——拿了幾份牛奶和麵包給他們。雙方講了一會兒話，高傅丞和連政豪走過去時，只見那個上班族男性揮了揮手和王李兩人道別，然後越過馬路走到對街。

「早啊。」高傅丞和連政豪來到速食店外。

「汝是昨天那個？」王添財喝了口牛奶，嘴巴一圈白白的。

「對呀，今仔日跟朋友一起來。」

待在騎樓的還有另外一個遊民，應該就是他們昨天提到的阿忠。不像王添財和許李聖龍嘻嘻鬧鬧，阿忠這會兒靠在腳踏車旁的柱子上，一手抓著少年人剛才給的麵包吃，一手拿著臺像古董一般的掌上型收音機放在耳邊，也不知道在聽什麼節目，很是陶醉的樣子。

半晌，連政豪拿出證件，向三人表明身分，王添財跟李聖龍一聽到他們是警察，連忙放下手中的牛奶跟麵包，正襟危坐了起來；阿忠則是不為所動，照樣聽著他的收音機，啃著他的麵包，直到高傅丞特地走到他面前打了幾聲招呼，才終於坐了起來，把手上的收音機關掉，放到一旁的帆布袋裡。

「汝的東西落去矣。」

高傅丞看時，只見他的筆記本掉在地上，阿忠幫他撿了起來。

「多謝。」

高傅丞小心翼翼接過筆記本，放回口袋。阿忠打了個哈欠，一面站起身來把牛奶倒進掛在腳踏車上一個發了黃的寶特瓶中，一面向另外兩人使了使眼色，王添財跟李聖龍見狀都站了起來，把行囊扛在肩上，一副正準備離開現場的樣子。他們三人身上都穿著一般人寒流來襲才會穿的厚外套。

「汝們要去哪啊？」高傅丞問道。

「阿汝們不是要趕阮走？」

阿忠回過頭來看著他跟連政豪。王添財跟李聖龍則是一臉無辜的站在旁邊。

「無啦，阮是有一些逮事想要跟汝們請教而已。」

「甚麼逮事？」

「你昨天有去二二八公園嗎？」

連政豪用華語問道。王添財跟李聖龍你看我我看你，大概因為聽不懂而顯得有些不知所措，阿忠則是看起來不太耐煩的樣子。

「有。」

「去做什麼？」

「大便尿尿、洗手洗面。」

阿忠跟連政豪就像站在天平遙遠的兩端一樣，一個聽得懂華語但不會說，一個聽得懂臺語但卻開不了口。高傅丞一旁看了覺得有點滑稽，也有點哀傷，半晌為了加快溝通效率，他還是決定越俎代庖，用臺語跟阿忠釐清事情。

「汝們昨天晚時吃阿忠便當？」

「嘿啊。」

「阮昨晚也去吃，他的便當很貴乎。」

「錢我撿到的啦。」阿忠聽出他的言下之意。

「哪裡撿到的？」

「靠臺北車站那邊。」

「總共撿到幾塊？」

「兩千。」

阿忠把剩下的一千多塊拿出來。王添財跟許聖龍一旁看了，大概以為警方要沒收，雙雙露出遺憾萬分的表情。

「這回就先這樣。」

「先這樣？」阿忠愣了一下，旁邊兩人也以為自己聽錯了似的。

「嗯，但是以後若再撿到錢，要送去警察局喔。」高傅丞笑了一笑說。雖然警方應該要依法行政，但稍早他跟連政豪商量好了，今天來是要驗證「那個假設」，錢的話反正金額也不可能太大，就先睜一隻眼，閉一隻眼。

和阿忠等人道別後，高傅丞和連政豪照原定計畫，前往魏佳儀生前上班的地方拜訪。那是間販賣升學教材的公司，位在一棟商業大樓的七樓，門口鑲著一張透明的壓克力板，上頭寫著「楓橋文教出版集團」幾個大字。負責接待的祕書一聽兩人是警察，也猜到是為了魏佳儀的事情而來。畢竟死者是他們公司的員工，而這條新聞從昨天晚上開始就鬧得沸沸揚揚，打開電視都可以看到一些「專家」在談論案情。

跟死者最為熟識的主管，不巧正在總經理辦公室討論事情，兩人於是先在會客室等著。但高傅丞覺得不能這樣浪費時間，坐了一會兒便溜到外頭找祕書聊天，靠著他名偵探與生俱來的談話技巧，神不知鬼不覺地打探出死者是今年才來現在這間公司上班，做的是業務工作，但是績效不怎麼出色。死者的主管也是一樣，現在待在總經理辦公室美其名是討論事情，實際上則是因為最近半年應酬費報得超高，常常跟客戶出去吃飯一餐就是幾萬塊，可是拿到的訂單卻不成正比，正在聽總經理訓話。同事間私底下都在傳說，死者的主管因為太太生病的關係，情緒低落，死者趁虛而入，那些動輒數萬元的應酬費，根本就是他們兩人到外頭玩樂假報的公帳。

「死者主管的太太生病？」高傅丞問道。

「嗯，聽說是乳癌第三期。」

「第三期很嚴重嗎？」

「當然嚴重啊，他太太現在好像在化療的樣子。」

祕書一臉「你們男人就是不能信任」的表情，說完繼續做自己的事。高傅丞只好摸摸鼻子，回到會客室裡。

「你去哪怎麼那麼久?」連政豪看他從門口進來,問道。
「跟祕書打探一些事情。」
「把妹就把妹。」
高傅丞看連政豪不相信他,便把剛才探聽到的內幕說了一遍。就在這時,有人敲了敲會客室的門,接著祕書把頭探了進來。
「林協理來了。」
「你好,這是我的名片。」
林協理戴著副銀邊眼鏡,身上穿了件淡紫色的素面襯衫。他手中拿著一個透明資料夾,說話時夾在腋下,遞給高傅丞和連政豪一人一張名片。高傅丞不知怎地,覺得對方有些眼熟,拿起名片一看,只見上頭寫著「楓橋文教出版集團　北區業務協理林永俊」幾個大字。他對這個名字完全沒有印象,抬起頭來又看了看對方的臉孔,忽然間恍然大悟,這個林永俊就是早上在騎樓拿吃的給阿忠他們的那個少年人。此刻仔細一看,年紀也跟原本猜想的一樣,在四十以下,大概三十五左右。
「我們見過嗎?」林永俊察覺到他名偵探的視線。
「早上啊,你拿東西去給阿忠他們了吧?」
「你認識阿忠?」
林永俊感覺有些詫異,一面在兩人面前坐了下來,將手中的資料夾放在桌上。
「姑且算吧,我們昨天因為便當而結緣的。」
「便當?」

「咳咳——」

連政豪大概怕話題扯遠了，用咳嗽的伎倆拉回大家的注意力。

「你是魏佳儀的主管？」連政豪問道。

「嗯，佳儀遇害的事，我們大家都很遺憾。」

「你是什麼時候知道的？」

「昨天晚上看新聞就有點懷疑，今天早上她又沒來上班，就想說應該是她了。」

「嗯，魏佳儀在公司有跟什麼人處不來嗎？」連政豪繼續問道。

「這倒還好，頂多就是因為業績做不起來，上頭偶爾關切一下而已。」

「那交友狀況呢？你瞭解嗎？」

「交友狀況？」

「魏佳儀有男朋友嗎？」高傳丞解釋道。

「就我所知沒有。」

「昨天晚上她幾點下班的，還記得嗎？」連政豪問道。

「差不多六點的時候。」

「你確定？」

「嗯，那時候我們剛好開完一個內部會議，時間差不多是六點，一回到座位上她就在收東西準備離開，所以我有印象。」

「在趕時間的樣子嗎？」

「有點。」

「是不是跟什麼人約了要見面？你有聽她提過嗎？」

「沒有，部屬的私事我是不會過問的。」

林永俊一邊說，一邊拿起祕書替他們準備的茶水喝了一口。就在這時，高傅丞看見林永俊左手無名指上戴著一只金色的婚戒，閃閃發亮，心想他要不是剛結婚，婚戒新買的，要不就是有潔癖，定期會清洗戒指。高傅丞名偵探的直覺告訴他，兩者相較應該是有潔癖的機率比較高，不然如果同事間的傳言屬實，林永俊剛結婚就有了小三，那他罹患乳癌的老婆未免也太可憐了。

除此之外，高傅丞還注意到了另一件事。方才林永俊進來時放在桌上的那個透明資料夾，裡面裝的原來是一張一張的發票。高傅丞想起稍早在等林永俊的時候，祕書說林永俊這半年來應酬費報得很凶，但業績卻不見起色，因此今天總經理才會把他叫去辦公室訓話。高傅丞偷偷瞄了一眼，只見最上頭的是一張上禮拜一在臺北市東區一間高級日本料理店消費的發票，金額竟然高達新臺幣八萬元。高傅丞看了不禁暗自感嘆，古人說的人外有人，天外有天，山外有山，海外有海還真是沒錯，昨天連政豪帶他去吃的那家阿忠便當，只能算是天龍人用來塞牙縫的小菜一碟。

「你們還有別的問題嗎？我外頭有些事要處理。」林永俊看了看時間說道。

「嗯，還有最後一個例行性問題。」

「我的不在場證明嗎？」

「對對對。」連政豪回答得有些尷尬。

「沒有。」

「啊？」

高傅丞沒想到林永俊回答得這麼果斷，跟連政豪不禁都愣了一下。

「下班後沒有去哪裡吃飯什麼的？」連政豪問道。

林永俊搖了搖頭。

「我昨天心情有點煩，七點離開公司後就到處走走晃晃，後來搭捷運回到家大概晚上九點多，中途沒有碰到什麼認識的人。」

「都在哪一帶晃？」

「就這附近。」

「有到二二八公園裡去嗎？」

「有。」

高傅丞和連政豪互看了一眼，心想林永俊這個人還真是誠實。

「有遇到魏佳儀嗎？」連政豪問道。

「沒有。」

「在那邊大概待了多久？」

「十五分鐘吧。」

林永俊大概是菸癮犯了，一邊說一邊拿出襯衫口袋裡的一盒香菸，在桌上開了又關關了又開。高傅丞一旁看了，忽然想到昨天晚上王添財還是李聖龍跟他說過，林永俊每天下班都會繞到他們那裡去，請他們抽菸。

「你每天下班都會到阿忠他們那邊去？」高傅丞問道。

「嗯。」

「早上呢？」

「早上因為上班趕時間，通常是比較早出門才會順道過去。」

「像今天這樣？」

「嗯。」

「週末呢？」

「週末我要陪我太太，不會過來。」

說到這，林永俊皺了一下眉頭。

「這個跟案情有關嗎？」

「我想說如果你昨天晚上有去的話，也許他們可以替你做不在場證明。」高傅丞解釋道。

林永俊聽了搖了搖頭，表情有些愁苦地笑了一笑。

「很遺憾，我昨天晚上沒去。」

3

三分鐘前，長方形的盤子上還有八貫握壽司。此刻，只剩下一貫。消失的七貫，全都跑到了高傅丞的肚子裡。

「你也吃太快了吧！」連政豪說。

高傅丞喝了口店家準備的麥茶，摸摸肚子。

「還好啦，正常速度，我還可以更快，要表演給你看嗎？」

「不用不用不用。」連政豪連忙用手護住自己的盤子。

今天是禮拜三，中午高傅丞又跑到天龍國來，不斷提醒連政豪是時候該履行他禮拜一說要請他吃大餐的承諾。連政豪由於沒有準備，一時間也不知道要去哪家餐廳，高傅丞於是提議去林永俊之前去的那家東區的日本料理店。連政豪當時怕吃不消，便事先講好他最多只能請高傅丞兩千塊錢。

這家貴死人不償命的日本料理名叫「鑫鑫」，雖然店名很像海產店，但賣的卻是貨真價實的日本料理，食材聽說每天都從北海道空運來臺。兩人稍早驅車抵達，正好是下午一點半鐘，等了兩組客人就輪到他們入座。高傅丞想起連政豪那天說，他現在正在追一個在銀行上班的女孩子，便很客氣地點了最便宜的一份一千二的套餐，以免最後連政豪只能帶人家來基隆吃一碗十五塊錢的魯肉飯。

高傅丞現在雖然在休假中，但畢竟連政豪不是，所以後來菜上來了，兩人一面用餐，一面不免俗地討論起這次的案情。連政豪告訴他說，魏佳儀的遇害時間法醫已經推斷出來了，大致在星期一晚上六點半到七點半之間，很有可能是魏佳儀一下班就到公園準備和某人見面，最後不幸慘遭殺害。警方請電信公司調閱魏佳儀的通聯紀錄，赫然發現魏佳儀在六點五十八分的時候，曾經撥過一通電話給某位友人，通話時間約莫兩分半鐘，警方目前已派人聯絡該位友人，希望可以問出一些有利於破案的蛛絲馬跡。除此之外，魏佳儀的財務狀況似乎頗為吃緊，一個人辦了七張信用卡，每個月卡費加總起來十來萬，本金加上利息一路滾下去，目前總共積欠四家銀行兩百餘萬，連續好幾個月一毛錢都繳不出來。

「他們公司那個傳言是真的嗎？」高傅丞塞了尾甜蝦到嘴巴裡。

「你說林永俊跟魏佳儀有一腿的那件事？」

「嗯。」

「應該是假的。魏佳儀這一個月來只跟林永俊通過兩次電話，如果他們兩個在搞外遇，通話應該會更頻繁才是。」連政豪喝了口味增湯說。

「講得你好像很有經驗的樣子。」

「常理判斷咩。」

「那你呢？那個銀行妹追得怎麼樣了？」高傅丞又吃了尾甜蝦。

「聽她同事講她好像喜歡吃法國料理。」

「你們去吃過了嗎？」

「我查到一家不錯的餐廳，但近期都訂不到位。」

「你打算訂什麼時候的？」

「這禮拜六。」

「那來基隆啊。」

「基隆有好吃的法國料理？」

「有好吃的魯肉飯。」

「我還魯米諾咧。」

「呃……」

魯米諾是鑑識人員用來檢測血跡的試劑，高傅丞常在柯南裡看到。但連政豪此刻的幽默感，他實在不敢恭維。

「對了，這些資料你可以看一下。」

連政豪大概覺得還是跟他聊命案的事情會比較有收穫，一邊夾了貫比目魚握壽司到嘴巴裡，一邊從一旁的公事包拿出一疊資料放在桌上。高傅丞看時，只見那是一些街道監視器截取下來的畫面，主角都是林永俊。

「這些是哪裡啊？」高傅丞覺得部分街道有些眼熟，但又說不出來。

「從公園沿著衡陽路一直到西門町那一帶。」

「公園裡的監視器呢？」

「案發現場剛好是死角，沒拍到什麼重要的東西。」

高傅丞突然覺得自己問了個傻問題。如果監視器有拍到什麼關鍵的畫面，他們現在就不用在這邊討論案情了。

「還有一點，」連政豪喝了口麥茶說。「法醫推測魏佳儀的死亡時間，雖然是晚上六點半到七點半，但因為魏佳儀六點五十八分跟朋友講了兩分半的電話，所以死亡時間實際上可以縮限到七點到七點半這半個鐘頭內。」

「嗯嗯，很有道理。」

高傅丞咬了一口炸飯糰，一面瀏覽著那些截錄畫面的拍攝時間，只見案發那三十分鐘並沒有拍到什麼林永俊的影像，反倒是七點半一過，很明顯地可以看到林永俊手上提著個咖啡色的公事包，一路往西走去，大概八點抵達西門町後，就一直在那一帶徘徊遊蕩，直到約莫九點才走進捷運站，搭乘新店線往南，然後差不多九點半的時候走出公館捷運站，跟林永俊宣稱當晚九點多鐘回到家中的時間相符。

「林永俊就在西門町晃了一個鐘頭，都沒有進去哪家店嗎？」高傅丞問道。

「從監視器畫面看不出來。」

「那邊的店家呢？對他都沒有印象嗎？」

「我們都問過了，但那個時段人潮很多，大家都說不記得了。」

「是喔，那還有什麼其他的線索嗎？」高傅丞又問。

「沒了，目前就這些而已。」

高傅丞縱然是臺灣名偵探界的第一把交椅，但巧婦難為無米之炊，目前線索這麼少，他也很難推理出什麼結論來。而連政豪大概也明白他的處境，並沒有強迫他動腦筋，而是默默地把桌上的資料收回公事包裡，然後轉換話題，一面夾起一塊鮭魚生魚片送進嘴裡，一面提起了阿忠他們幾個人來。

「我實在不明白林永俊為什麼對那些遊民那麼好。」

「我也不曉得。」高傅丞也拿起筷子，夾了尾炸蝦吃了起來。

「我連跟他們溝通都有困難。」

「這點我倒還好。」

「而且你不覺得他們很奇怪嗎，七月份穿著禦寒大衣，都不會熱嗎？」

「他們又不像我們衣服有衣櫃可以放。」

高傅丞話沒說完，只見坐在他們斜對面的客人不知道點了什麼，服務生端了一大盤各式各樣的壽司跟生魚片過去。半晌等那位服務生離開時，經過他們這桌，高傅丞趁機打探一下，才知道那是一份八千元的超級拼盤。

「我剛在菜單上怎麼沒有看到？」

「那都是一些老顧客，私下請師傅特別做的。」

「還可以這樣啊。」

「可以啊。」

「那有八萬塊的菜色嗎？」

「八萬？一個人嗎？」

「嗯。」

「目前好像還沒有單單一位客人點那麼多過。」服務生想了一想說道。

「那兩個人呢？」

「兩個人就有，不過至少都要提早一個禮拜跟師傅講才行。」

「上個禮拜有這樣子的客人嗎？」

「我不記得了。」

服務生搖了搖頭，顯得有些為難。高傅丞臉皮雖厚，也不好意思再問下去，便跟對方道了聲謝後，回頭繼續吃他一份一千二的套餐。

「你又在打什麼主意啊？」連政豪喝了口茶，一臉狐疑的看著他。

「你不會好奇林永俊上星期到底是幾個人吃了八萬塊嗎？」

「還好。」

「你當刑警這麼沒有好奇心怎麼可以？」

「不然你要去問老闆嗎？」
「正有這個打算。」
「他們忙著招呼客人都來不及了，才不會理你。」
「我們有這個啊。」高傳丞從上衣口袋掏出刑警的證件。
「你這樣是公器私用。」
高傳丞知道公器私用不對，但心裡有疑問解不開來的感覺更難受，於是搬出之前副總統外孫護照過期，不用提供戶口名簿就可以請外交部駐機場人員幫忙換發護照，最後全民都享有這項服務的例子，證明公器私用也不是對社會全然無益，如果運用得宜，事後立場堅定，也可以算是政績一筆。
這個例子高傳丞只是信手捻來，沒想到連政豪卻覺得超有道理。兩人於是趁半晌店家比較不忙的時候，上前表明身分，說他們目前正在調查一件命案，請老闆幫忙調閱上禮拜一的營業明細。大概三分鐘過後，老闆告訴他們上禮拜一晚上七點二十三分的確有一筆八萬多元的消費，但是當時結帳的客人並沒有報上公司的統一編號，用餐的顧客總人數也沒有紀錄。
「這樣啊，那可不可以再麻煩老闆您一件事……」
高傳丞心想林永俊沒有報統編不打緊，只要跟會計部的同仁夠熟，還是可以矇混過去，重點是沒有統計用餐顧客的人數，他最好奇的問題就等於沒有回答。兩人於是又厚著臉皮，跟店家要了當時店內的監視器畫面，一心以為只要把該時段的影像全部掃過一遍，真相就會浮出水面。不料半晌他們來來回回，把全部的監視器畫面看過了三遍，卻連林永俊的影子都沒有見著。唯一比較有趣的地方，就是大概在七點〇五分的時候，櫃檯附近有兩組客人不知道什麼原因起了爭執，雙方破口大罵起來，由於店裡不大，當時幾乎所有客人都跑過來圍觀。

「你真的確定是禮拜一嗎？」

「確定啊，老闆剛剛不是也說了禮拜一有一筆八萬元的消費？」

高傅丞說著手一滑，不小心把影片的時間軸往後拉到八點多的地方。連政豪這時突然一把搶過滑鼠，按下暫定。高傅丞張大眼睛一看，只見畫面中央是一位綁著馬尾的女性顧客，站在收銀臺後方等著結帳。

「誰啊？」高傅丞問道。

「魏佳儀。」

連政豪從公事包拿出一張照片。高傅丞兩相對照看了一看，的確是同一人沒錯。

「看樣子，林永俊是以自己的名義報魏佳儀的帳。」

「不對，那八萬元不是魏佳儀花的。」高傅丞指著螢幕右上角顯示時間的地方。「魏佳儀結帳的時間是八點〇四分，但剛才老闆說那筆八萬元的消費是在七點二十三分結的帳，兩者時間對不起來，所以說應該跟魏佳儀沒關係才是。」

高傅丞話才說完，連政豪口袋裡的手機忽然響了起來。

「喂？怎樣？有什麼消息？」

連政豪接起電話，本來還輕鬆地應對著，但是五秒鐘之後臉色突然大變。

「結果出來了？好好好，我立刻行動。」

「怎麼啦？」連政豪掛上電話，高傅丞連忙問道。

連政豪呼了口氣，整張臉容光煥發。

「指紋鑑定的結果出來了。」

4

偵訊室裡兩盞日光燈壞了一盞。光線從後方照來，阿忠整張臉看起來都是黑的，影子像一座小山一樣打在桌上。

「我再問一次，那些錢你哪裡撿到的？」

連政豪清了清喉嚨，看著面無表情的阿忠問道。高傅丞靜靜地坐在一旁。隔在他們和阿忠之間的鐵桌，擺著稍早警方從阿忠身上搜出來的東西，包括那天那個掌上型收音機，還有幾張皺巴巴的衛生紙跟四百二十五塊的現金。

「公園內撿到的。」阿忠說。

「這個錢包裡拿的？」連政豪從旁邊抽出一張照片，放到桌子中央。

「唯[22]。」阿忠看了照片一眼，點了點頭。

高傅丞會是臺灣名偵探界第一把交椅，不是沒有原因的。星期一聽連政豪說，魏佳儀的錢包不只是鈔票，就連零錢都被搜刮一空，當下他就覺得事有蹊蹺。後來意識到王添財

22 唯：是。

他們那天的晚餐，竟然吃一個要價兩百元的便當，心中立刻浮現了一個假設——魏佳儀錢包裡的錢，是買便當請王添財他們吃的阿忠拿走的。

有了假設，下一步就是尋找證據，這是古今中外所有名偵探的行事準則。高傅丞心想既然魏佳儀的錢包上留有他人的指紋，那麼就來驗證一下那些指紋究竟是不是阿忠所有。於是他星期二早上到騎樓找王添財他們的時候，看到阿忠在那，故意走過去讓口袋裡的筆記本掉在地上，再讓阿忠幫他撿起來。如果當時阿忠沒有看到，或是視而不見，高傅丞另外還準備了打火機、口香糖、護唇膏等小東西。他不相信買便當請同伴吃的阿忠會那麼冷血，看到他掉了那麼多東西還不肯伸出援手。

「你當時去公園幹麼？」連政豪把照片移到一旁。

「去尿尿。」阿忠說。他背後的電子時鐘，時間是晚上九點二十八分。

「然後剛好走到了那個地方？」

「唯。」

「那個女的呢？你到的時候她在幹麼？還是已經死了？」

「彼當時[23]她自己一個人在那講電話。」

「後來呢？有跟誰見面嗎？」

阿忠搖了搖頭。

「沒有？」

23 彼當時：那時候。

「唯。我看她一個人站在那，四處無甚麼人，剛好又看到旁邊有一塊石頭，就拿起來，從背後對她頭頂打落去——」

阿忠此話一出，高傅丞跟連政豪都愣了一下。他們本來以為阿忠或許有目睹到凶手行凶的經過，沒想到阿忠本人就是殺死魏佳儀的凶手。

「所以是你殺了她？」連政豪傾身向前。

「唯。」

「就為了搶錢？」

「唯。」

阿忠點了點頭後就完全沉默了下來。高傅丞不知怎地突然感到有些失望，或許一來是因為凶手這麼快就找到沒什麼成就感，二來是因為他潛意識裡不希望這種為了區區幾千塊就奪人性命的事情發生。但是事實就是事實，高傅丞縱使身為臺灣名偵探界第一把交椅也無可奈何。此刻的他，只能眼睜睜地看著連政豪拿著紙筆，跟阿忠確認行凶過程、還有阿忠從魏佳儀的錢包拿走多少現金等冷冰冰的細節。

「你把錢拿走就算了，為什麼非要置她於死地不可？」

「我怕她醒過來。」

連政豪把一張張魏佳儀頭骨碎裂的照片放在桌上。高傅丞看在眼裡，不由得想起那天連政豪轉述法醫的話，說凶手一共拿石頭往魏佳儀頭部砸了三次，砸得魏佳儀後腦勺整塊頭皮像土石流一樣連血帶肉都垮了下來。

「也就是說，死者倒在地上後，你怕對方醒來，又繼續拿石頭攻擊？」

「唯。」

「一共砸了三次？」

阿忠稍稍抬起頭來，用一種空洞茫然的眼神看了照片一眼。

「唯。」

「動機就只是為了錢？」連政豪再次確認。

「唯。」阿忠點點頭，輕聲地應道。

5

警方逮捕阿忠後的隔天，高傅丞下午和連政豪來到公館一帶。林永俊夫妻倆住的公寓，就在捷運站後方的汀州路上。

昨天晚上，阿忠認罪的同一時間，連政豪的同仁聯絡上案發當時和魏佳儀通電話的那位友人。對方表示，當時和魏佳儀電話講到一半，忽然聽到魏佳儀一聲慘叫，接著就斷了音訊。這點和阿忠的自白是吻合的。除此之外，警方在阿忠外套的袖口上發現了些許血跡，經鑑定確實為死者所有，而該血跡由形狀判斷，應為行凶時濺到袖口之上。高傅丞雖然一度懷疑阿忠是為某人頂罪，但所有證據都指向阿忠為此次命案的凶手無誤，他最後也只好接受了這個事實。

「總算是破案了，謝謝你啦。」連政豪得知血跡的鑑定結果後鬆了口氣。

「是嗎？但動機我怎麼想都覺得不太合理……」

自從辦過程朗那件案子以後，高傅丞就不怎麼相信凶手的自白，更何況阿忠表示他殺人就單單為了錢，這點高傅丞說什麼也無法信服。如果只是用石頭把魏佳儀砸昏後行搶，還在常人的理解範圍內，但阿忠在魏佳儀倒在地上之後，又拿石塊把對方頭部砸到稀爛，理由僅僅是怕魏佳儀醒來，高傅丞縱使想像力比常人豐富，也沒辦法說服自己相信這種荒唐的藉口。綜觀這次命案，凶手是阿忠，死者是魏佳儀，而能夠把兩者串在一起的就只有林永俊。那天連政豪說由通聯紀錄看來，林永俊和魏佳儀有一腿的流言應該是假的，但高傅丞名偵探的直覺告訴他，林永俊和魏佳儀的關係還有必要仔細探究一番，而林永俊的太太或許可以提供什麼重要的線索。

「不好意思，家裡只有這些東西。」

五分鐘前，高傅丞和連政豪來到林永俊位於汀州路上的住所。林太太一個人在家，當時請他們客廳稍坐，自己到廚房準備茶水。此刻聽見聲音，高傅丞抬頭一看，只見林太太端著三杯茶，已經回到了客廳。

「不會，不會，麻煩妳了。」連政豪微微起身，高傅丞也跟著點頭致意。

林永俊家中客廳，沙發呈「L」字型擺設。高傅丞和連政豪坐在較大的雙人座沙發，林太太把茶水放到桌上後，在兩人斜前方的單人沙發上就座。兩張沙發中間，夾著一張小茶几，上頭擺了一個相框。稍早高傅丞看了一下，那是一張林永俊夫婦兩人到新加坡拍的照片，背景是當地著名的魚尾獅。不知道那是什麼時候的照片，此刻林太太坐在旁邊，臉色跟照片中的樣子對照之下，顯得蒼白許多。

「這是我們去年五月，到聖淘沙旅遊時拍的。」林太太大概是察覺到他的視線，也往相框望了過去。

「那裡好玩嗎？」高傅丞記得聖淘沙是新加坡的一個小島，但沒去過。

「不錯啊，很豐富，就是熱了點。」

林太太說著拿起擺在一旁的手機，上頭繫著一個魚尾獅的吊飾。

「我們當時買了好多紀念品。有手機吊飾，有餐具，有衣服，還有一個魚尾獅造型的打火機，但是我先生最近好像弄不見了。」

「家裡跟公司都找過了嗎？」高傅丞問道。

「嗯，但都沒找到。」

林太太把手機放回桌上，一面拿起剛才端出來的茶水喝了一口。

「對了，你們說有命案的事情想要問？」

「嗯，對，」連政豪連忙點頭，他們稍早已經表示過了來意。「妳有聽妳先生提起過魏佳儀嗎？她是妳先生的同事，也是這次命案的被害人。」

「魏佳儀啊，沒有什麼印象。」林太太想了一會兒，搖了搖頭。

「他平常會跟妳聊公司的事情嗎？」

「很少，大概是怕我擔心吧。」

「因為業績不好？」

「嗯，他們那一行競爭者很多，不太好做。」

林太太因為化療掉髮的關係，大熱天的頭上仍然戴著一頂毛帽，此刻一面輕聲應著，一面拿起手帕擦了一擦額頭上的汗水。

「家裡的財務狀況都還好嗎？」高傅丞接著問道。

「嗯？」

「醫療費用的負擔應該不輕吧？」

「是啊，真是難為我先生了。」

林太太低下頭去，摸了摸左手無名指上的婚戒。雖然跟林永俊的一模一樣，但她那只婚戒不知怎地，表面好像蒙上了一層灰，顯得有些暗沉。

「妳身體是什麼時候出狀況的？」高傅丞又問。

「年初的時候。」

林太太說著嘆了口氣。

「我們本來打算今年生小孩的，誰知道突然間我就得了癌症。我先生為了替我籌醫療費一直到處奔波，最近更是整個人都焦慮了起來。」

「焦慮？怎麼說？」

「可能是壓力大需要透氣吧，上個週末他白天都待在外頭。」

「平常週末他都待在家裡？」連政豪問道。

「嗯，因為我現在這個樣子不太喜歡出門，他為了陪我也都待在家裡。」

「妳所謂的『上個週末』，指的是五天前的星期六跟星期日嗎？」高傅丞問道。

「嗯，怎麼了嗎？」

「上個週末一結束，隔天禮拜一很巧地就發生了這次的命案。」

「可是凶手不是已經抓到了嗎？」林太太大概覺得他在暗指林永俊跟命案有所牽扯，來回望著兩人，臉色十分焦急。

「妳對凶手的身分有什麼看法？」連政豪問道。

「我不懂你的意思。」

「妳覺那個遊民為了區區幾千塊，下那麼重的殺手合理嗎？」

「我不知道，我又不了解他。」

「可是你先生好像跟那位遊民滿熟的。」高傳丞說。

「那可不盡然。」

「妳先生幾乎每天下班，都會特地去探望那些遊民。」連政豪說。

「那是因為我先生小的時候家境不是很好，常常跟著爸媽讓房東趕來趕去的，所以現在對那些遊民特別的同情，三不五時就會帶些食物還有衣服過去給他們，但這並不表示我先生對他們有多深的了解。」

「妳先生都沒有跟那些遊民聊過彼此的事情？」

「他們不太願意談。」

「不太願意談自己的事？」

「嗯。」

林太太點了點頭，告訴兩人他先生有想過要跟那些遊民交心，但對方似乎有所防備，所以林永俊試過幾次後就沒有再問了。高傳丞心想這也不無道理，每個人的背後都有些不為人知的故事，而那些遊民的生活又比常人更加艱辛。換做是他那樣流落街頭，恐怕也沒辦法輕易地對他人打開心房。

半晌兩人離開林家，已經是晚上六點半鐘。他們此次前來，原本是想要多加了解林永俊和魏佳儀的關係，這個目的雖然沒有達成，但至少有另一項收穫，就是他們現在知道林永俊在案發前的那個週末，一反常態整天都沒有待在家裡。這讓高傅丞想到星期二林永俊向他們表示，案發當時他因為心煩意亂，一個人在街頭閒晃，晚上九點多才返回家中。而從警方調出的監視器畫面看來，當時林永俊一路從二二八公園向西而行，大約八點抵達西門町後，在那邊待了一個小時才搭乘捷運往南，最後在差不多九點半鐘的時候走出公館捷運站。高傅丞名偵探的直覺告訴他，只要查出林永俊在西門町的那一個鐘頭究竟做了什麼，謎團應該也就解開八九成了。

「阿忠的行凶動機，會不會其實很簡單啊？」

兩人正往捷運站走去，連政豪忽然露出一副他已經洞悉真相的表情。

「多簡單？」高傅丞隨口應道。他現在腦袋有點混亂。

「想吃牢飯。」

「這樣用不著殺人吧。」

「也許他受到新聞報導的影響，以為想坐牢就得殺人。」

「可是下這麼重的殺手，不怕被判死刑？」

「他可能對法規不了解吧。」

「那會不會是，」高傅丞突然想到一個假設。「阿忠覺得活著太痛苦，又沒勇氣自殺，所以希望法官賞他個死刑。」

「如果真是這樣，那也太悲哀了吧。」連政豪拿出手機邊走邊滑。「好好的人想要尋死，要死的人腦袋裡卻只想著出國玩樂。」
「你在繞口令嗎？」
「沒有啊。就那天我們聯絡上案發當時跟魏佳儀講電話的那個人，她說她們幾個好姊妹預計下個月一起到韓國旅遊，魏佳儀本來說信用卡刷爆了沒錢，但最近似乎找到了新的財源，當時那通電話就是打來告訴她這個好消息的。」
「新的財源？」
「嗯。我們當時也問了，但對方說魏佳儀沒有提到細節電話就斷了——」
連政豪手機滑到一半，突然一臉興奮的樣子。
「中獎喔？什麼好消息？」
「我上次不是說要訂一家法式料理？本來都沒位子，但剛才餐廳傳簡訊來說有客人取消預約，真是天助我也！」
高傳丞本來想虧他是訂到餐廳，又不是娶到老婆，但想想還是算了。連政豪跟前女友之所以分手，就是因為他前女友想結婚，但連政豪覺得時候未到，兩人沒有共識就切了。那陣子連政豪心情一直很低落，因為他前女友是個好女孩，個性溫和又善解人意，大家當時都覺得連政豪肯定是腦袋壞了才會跟前女友分手。
「幹，找到了！」連政豪看著手機螢幕大叫起來。
「嗯？」
「我之前不是說這次報案的是一對高中生情侶，他們當時看到一個男的從樹叢裡出來，往洗手臺那邊跑去？」

「嗯。」

「那個男的是誰已經知道了！」

連政豪說著把手機拿給他看，那是一封警局同仁傳來的訊息。

高傅丞這下終於明白那「八萬塊」之謎了。

6

「叮咚！」

門一打開，林永俊看到站在外頭的兩人，神情顯得有些無奈。看在高傅丞眼裡，那表情簡直就像在說——

「你們又來幹麼啊？」林永俊把手靠在門邊，嘆了口氣。

「有事想跟你談談。」高傅丞搭著連政豪的肩，一起露出警察親民的笑容。

「一定要挑禮拜六早上？」

「還是你比較喜歡我們上班日去公司找你？」

「唉，算了算了，進來吧。」林永俊說著打開門來，讓兩人進去。

不知道是不是前兩天的回憶不好，林太太本來在客廳看電視，一看到兩人進來，立刻起身，說要收昨晚晾的衣服，一個人往廚房後方的陽臺走去。高傅丞心想這樣正好，因為他今天要說的事情，恐怕不太適合讓林太太聽到。

由於今天要來找林永俊談的事情，高傅丞因為身為名偵探沒辦法事先透露，所以連政豪其實也不是很清楚，話題的主導權就掌握在高傅丞手上。人家說好的開始是成功的一半，半晌三人在客廳坐下後，高傅丞一面想著要從什麼地方切入主題，一面東看西看。他發現林永俊案發當天提的那個咖啡色公事包，此刻擱在餐桌旁的椅子上，而林太太前天才說林永俊弄丟的那個魚尾獅打火機，則好端端的擺在沙發旁邊的茶几上。

「打火機你找到啦？」高傅丞問道。

「嗯。」林永俊點點頭，表情不是很耐煩。「我之前掉在王添財他們那邊，阿忠撿到了，前幾天還給我的。」

「前幾天是指？」

「禮拜二。」

「案發隔天的那個禮拜二？」

「嗯。」

「我星期二聽祕書說，你這陣子業績不是很好？」高傅丞接著又問。

「景氣不好，大家都做得很辛苦。」

「可是你應酬費似乎報得特別得高，上星期一還報了一筆八萬多元的公帳，消費地點是東區的鑫鑫日本料理？」

「那又怎樣？」

「你還記得當時用餐時間是幾點嗎？」

「七、八點那時候。」

「所以你也有注意到當時櫃檯有客人起衝突的事囉？」

「嗯。」

「有跟魏佳儀討論過這事嗎？」

「嗯？」

「魏佳儀當時也在鑫鑫吧？」

林永俊推了推眼鏡，顯得有些不自在。

「嗯，不過我當時並不知道她在那。」

「那她知道你在那嗎？」

林永俊搖搖頭。

「我們是後來聊天起來，才發現那天我們倆都在鑫鑫用餐。」

「怎麼會聊到這個話題？她看到你拿來報帳的收據？」

「嗯。」

林永俊一邊應著，一邊又像前幾天在公司的會客室那樣，拿出口袋裡的香菸開開關關地翻弄著，感覺相當的浮躁。

「然後呢？她就主動提起那天櫃檯的衝突？」

「嗯。」

「你的反應是什麼？」

林永俊沒有直接回答，而是看了看他，又看了看坐在旁邊的連政豪。

「我不懂你們現在問這個要幹麼？」

「要釐清某件事的真相。」

「嘎？」
高傅丞看林永俊還在裝傻，忍不住嘆了口氣。
「鑫鑫那個時段的監視器畫面，我們全部看過了。裡頭只有魏佳儀，沒有你。」
「監視器難免都會有死角的吧？」
「別的地方的監視器或許有死角，但鑫鑫店面才一丁點大，除了廁所以外，每一個角落監視器都拍得一清二楚。」
這點高傅丞是吹噓的，但林永俊聽了卻臉色一片鐵青。
「我在猜，魏佳儀後來在公司看到你拿去報帳的發票，應該感到有些意外，因為就像我剛才說的，鑫鑫店面不大，而當時兩組客人在櫃檯前吵得不可開交，幾乎所有客人都跑來圍觀，可是她卻不記得有看到過你——」
「這只是你的臆測，你沒有證據。」
「是沒錯啦。所以我想要請你替我評斷一下，我到底猜中了幾分。」高傅丞面帶笑容，自顧自揣摩著魏佳儀當時的想法。「為了解答自己心中的疑惑，我想魏佳儀接下來大概向你試探了一下，問你知不知道那時候發生了什麼事，可是你卻完全狀況外。於是她大致就可以確定，你上個星期一晚上人根本不在鑫鑫。換句話說，那張八萬元的發票是偽造的，而這半年來你報的每一筆公帳，也都可能是假的。」
「八萬塊之謎」最大的巧合，就是上星期一鑫鑫真的開出了一張八萬多塊的發票。不過這也不是什麼了不起的事，那樣高檔的餐廳，如果幾個人一起用餐，消費金額破十萬也不是沒有可能。高傅丞只是很難想像，一餐吃那麼多錢到底是什麼滋味。

聽到他指出發票是造假的，林永俊整個人氣力放盡，癱坐在沙發椅上。

「魏佳儀向你勒索了多少錢？」高傅丞問道。

「二十萬。」

「你們約好這禮拜一交款？」

「嗯。」

林永俊回頭看了在陽臺收衣服的太太一眼，壓低音量說：

「我到的時候魏佳儀就已經死了。」

「為什麼不報警？」連政豪忍不住斥責道。

「我當時只想趕快離開現場。」

「可是你卻先跑到廁所的洗手臺去？」高傅丞問道。

「我是去吐的。」林永俊急忙解釋。

「後來跑去西門町幹麼？」

「沒有幹麼，我當時離開公園就一直走一直走，不知不覺就到了西門町。」

「你在那邊待了整整一個小時，都沒有特別做什麼事情？」

「我那時候就只是亂晃，沒注意到時間。」

「那後來怎麼知道要回去了？」

「因為天色暗了啊。」

林永俊一副理所當然的樣子。高傅丞覺得還是回到原本的話題好了。

「魏佳儀是什麼時候發現你拿偽造的發票請款的？」

「上個星期三。」林永俊答道。

「當下就勒索你了？」

林永俊搖了搖頭。

「她那時候沒說什麼，而是到了星期五快下班時，突然約我去公園見面。我當時雖然覺得不太對勁，但還是前往赴約，只是沒想到一到現場，她就表明自己什麼都知道了，要我禮拜一晚上同一時間，帶二十萬現金到公園來。」

「所以你上個週末白天都往外面跑，就是為了籌錢？」高傅丞問道。

「嗯。」

「等等，」連政豪突然想到了什麼似的。「你是說你在西門町閒晃的時候，身上帶著二十萬現金？」

「嗯。」

「不怕被搶？」

「我當時沒想那麼多。」林永俊有些尷尬地答道。

「錢就裝在那裡面？」高傅丞指著一旁椅子上的咖啡色公事包。

「嗯。」

「魏佳儀勒索你的事，有其他人知道嗎？」

「沒有。」

「沒告訴阿忠他們？」

「我跟他們不會談這些事的。」

「你太太呢？」

「我不可能讓她知道的。」

林永俊話才說完，廚房那就傳來一陣腳步聲，只見林太太抱著一疊衣服走到客廳來。林永俊連忙過去幫忙。

「我來吧。」

林永俊把衣服接了過來，不料底下一件條紋襯衫勾到林太太的手，掉落地上。林太太連忙彎下腰去，把那件襯衫撿起來拍了一拍。

高傅丞看他們在忙，心想今天要說的事情差不多都說完了，正要和連政豪向兩人告辭，不料才剛起身，卻發現林太太手中那件條紋襯衫不知怎地，竟有些眼熟。無獨有偶，林太太似乎也覺得那件襯衫有什麼特殊的地方，微微地皺起眉頭。

「這襯衫是最近買的嗎？以前沒看你穿過。」

「就上禮拜襯衫被阿忠他們弄髒了，我又去新買了一件。」林永俊說。

「怎麼弄髒的？」高傅丞問道。

「他們菸蒂掉到我身上，我看襯衫破了個洞，就去買一件新的。」

「破掉的是哪件，我怎麼沒有看到？」林太太問道。

「也是類似的條紋襯衫，我拿去丟掉了。」

「之前在西門町買的那件？」

「噢，對啊。」

林永俊說完，把手上的衣服跟那件襯衫都拿回了房間。而林太太大概是不想看到他們，也跟著走了進去。

「怎麼了嗎？」連政豪問道。他大概是注意到高傅丞一直盯著那件襯衫。

「我覺得好像在哪裡看過那件衣服。」高傅丞說。

「那類的條紋襯衫很普通啊，滿街上都是，像我就有一件。」

「你那件最近有穿過嗎？」

「最近倒是沒有。」

連政豪這個答案，高傅丞並不感到意外。他相當確定自己看林永俊穿過那件襯衫，甚至連對方當時的神情都隱約有點印象。

問題是，他們在今天之前，就只在禮拜二見過林永俊一次面，那天高傅丞記得林永俊穿的是一件淡紫色的素面襯衫。既然如此，方才那件條紋襯衫，他是什麼時候看林永俊穿過的？難道是在夢裡？高傅丞一直到半晌離開林家，都在想著這個問題。只不過，今天幸運之神沒有站在他這邊，高傅丞已經把腦中馬達的轉速開到了平常的兩倍，那個腦海中的影像卻還是愈來愈模糊，愈來愈模糊，愈來愈模糊。

最終像青春一樣，一去不回。

7

林永俊和魏佳儀的關係，至此已算完全明朗，但阿忠殺害魏佳儀的動機，卻仍然一點進展也沒有。

「會不會是林永俊買凶殺人？」

這個假設是連政豪提出來的，但高傅丞覺得不太可能。因為如果真是這樣，林永俊案發當天就不應該跑到公園去，招惹嫌疑上身。而阿忠明明事後就可以拿到報酬，實在沒有必要再取走魏佳儀錢包裡的錢，留下指紋讓警方查緝。還有，如果阿忠真的是受雇殺人，那凶器就應該事先準備好，而不是用公園裡的石頭。

「我想再去重慶南路一趟。」高傅丞想到最後，如此說道。

「去找王添財和李聖龍？」

「嗯。我想說不定有什麼關鍵的地方，我們之前都忽略掉了。」

由於連政豪星期六晚上要跟銀行妹約會，兩人於是在隔天星期天的早上，再一道前往重慶南路。不出高傅丞所料，王李兩人一看見他們，立刻結屎面，直說阿忠不可能殺人，要他們把阿忠放出來。高傅丞於是改變策略，表示他們今天就是來找證據還阿忠清白的，聽得王添財和李聖龍激動萬分，連忙說兩人有什麼問題儘管問，他們絕對知無不言，言無不盡。連政豪則是乘勝追擊，到一旁的冰店買了兩碗刨冰給王李兩人消消暑氣。四個人就這樣一直到大概十點鐘，才終於在一處人潮較少的騎樓坐下來，由高傅丞帶頭，開始這次名為「搶救阿忠大作戰」，實為「釐清阿忠犯案動機」的探索之旅。

「阿忠禮拜一那日，敢有甚麼怪怪的所在？」高傅丞開門見山地問道。

「無啊。」王添財搖了搖頭。

「汝咧？敢有發現阿忠有甚麼跟平常時不一樣的所在？」

李聖龍一邊吃著冰，一邊歪著腦袋想了一想。

「他好像一直在注意時間。」
「注意時間？」
「對啊，他一直去旁邊的便利超商偷看時間。」
「對對對，我也想起來矣。」王添財好像發現了什麼天大的祕密一般。「中午剛過而已，他就一直走來走去。」
「他幹麼不聽收音機裡的報時就好？」連政豪在一旁問道。
「他講啥貨[24]？」王李兩人同時看向高傳丞。
「他講阿忠怎麼無要聽收音機報的時間就好。」
「收音機？」
「阿忠不是有一臺收音機？我上回來有看到他在聽啊。」
李聖龍在一旁笑了出來。
「那臺收音機早就壞去矣啦！」
「壞了那在聽什麼？」
高傳丞這次沒等兩人詢問，就自己翻譯了連政豪的話。
「無在聽啥，就這樣較不會寂寞啊。」
李聖龍正這麼說的時候，高傳丞剛好往他身旁挪了一下，不料李聖龍卻迅速地往旁邊移開。

24 啥貨：什麼東西。

「焉怎？我身上敢有沾到屎？」
「無啦。」李聖龍不好意思地笑了一笑。「阮怕把汝的衣服弄髒掉。」
「汝們身上敢有帶菸？」王添財在一旁比了比抽菸的手勢。
「有有有。」
高傳丞連忙跟連政豪打了個暗號。他們兩個都不抽菸，但知道王添財跟李聖龍是老菸槍，剛才來時特地去便利商店添購了一些。
「多謝啊。」
王添財一邊說，一邊挑了盒高傳丞也不知道是什麼牌子的菸，點了一根暢快地抽了起來。高傳丞坐在一旁，看著王添財手上的菸愈燒愈短，忽然想到林永俊說上禮拜王添財他們不小心把菸蒂弄到他的某件襯衫上，好奇地問起這事，王添財和李聖龍兩人看來看去，都說不記得矣，但半晌想了一想，又改口說可能是阿忠吧。
就在這時，高傳丞腦中浮現了林永俊那個魚尾獅打火機。
「林先生說他上回曾在汝們這弄丟一個打火機？」高傳丞問道。
「對啊，上禮拜五的樣子。」王添財答道。
「汝是講九日前的那個禮拜五？」
「唯呀。」
九天前的那個禮拜五，昨天據林永俊表示，就是魏佳儀把他叫到公園向他勒索的那天。
「打火機汝們是誰撿到的？」高傳丞問道。
「阿忠啊。」王添財答道。

「林先生那日好像有甚麼急事，請阮抽兩支仔菸就走矣。阿忠看他打火機落在地上，追上去要把打火機還給林先生。」李聖龍說。

「後來咧？」

「後來阿忠回來，就說他把林先生跟丟矣。」

「所以汝們是這禮拜拜二，才將打火機還給林先生的？」高傅丞問道。

「嘿啊，林先生禮拜一也無來阮這。」李聖龍說著把頭一仰，將早已融化成糖水的刨冰喝得一滴不剩。

半晌大概十一點半，高傅丞買了兩個便當請王添財和李聖龍吃，接著便和連政豪往停在附近的警車走去。和王李兩人談了這一個多鐘頭的話，不能說是沒有收穫，但這些收穫可以用在何處，高傅丞目前還不太清楚。

「昨天晚上跟銀行妹的約會怎樣？」高傅丞心想還是聊這個話題比較有趣。

「不怎麼樣，我坐沒三十分鐘就想要離開了。」

連政豪聳聳肩，說那個銀行妹似乎把天底下的公務員都當成了凱子，餐點叫最貴的，酒開最高級的。這還不打緊，重點是對方吃飯時只顧聊自己的事，一下說最近想換手機，一下又說之後想去歐洲旅遊，連政豪只要稍稍帶到別的話題，就會嘟起嘴來說連政豪都不關心她，搞得自己像是在服侍哪個公主的牛郎一樣。

「那接下來你打算怎麼辦？」高傅丞問道。

「當然是拒絕往來啊。」

連政豪說著嘆了口氣，露出個千分感慨萬分悔恨的表情來。

「早知道當時就跟小魚結婚了。」

「現在別想這些了。」小魚是連政豪那個溫柔的前女友，小孩聽說最近出生。

「以前我只要約會時說個笑話，小魚就超開心的。」

「每個人渴望的事情都不一樣啊。」

「那你說我該怎麼做，下次才不會遇到食量那麼驚人的？」

高傅丞有些傻住了，這還是他打娘胎出來第一次有人問他要怎麼把妹。

「就出手前先多觀察一下吧。」

「比如？」

「就女方的朋友圈，還有臉書上的文章啊。」

「真希望我有特異功能，可以知道女生的心裡在想什麼。」連政豪很顯然沒有聽他在說什麼，自顧自地耍起幼稚。

「你就用你刑警的腦袋推理一下就好啦。」高傅丞說。

「難。」

「哪裡難了？」

「將心比心，設身處地。」

「嗯？」

「就要從別人的視角看世界，我覺得很難——」

連政豪話才說完，高傅丞猛地煞住腳步，覺得有股涼意像毛毛蟲一般從尾椎一路爬上了腦門。

「怎麼啦？」連政豪也停了下來。

「從別人的視角看世界……」

高傅丞重複著連政豪的話，同一時間腦中浮現出阿忠那臺壞掉的收音機、王添財他們身上厚重的冬季外套，接著又想到上星期五林永俊掉在阿忠他們那邊的打火機，還有林永俊案發當天帶的那個咖啡色的公事包。

「你之前有注意到林太太手上的戒指嗎？」高傅丞問連政豪。

「就跟林永俊的一樣啊，怎麼了嗎？」

「一樣是一樣，但又不是完全一樣……」

高傅丞繼續喃喃自語。他和連政豪、和林永俊、和阿忠他們雖然生活在同一個國度，呼吸著相同的空氣，可是從不同人的眼中望出去，感受到的世界卻是那麼地不一樣。想到這裡，高傅丞漸漸覺得從上個禮拜到今天為止，圍繞著這個案件發生的點點滴滴，全像磁粉放到指南針上一般，在他腦中按照某種規則排列得整整齊齊。這種感覺他並不陌生，可是每次來的時候，還是都會感到那麼一點的激動和興奮。

「我知道阿忠的殺人動機了。」

「嘎？」連政豪露出又是驚訝又是困惑的表情。高傅丞則是仍然沉浸在自己的世界裡，回想著那天阿忠在偵訊室裡最後的樣子。

「另外我還想到了一個新的假設。」

「新的假設？」

「嗯。」

高傅丞點點頭，輕輕地嘆了口氣。

「一個截然不同的假設。」

8

一走進會客室，林永俊臉上原本就不甚開心的表情瞬間變得更為愁苦，彷彿遇到加強版的藍色星期一一樣。

「不好意思，又來打擾了。」高傅丞和連政豪坐在位子上，向對方點頭致意。

「到底有完沒完啊，我能說的都已經告訴你們了啊。」

「警方還有一些小細節，想要跟你確認一下。」

這裡是楓橋文教出版集團的會客室，兩位警察在星期一這天早上再度來訪。高傅丞心裡相當清楚，自己肯定是林永俊最不想看到的人。因為禮拜六連政豪去跟銀行妹約會後，他私底下打了通電話給林永俊，希望對方就盜領公款一事向公司自首。否則他和連政豪身為執法人員，自然沒辦法坐視不管。

昨天星期天，高傅丞為了驗證自己新的假設，又跟連政豪借了之前那些從二二八公園到西門町，沿路上的監視器拍攝到的畫面來看。只見林永俊一開始穿的襯衫，跟後來九點鐘走進西門捷運站時身上的那件雖然都是條紋的，但仔細看卻是不同一件，而走進西門捷運站時身上穿的條紋襯衫，就是禮拜六林永俊他太太從陽臺收進來的那件，怪不得高傅丞當時看到會覺得眼熟。當然啦，以上這些事情高傅丞都還沒有跟連政豪說，因為身為名偵探最重要的一項特質就是要沉得住氣，真相一定要到最後一刻才可以告訴觀眾。這個原則，並不會因為到了天龍國就有所改變。

「所以到底是什麼小細節？」林永俊嘆了口氣，在兩人面前坐了下來。

「我們已經知道阿忠的殺人動機了。」

「不就是為了錢？」

高傅丞搖搖頭，一面拿起祕書替他們準備的茶水喝了一口。

「你覺得阿忠跟我們大家有什麼不同的地方？」

「生活環境就不太一樣啊。」

「怎樣的不一樣？」

「沒有家人，沒有遮風避雨的地方。」林永俊眼睛看著桌面。他今天穿了件淺藍色底、領口做成白色的素面襯衫。

「那你有試過從阿忠的眼睛去看世界嗎？」

「嗯？」

「簡單來講就是設身處地，將心比心地想一想阿忠過的到底是怎樣的生活。」

高傅丞將茶水放回桌上，傾身向前。

「無家可歸的阿忠，一般人煩惱著假日要去哪玩，他卻連下一餐在哪都不知道。一般人寂寞時可以找人聊天，他卻只能拿著那臺壞掉的收音機，假裝有人對他說話。一般人夏天穿短袖抽冷氣，他卻要把全部的家當都扛在身上，不管天氣再熱，還是穿著那件唯一可以陪他度過寒冬、浸滿了汗水溼了又乾乾了又濕的外套。」

高傳丞一邊說一邊觀察，林永俊的表情漸漸變得嚴肅起來。

「無家可歸的阿忠，累了，好不容易找到個地方休息，卻還要擔心人家會叫警察來趕。自己的母語從小就遭人歧視，為了活下去不得不去學習政府要他說的語言，說得不好還會被人恥笑。一般人覺得心裡難受，可以躲起來療傷，可是他卻只能赤裸裸地待在街上，看著白天人潮出來，再看著夜晚人潮散去。寒流來襲，還要擔心市議員帶人用冷水驅趕他們。我們雖然都活在同一個世界，可是彼此的生活卻是大相逕庭。很多人嘴上不說，但心裡都希望他們趕快消失——」

「我並沒有那麼覺得，我是真的在關心他們。」林永俊激動地說。

「這就是原因。」

「嗯？」

林永俊滿臉困惑。連政豪坐在旁邊，也是丈二金剛摸不著頭腦的樣子。

「這就是阿忠之所以成為殺人凶手的原因。」

「我不懂你在說什麼。」

「那個魚尾獅打火機，」高傳丞感到口乾舌燥，拿起茶水來猛灌了一大口。「你是什麼時候掉在阿忠他們那邊的？」

「上上個禮拜啊。」林永俊有些遲疑地答道。

「禮拜幾？」

「忘了。」

「禮拜五。」高傳丞把昨天早上，從王添財和李聖龍那裡聽來的事說了一遍。「那天你下班請他們抽完菸，因為要去公園跟魏佳儀見面，匆匆忙忙就走了。阿忠發現你掉在他們那裡的打火機，想要還給你於是就追了上去。」

林永俊猛然一愣，似乎終於瞭解發生了什麼事。

「我跟魏佳儀的對話他都聽到了？」

「應該是的。」

「所以阿忠是因為林永俊被勒索才殺了魏佳儀的？」連政豪一臉詫異地問道。

「嗯。」

林永俊似乎不敢相信這一切是真的，垂著頭，什麼話也說不出來。

「太荒唐了吧。」連政豪說道。

「如果你從阿忠的眼睛來看世界，一切就不難理解了。你給郭台銘十萬塊，他會直接拍拍屁股走人；給跟你同樣姓連的那個人，他會拿了錢然後拍拍屁股走人；但是給某個十萬塊可以救命的人，對方卻可能會一輩子感激不盡，銘記在心。阿忠他們流落街頭，大家都避之唯恐不及，可是林永俊卻全然不以為意，很樂意很真誠地接近他們。每天一支菸，冷的時候給他們送衣服，餓的時候送上食物。雙方雖然各自有各自的人生，也不見得有談上什麼心裡的話，但這日積月累、短暫而真誠的交集，我想對阿忠來說，是他原本連做夢也不敢奢望的事情——」

「所以你是說阿忠禮拜五當下就決定要殺了魏佳儀？」連政豪問道。

「應該是動了念頭，但還不是很確定。」

「因為凶器的關係？」

「嗯，如果阿忠當時就下定決心的話，應該事先會準備好凶器，而不是用公園現場的石頭行凶。我想阿忠心裡也很猶豫，所以禮拜一中午過後才會一直注意時間，心想到時候該怎麼辦，他到底可以幫上林永俊什麼忙。」

「可是他後來還是決定動手了。」

「應該是因為聽到魏佳儀的那一番話吧。」

「嗯？」

「魏佳儀當時不是在跟朋友講電話，說她終於找到了財源，下個月跟可以跟她們那幾個姊妹去韓國旅遊了？阿忠聽到這一番話，心裡的憤恨應該都燒起來了，決定要替林永俊除掉眼前這個女人，所以才會拿現場的石頭行凶。」

「把魏佳儀的腦袋砸到稀爛也是這個關係？」

「你要這麼想也可以。」

高傅丞看杯子裡的茶水沒了，出去跟祕書又要了一杯。回來時只見林永俊雙手抱頭撐在桌上，兩隻眼睛充滿了血絲，好像靈魂猛地被人抽掉了一般。高傅丞心想此刻林永俊心裡肯定十分難受，如果阿忠是為了錢而殺了魏佳儀，他還可以置身事外，但阿忠行凶卻是因為他被人勒索，隨之而來的良心的譴責想必更加沉重。

「對了，還有一件事想再跟你請教一下。」高傅丞回到位子上坐了下來。

「嗯？」林永俊抬起頭來，愣愣地看著他。

「你之前說王添財他們不小心把菸蒂弄到你一件襯衫上，襯衫破了，你又去買一件新的，這件事你還記得嗎？」

「嗯。」

「是上禮拜，還是上上禮拜的事？」

「上上禮拜。」

「你再仔細想一下，上上禮拜是魏佳儀勒索你的那個禮拜，上禮拜是魏佳儀遇害的那個禮拜。」

「我確定是上上禮拜。」

「襯衫破了的當天，你就去買一件新的，是這樣嗎？」高傅丞繼續問道。

「你現在問我這些到底要幹麼？」林永俊往後靠著椅背。

「要救阿忠。」

「嗯？」

「是當天就去買件新的嗎？」高傅丞又問了一次。

林永俊看起來不是很情願，但還是點了點頭，答應了一聲。

「在哪買的？」

「東區的一家服飾店。」

「確定是東區？不是西門町？」

「確定。」

「就這樣嗎？」

「我不懂你在說什麼。」

「沒有其他事想對警方說了嗎？」

「我還有什麼好說的？」林永俊語氣整個不耐煩了起來。「盜用公款的事，我也承諾過你之後會跟公司自首，你還想要我怎樣？」

「阿忠有可能會被判死刑的。」

「然後呢？」

「現在能夠救他的，就只有你了。」

「怎麼救？替他頂罪嗎？」

「不是頂罪，而是承認你實際上做過的事情。」

高傅丞說著傾身向前，看著林永俊那雙充滿恐懼的眼睛。

「殺害魏佳儀的人，其實是你吧？」

9

「你是說阿忠幫他頂罪？」

連政豪不敢置信地看向他來。

「可以這麼說。」

「阿忠袖口上的血跡呢？那只可能是行凶時濺上去的啊！」

「那是因為阿忠的確拿石塊砸了魏佳儀的頭。」高傅丞靠在椅背上呼了口氣，輕輕揉著他有些發脹的太陽穴。

「你的意思是，魏佳儀當時還活著？」

「是的。」

高傳丞點了點頭，表示他認為阿忠當時拿石塊把魏佳儀打倒在地，為了確保對方沒有活命的機會，又上前砸了第二下後，才拿了錢包裡的錢離開公園。但是魏佳儀命大，沒有死透，後來看到林永俊來到現場，八成是想要求救，卻沒料到林永俊竟然動了殺念，拿起一旁阿忠用來行凶的石塊，往她的頭部又砸了下去。

「然而魏佳儀這次是真的死了。當時那對報警的高中生情侶，之所以看到林永俊慌慌張張地從樹叢出來，並不是因為林永俊前往赴約，看到魏佳儀遭人殺害很驚訝，而是因為他自己就是殺害魏佳儀的凶手。而林永俊之所以一衝出樹叢，就往廁所的洗手臺跑去，恐怕也不是因為看到屍體想吐，而是去清洗行凶時濺到袖子上的血跡。這也是為什麼阿忠在偵訊室受審那天，一開始聽到警方指控他拿石塊砸了魏佳儀的頭不只一次時沒有反應，但最後你跟他確認行凶細節，提到魏佳儀的頭部總共遭人用石塊重擊三次的時候，他會突然抬起頭來，看了桌上的照片一眼。阿忠恐怕在那時候就意識到，魏佳儀的生命是終結在林永俊手中的。但這對阿忠來講無關痛癢，因為他本來就打算殺了魏佳儀。換句話說，阿忠並非以清白之身替林永俊頂罪，而是一肩扛下這樁兩人一起犯下的罪行——」

「你沒有證據。」

林永俊方才一直默默地望著桌面，此刻忽然抬起頭來。

「這些都只是你單方面的推論，你沒有證據。」

「證據在這。」

高傳丞拿出一疊資料放在桌上，那是他向連政豪借的那些監視器截錄影像。

「你被菸蒂弄破的襯衫就是這件吧？」高傅丞指著一個案發當天七點半鐘，林永俊走在衡陽路上的畫面說道。

林永俊看到照片，猛地一愣。

「嗯。」

「然後你發現襯衫破了的當天，立刻去買的那件新襯衫應該是這件吧？跟那天你太太從陽臺收進來的條紋襯衫一模一樣。」高傅丞指了指另一個畫面，上頭是案發當天九點鐘，林永俊獨自一人走進西門捷運站的身影。

「是又怎樣？買衣服犯法嗎？」

「這是案發當天拍到的畫面，是上個星期一的事，但你剛剛說襯衫被菸蒂燙破是上上個星期的事，這不是很矛盾嗎？」

「我記錯了。」

「你是說你襯衫被燙破其實是案發當天的事？」

「對。」

「菸蒂是阿忠他們掉在你身上的？」

「嗯，但他們也不是故意──」

「可是你案發當天並沒有去阿忠他們那裡，不是嗎？我們上禮拜二，第一次來公司找你的時候，你不是這麼跟我們說的嗎？」

高傅丞傾身向前，直視著林永俊。

「其實你的襯衫根本就沒有被菸蒂燙破吧？一來，你上星期一根本就沒有去阿忠他們那裡；二來，就算你去了，阿忠他們也不可能把菸蒂弄到你身上。你應該明白我在說什麼吧？阿忠他們怕把別人的衣服弄髒，總是跟人保持著一些距離，除非菸蒂會飛，不然根本不可能掉到旁人的身上來。你案發當天，難道不是因為襯衫上的血跡洗不乾淨，才急著逃離公園那一帶，到西門町買新的來換？」

「專程跑到西門町去？」連政豪問道。

「嗯，因為他要買跟原來那件一樣的才行。」

禮拜六在林永俊家，高傅丞只注意到那件掉在地上的襯衫有些眼熟，卻忽略了林太太提到的另一件事情：林永俊丟掉的那件襯衫，是在西門町買的。

「所以他在西門町待了一個小時，就是為了找襯衫？」

「八成是這樣，但那件襯衫恐怕到處缺貨，他最後只能買一件類似的代替。」

「那他沾到血跡的那件襯衫呢？」連政豪又問。

「拿出去處理掉了。」

「拿出去處理？可是我們監視器的畫面，他手上沒有東西啊。」

「沒東西？」

連政豪遲疑片刻，彈了一下響指。

「公事包！」

「沒錯，沾有血跡的襯衫就裝在那個咖啡色的公事包裡。」

「你憑什麼這麼說？你找到那件襯衫了嗎？」林永俊沉默良久，此刻突然激動起來。

「你不要小看警方的能力——」連政豪斥喝道。

「那你們去找啊。」

林永俊看了一眼時間，站起身來。

「還有別的問題嗎？我要回去工作了。」

「那阿忠呢？他一個人要怎麼辦？」高傅丞問道。

「我無能為力。」

林永俊說完正準備離開會客室，身後突然傳來高傅丞的聲音。

「你有聽過『魯米諾試劑』嗎？」

「嗯？」

「魯米諾又叫做發光氨，是種強酸，會與血液中的血紅素產生反應，發出藍紫色的螢光，靈敏度可以達到百萬分之一。」

林永俊聽到這停下腳步，整個人瞬間警戒起來。

「換句話說，」高傅丞拿起桌上早已冷掉的茶水。「一毫升的血滴到九百九十九公升的水裡，還是檢測得出來。除此之外，如果有東西沾到血跡，不管怎麼清洗，不管過了多久的時間，只要噴上魯米諾試劑放到暗處，原本沾有血跡的地方還是會發出螢光。這是我們警方用來勘查犯罪現場相當重要的一項工具——」

「戒指！」

連政豪大叫一聲，目光落在林永俊左手無名指上那只閃閃發亮的婚戒。

「我昨天就在想說，你們夫妻倆戒指一起買的，可是為什麼你太太的那麼暗沉，而你的卻好像新的一樣。」高傅丞放下茶水，把手掌抬到眼前，好像自己手上也戴著婚戒似的。

「是因為你有潔癖，會定期清洗戒指？還是因為你最近因為某種緣故，不得不把戒指脫下來清洗？然後配合著其他線索一起看，我就想到了一個假設，就是你是為了清除掉行凶時噴到戒指上的血跡，才會自己一個人把戒指刷得那麼乾淨。」

林永俊聽他這麼一說，整個人像失了魂似的，砰的一聲跌坐在椅子上。

「我當時本來想要報警的，但又……」

「怕魏佳儀繼續勒索你？」

「嗯。我一想到之後可能要面對她無止境的勒索，就拿起地上的石塊……」

林永俊大概想到行凶當時的情景，摀著臉痛哭起來。

「行凶後你就去旁邊的廁所洗袖子上的血跡，然後又到西門町買了新的襯衫換上？」連政豪向林永俊確認道。

「嗯。」

「那件襯衫呢？你最後怎麼處理的？」

「我把沾到血跡的地方剪下來，趁著我太太沒注意時在陽臺燒掉，剩下的部分剪成碎片，隔天提早出門上班，沿路上丟到不同的垃圾桶裡。」

林永俊支支吾吾，告訴兩人那天他知道一開始襲擊魏佳儀的人是阿忠，也是相當的驚訝。他跟警方一樣，不相信阿忠會為了區區幾千塊下那麼重的殺手。但當時他腦中唯一想的，就是希望事件趕快結束。阿忠可能會因此被判死刑，這他不是不知道，但是他說什麼也不能坦承一切。他太太還需要他。他不能就這麼消失不見。

「那阿忠呢？他消失不見就無所謂嗎？」高傳丞問道。

「我不是這個意思，我——」

林永俊說著低下頭去。連政豪則在這時站起身來，過去拍了拍他的肩膀。

「走吧，林先生，跟我們回警局一趟。」

「這樣真的好嗎？」林永俊抬起頭來，眼神裡滿是恐懼。「把我跟阿忠一起送到牢裡，這樣子真的好嗎？我知道我對不起阿忠，但這也是他的決定啊。難道你們就不能行行好，成全一下我跟阿忠各自的心願？」

「沒辦法，我們是警察。」

「警察的職責不就是懲奸除惡？是魏佳儀她先勒索我——」

「可是你殺了人啦！而且要不是你先盜用公款，魏佳儀哪有那個機會？」

林永俊大概自知理虧，沒有再爭辯下去。高傳丞看著他那狼狽的樣子，心想這整起案件說來還真是諷刺。阿忠想要報答林永俊對他們的好，不料卻反而把林永俊引到殺人的路上。而林永俊為了妻子盜用公款，走上犯罪一途，最後卻也因為要守住那只套在他們夫妻手上的承諾而栽了跟斗。這場遊戲沒有贏家。林永俊若無意外要入監服刑，留下林太太一個人繼續和病魔纏鬥。阿忠也因為殺人未遂，十之八九免不了牢獄之災。

高傳丞覺得自己也幫不上什麼忙，起身往會客室門口走去。

「待會不一起去吃個飯？」

正要踏出會客室時，身後忽然傳來連政豪的聲音。

「你請客？」高傳丞停下腳步，回過身來。

「嗯，這次的預算沒有上限。」

聽起來是個不錯的主意。但高傅丞想了一想，還是決定婉拒對方的邀約。

「改天吧。」

「確定？改天就是吃阿忠便當喔。」

「阿忠便當也不錯啊。」

高傅丞說著和連政豪揮手道別，默默地離開會客室。

現在的他，沒有品嘗美食的心情。

採訪現場（五）

「好哀傷。」

聽完魏佳儀的命案，崔嘉琪露出落寞的神情，敲打鍵盤的手也停了下來。

「林永俊對阿忠他們的好，居然反過來吞噬了自己。」

「是啊。阿忠後來知道林永俊被捕，在看守所裡大鬧了一場，說警方冤望好人，他才是凶手。」高傅丞說。

「這件事是不是還有上新聞？」

「應該是有，但沒什麼人注意，一下就被其他事情蓋過去了。」

「嗯嗯。可以想像。」

崔嘉琪撥了撥頭髮，望向咖啡廳外頭的街道。半晌回過頭來，她拿起筆電旁的咖啡啜飲一口。那是她今天點的第二杯。

「妳不加糖啊？」高傅丞看著一旁未拆封的糖包，問道。

「對呀，比較喜歡這種澀澀的感覺。」

「她也是一樣，說黑咖啡那種苦中帶澀、又有點回甘的味道最棒了。」

「『她』？」崔嘉琪放下杯子。「你說那個女的？」

「嗯嗯。我們第一次吃飯的時候，她也是點了咖啡，一拿來就直接喝。我沒辦法，一定要加糖跟牛奶，不然覺得自己好像在喝中藥一樣。」高傅丞想起那天兩個人相對而坐，餐廳的燈光斜斜地映在對方臉上。她喜歡運動，在臺北市來來去去都用腳踏車代步，也喜歡登山，晒了一身小麥色的肌膚，顯得相當健康。

「你們吃飯都聊什麼呀？」崔嘉琪問道。

「那是第一次見面，所以就是一些基本的介紹，我就說我是警察這樣。」

「有細數你那些名偵探的豐功偉業嗎？」

「沒有耶。我想說這樣太突兀，之後再慢慢了解就好。」

當初在網路上認識的時候，高傅丞覺得對方散發著一股菁英的氣質，看上去十分幹練。當天吃飯聊著聊著，那女孩說她之後想要出國讀法律，將來當個 Professional。高傅丞想了一下，才意會過來那是「專業人士」的意思。

「吃完飯呢？有去哪嗎？」崔嘉琪似乎越聽越好奇。

「那天我們約平日中午，吃完飯她就回去上班了。」

「約在平日中午啊。這個時間有點巧妙，感覺應該是個高手。」

「高手？」

「那是你們第一次見面，約在平日中午的話，如果本人跟相片差太多，或是話不投機，吃完飯就可以說要回去上班。」

崔嘉琪像個過來人一樣說得頭頭是道，高傅丞卻聽得心驚膽顫。

「不過也有可能她真的只有那時候有空啦。你不是說你們還有見第二次面？」

「喔，對呀。」想起當時的事，高傅丞不禁感到一陣甜蜜。「她找我去看電影。」

「對方約你的？」

「是啊，而且超巧的，她找我看的那部電影，我剛好在那之前才剛剛看過而已。」高傅丞覺得嘴巴有點乾，拿起杯子來咕嚕咕嚕慣了一大口水。

「哪一部？愛情片嗎？」

「片名是很愛情，但內容感覺還好，有點偏懸疑類的。」

那是一部韓國電影，名字叫做《燃燒烈愛》，改編自村上春樹的短篇小說〈燒掉柴房〉。當初看到電影預告，高傅丞覺得很新鮮，本來要找小倩去看，但小倩說「誰要跟你看電影啊」，他就自己跑去看了。誰想到過沒多久，那個女孩就約他去看這部電影。

「所以呢？你們後來改看哪一部？」崔嘉琪把筆電闔起來，推到一旁。

「就《燃燒烈愛》啊。我又去看了一次。」

接到對方邀約的那一刻，高傅丞的心情就像坐上了熱氣球，飄飄然好像要浮到外太空去了。他不想破壞這種感覺，就說他剛好也想看《燃燒烈愛》，立刻和對方約好了時間。那天他們看平日晚上的電影，女孩穿著一件黑色的衣服，短裙是白底的，上頭整齊地排列著像是星星的幾何圖案。不像第一次見面時盤起頭髮，那天女孩把一頭長髮放了下來，長度大概在肩下十公分左右，當真是少一分太短，多一分太長的好看。

「看完電影呢？總不會回去加班吧？」崔嘉琪半開玩笑地問道。

「我送她回家。」

「是你主動提的？」

「嗯嗯。她就住在電影院附近，說要走路回去，我就說我陪她一起走。」

「她如果答應的話，對你的感覺應該也不會太差。」

「哈哈，是嗎。」事後回想起來，高傅丞覺得對方也有可能是太有禮貌，不好意思拒絕。但不管啦，現在說這些都是馬後砲。

「沿路上呢？都在聊電影嗎？」

「後來有聊到，但一開始她都在跟人傳訊息。」

「真假的？」

「應該是在跟閨蜜報告狀況吧，我猜。」這只是高傅丞的猜測，沒有證據。倒是那女孩邊走路邊傳訊息的模樣，令他印象十分深刻。抬頭挺胸，手機拿得高高的，好像一名芭蕾舞者在街頭行進一樣。在那之後高傅丞也時不時提醒自己，看手機沒關係，但頭不要低低的，不然將來頸椎出毛病就得不償失，後悔莫及。

「你在看電影的時候有什麼不規矩的舉動嗎？」

「應該要有嗎？」

「當然不行啊。要是有人第一次看電影手就伸過來，我一定賞他一個大巴掌。」

高傅丞下意識摸了摸自己的臉頰，一面又想到了那晚送女孩回家時的情景。

「那時候超尷尬的，沿路上她問我一些話，我都答不出來。」

「她考你微積分嗎？還是什麼金融法規？」

「沒有啦。就是一些閒聊，但我腦袋就是一直打結，不知道要說什麼好。」高傅丞回想起當時的自己，簡直就像個現實中的句點王。

「她的反應呢？」

「還是很有禮貌，一點都沒有為難的樣子。唉，真希望有時間暫定器。」

「時間……暫定器？」
崔嘉琪愣了一下，露出驚訝的神色。
「妳不要誤會啊。」高傅丞急忙解釋，差點把桌上的水杯弄翻。「我是想說每當她說一句話，我就先把時間暫停，等想好了要回答什麼再讓時間繼續動。」
「喔喔喔，很聰明的運用。」崔嘉琪輕輕點了點頭。
「那天感覺就像是個轉捩點一樣，在那之後一切都變了。」
「可是你們不是還有再出去一次？」
「嗯。可是在那之後她感覺會壓訊息，有時候過了一天才回。」
「一天？」
「對呀。我等到花兒都謝了。」
壓訊息究竟是那天過後才有，還是在那之前就已經出現了，高傅丞的記憶有些模糊。他只記得傳訊息給對方就像擲骰子，擲到六點可以聊得很開心，擲到一點就是有去無回的等待。但他也沒有立場要求什麼，他只知道，自己是不會這麼對待一個喜歡的人。如果說凡事都有跡可循的話，那這就是預示他們未來發展的一大伏筆。
「那這樣怎麼還會見第三次面？」崔嘉琪臉上寫滿疑惑。
「就一起去打羽球，搞得我腰都快閃到了。」
「你有讓她嗎？還是不小心就使出全力？」
「她不用我讓，本來就比我強了。」高傅丞拿起杯子，像在品嘗美酒般喝著裡頭的白開水。「那天我們還喝了同一杯飲料。」

「間接接吻？」

「對呀。運動完我們去便利商店，她挑了一瓶優酪乳，我買了一罐礦泉水。她喝了幾口後，跟我要了水加進去，拌一拌又繼續喝，問我要不要。」高傅丞記得那瓶優酪乳是百香果口味的，水加太多根本沒什麼味道，但他還是很享受。

「喝完之後呢？就各自回家了？」

「嗯。她隔天還要上班。」

「又是約平日晚上？」

高傅丞點點頭。他知道對方的假日有更重要的行程，不是留給自己的。

「這樣結束得有點奇怪耶。你們之後就沒有聯絡了嗎？」

「有啊。我們那天分開前，還約好一個禮拜後的情人節去看電影，她也說沒問題。可是後來壓訊息的情況變得越來越嚴重，回覆的語氣也越來越不耐煩。我當時心想情況不妙，但還是硬撐下去。等情人節那天快到了，我跟她確認時間，她突然傳來一封訊息，說沒辦法去了。雖然這都在預料之中，但我看了還是覺得……唉……」

高傅丞察覺到自己失去了名偵探應有的冷靜，說到這裡做了個深呼吸，讓情緒平復下來。和那個女孩的這段往事，在很多人眼裡或許不值一提，但這已經是高傅丞至今的人生中，一段堪稱大起大落、充滿酸甜苦辣的回憶。去打羽球的那天，女孩穿著黑色的運動背心，在夜晚的街道上行雲流水地騎著腳踏車，高傅丞跟在女孩身邊，好幾次都捏了一把冷汗。他後來去買了一件亮色系的背心，想要在情人節看電影的當天送給女孩。雖然前輩們都說不可以告白，告白的人就輸了，但他還是想要向女孩表達心意。以後來寥寥無幾的互動來看，如果告白了，結果不難預料，對方應該也會覺得困擾，但他就是想要試一試。只可惜沒機會了。就像電影播到一半被人卡掉一樣。

「休息一下，喝口水吧。」

崔嘉琪大概看他有些激動，幫忙把快要見底的水杯添滿水。

「謝謝、謝謝。」高傅丞接過水灌了一大口，一面看向桌上正在錄音的手機。「讀者對這些事情真的會有興趣嗎？」

「不一定，但這可以刻畫偵探的形象，英雄都是要有一些悲劇色彩的。」

「悲劇色彩啊，這倒是。」高傅丞把杯子放回桌上，發出「扣」的一響。

「你有分析過原因嗎？」崔嘉琪問道。

「應該是她同時經營很多條線，而我是在某個階段被放掉的一條。」

「怎麼說？」

「從一些小細節可以看出來。」高傅丞苦笑道。「我有一次不小心瞄到她手機的通訊軟體，洋洋灑灑一整排的未讀訊息。然後情人節剛過，就看到她在社群網站上展示了幾張禮物的照片。我記得是一朵鮮花，還有一盒乳液之類的保養品。」

在那之後還有一些更令高傅丞死心的證據，但他就不多提了。這事情過了三年多，相較於當下時而衝上雲霄，時而跌落萬丈深淵的心境起伏，現在回想起這段他人生中的插曲，當初經歷過的情緒好像都被黏在地上，再大的風吹過都揚不起來了。縱使偶爾有一兩絲情愫飄呀飄的，飛過眼前，他也能夠冷靜地看待，告訴自己這一切都很正常的，不管是對他來說，還是對那個女孩而言。他可是經歷過大風大浪的名偵探，不可以被這種小事擊倒。雖然這不是他擅長的領域，但他還是想要拖著遍體鱗傷的身軀繼續挑戰，直到自己也獲得幸福的那一天。

「妳呢？跟前男友是怎麼認識的？」高傅丞問道。

「你想聽？」

「想啊。」了解彼此的過去，是共同邁向未來的第一步，他一直這麼深信著。

「有點一言難盡。你讓我整理一下思緒好了，待會兒再跟你說。」

「喔，可以啊。那現在要幹麼？」

「就繼續講你處理過的案件啊。」崔嘉琪打開休眠中的筆電，換上稍早那親和力十足、又不失專業的笑容。

「妳想聽怎樣的案件？」

「剛剛的都好悲傷，有沒有什麼案件是happy ending啊？」

「這個嘛……」

命案哪會有什麼「happy ending」啊？高傅丞正覺得崔嘉琪給他出了一道難題，忽然間，腦中閃過前幾年的那趟馬德里之旅。

「有一個應該算，不過是在國外的。」

「你辦案辦到國外去？」崔嘉琪睜大眼睛，露出驚訝與崇拜的神色。

「也不算案子，就是一個小插曲。」

想到那件往事，高傅丞心裡五味雜陳。一方面那是他參與過的「案子」中，少數來得及在憾事發生前就挽回局勢的；另一方面，那是他第一次搭商務艙出國旅遊，記憶中除了跟空姊聊天和用餐之外，因為太舒服了，全程他都在睡覺。

哎，一想到出國，高傅丞就忍不住唉聲嘆氣起來。

去年春天，他本來規劃了一趟日本自由行，結果被疫情一攪，哪都不去成。

「我想聽、我想聽！」崔嘉琪小聲地叫道。

「嗯。那是二〇一六年的事，我在杜拜轉機，飛了八個小時到馬德里……」

高傅丞喝了口水，將那段往事娓娓道來。

就某方面來說，那也是一段他誤以為是愛情的愛情。

異鄉人

1

下了計程車，高傅丞在黑夜中抬頭一看，只見眼前這棟位於聖羅蘭佐街上的公寓，比網路上的樣子老舊不少。不過還是頗為氣派，光大門就有三米半那麼高，差不多是臺灣豪宅的規格了。

「一百五十五號，應該沒錯吧？」

高傅丞又確認了一次門牌號碼，接著拿出稍早房仲給他的鑰匙，喀喳一聲打開大門。裡頭一片漆黑，一盞燈都沒有。然而，就在他把行李搬進公寓，正想拿出手機照明的時候，忽然啪的一聲，眼前一亮，原來公寓的走廊設有感應照明，只要有人進來，就會自動亮起。高傅丞於是把手機收了起來。

這次在網路上訂的房間，位在三樓的H室，是個四房兩衛一廳的公寓，聽房仲說裡頭現在住了三個人，有兩個還是女的。高傅丞拖著行李，搭乘有些古老的電梯上去，只見三樓走廊一樣設有感應照明，從電梯出來，每經過一扇門，附近的燈就自動點亮起來，一直到他遠離之後才又黯然熄滅。半晌來到H室的門口，他藉著走廊天花板自動亮起的燈光，用房仲給的另一支鑰匙打開眼前的門，進去後走過入口處的一小段走廊，只見一個約莫二十出頭的西班牙小女生，正在客廳地板上練瑜伽。

「¿Quién eres tú? ¿Qué estás haciendo aquí?」

對方連忙起身，開口就是一連串的西班牙文。高傅丞一個字也聽不懂，搔搔腦袋用他那破爛的英語表明身分。

「妳好，我叫高傅丞，要過來住兩個星期，房仲有跟你們說吧？」

「噢，有啊有啊，你好。」

女孩這才恍然大悟，改用英語笑著回覆。她一邊擦了擦額頭上的汗水，一邊拿起一旁看起來應該是運動飲料的東西喝了幾口。

「我以為你是下午要過來的。」

「嗯嗯，我也以為啊。」高傅丞苦笑著說。他搭乘的班機，下午兩點半抵達馬德里巴拉哈斯機場。按照原本的計畫，四點半前到市區跟房仲拿鑰匙，把行李放到公寓後就要出去大快朵頤，好好的享受來到馬德里第一個晚上的夜生活。沒想到事與願違，這會兒他來到公寓，已經將近晚上十一點鐘，而他卻連晚餐都還沒有吃。

「你剛說你叫什麼？高傅丞？」女孩帶著高傅丞來到他這次租的房間門口。

「嗯，但是我同事都叫我高富帥。」

「高富帥？」

「沒錯，妳的發音非常標準！」高傅丞豎起大拇指。

「我叫安娜，很高興認識你。」安娜呵呵笑道。

這時，一旁浴室的門打了開來。一個東方面孔的女性，一邊擦著頭髮一邊走了出來，看到高傅丞愣了一下。

「這位帥哥是？」對方說的是西班牙文，但高傅丞推測應該是這個意思。

安娜連忙上前解釋，說的也是西班牙文。半晌，只見那東方女人朝他走來。

「你是臺灣人？」女人用華語問道，但很明顯是日本口音。

「妳會說中文？」

「一點點，我們另外一個室友是臺灣人。」

「美奈子，quieres comer ramen?」安娜朝廚房走去，一面回過頭來對美奈子笑了一笑，聲音很是雀躍。高傅丞學過一點日文，聽得懂美奈子三個字的日文發音，但剩下的全是西班牙文，他就一點概念也沒有了。

雖然不知道安娜說什麼，但美奈子很顯然沒什麼興趣，只見她擺了擺手，逕自往一旁的臥室走去。高傅丞心想沒他的事，把行李拿去房間放好，不料半晌出來突然聞到一股香味，到廚房一看，安娜正在做豚骨拉麵。面對這突如其來的誘惑，高傅丞完全失去了名偵探該有的矜持與冷靜，肚子咕嚕咕嚕地亂叫一通。

「你還沒吃晚餐？」安娜回頭看見是他，噗哧一笑。

「是啊，下午在機場耽擱了一下，晚上去房仲那又迷了路，沒時間吃。」

高傅丞話才說完，肚子又叫了起來。安娜於是替他盛了碗麵，邀他一起過來吃。高傅丞當然是恭敬不如從命了。

「好吃好吃。」高傅丞口中的麵還沒吞下去，就忍不住說。

「哈哈，那就好。」

「妳怎麼那麼厲害會做拉麵？是廚師嗎？」

「沒有啦，我是看網路上的食譜做的。」安娜呵呵笑道，一面向高傅丞解釋今天是星期四，美奈子剛剛家教回來，她原本想說弄一道美奈子的家鄉菜一起嘗嘗，沒想到美奈子卻沒有胃口。但是好險有高傅丞，不然這些麵就浪費了。

「喀喳——」

安娜話說到一半，外頭傳來開門的聲音。高傅丞探頭一看，只見他們那個臺灣室友回來了。是個男生，大概三十歲左右，背著個大背包，戴著副粗框眼鏡，看見他在廚房，微微點頭打了聲招呼，但卻對一旁的安娜視而不見，直接往房裡走了進去。高傅丞正覺得詫異，另一頭美奈子的房門在這時打了開來，美奈子來到廚房，從冰箱拿了罐可樂來喝。高傅丞看一旁鍋子裡還有拉麵，心想安娜一番苦心，美奈子不嘗嘗實在可惜，於是開口邀美奈子一起來吃，誰想到美奈子想也沒想就一口回絕。

「真的很好吃，不騙妳。」高傅丞說。

「我也真的不餓，不騙你——」

美奈子話才說完，一旁的房門忽然甩了開來，方才那個臺灣男生手裡拿不知道什麼東西，氣沖沖地往廚房走來，啪的一聲把那東西扔在桌上。高傅丞看時，只見那是本筆記本，內頁給人用美工刀割得稀爛。

「Quien！」

臺灣男生先往美奈子看去，美奈子雙手一攤，說了些話，臺灣男生接著狠狠地瞪向安娜。安娜不斷地搖頭解釋，但是那個臺灣男生聽不進去，不停地質問對方。高傅丞雖然不懂西班牙文，但憑著他在名偵探界打滾多年的經驗，當前的狀況並不難理解，就是臺灣男生認為是安娜把他的筆記本割成那樣的。

至於為什麼那麼肯定凶手是安娜，就不得而知了。

兩人「溝通」了將近一分鐘，那個臺灣男生很明顯對安娜的解釋並不買單，最後指著安娜的鼻子不知道說了什麼，抄起桌上的筆記本轉身就走，回到房裡砰的一聲甩上房門。在美奈子的翻譯下，高傅丞才大概了解他們剛才的對話內容。那個臺灣男生叫李奕賢，傍晚出門一趟，剛剛回來進到房間，發現自己的筆記本被人劃得面目全非，於是出來質問美奈子和安娜。美奈子說她晚上出去家教，十點才回到公寓，如果有進去李奕賢的房間，安娜一直在客廳做瑜伽，一定會看到的。言下之意，就是筆記本只有可能是安娜一個人待在家裡的時候，偷偷進去李奕賢房間下手的。

「安娜說不是她，但李奕賢不信。」美奈子喝了一口手中的可樂說。

「我也不知道怎麼回事，但真的不是我啊……」

安娜一臉委屈，看了看美奈子，接著又往高傅丞看去。

「晚上有其他人進到屋子嗎？」高傅丞問。

「其他人？」

「比如水電工、推銷員、親戚朋友、或是同學老師之類的？」

「沒有耶。」安娜搖搖頭。

這麼說來，現場某種程度可以算是個密室。高傅丞不禁感嘆自己當真是逃不出名偵探的宿命，不管到哪都有謎團找上門來。

「對了，李奕賢剛剛最後一句話說什麼啊，那個氣噗噗的樣子？」

高傅丞想到李奕賢回房間之前，指著安娜鼻子說的那串感覺頗為凶狠的話。

「最後一句啊……」美奈子似乎想不太起來。

「聽起來好像在警告安娜什麼。」

「喔，」安娜自己想起來了。「他叫我不要再耍這些手段了。」

「耍手段？」

「嗯。」安娜點點頭，接著很貼心地說出「耍手段」的西班牙文。

「這樣啊。」

高傅丞咀嚼著這話裡的意思，心想這下有趣了。

「那我大概了解了。」他說。

2

戴著眼鏡的老爺爺把明信片裝入紙袋裡。高傅丞看了一下旁邊標示的價格，從口袋掏出一歐元的紙鈔，放到桌上。

「¡Gracias!」老爺爺收下紙鈔，說了句西班牙文的「謝謝」。

「¡Gracias!」高傅丞不知道「不客氣」怎麼說，只好原句奉還。

來到馬德里的第二天，高傅丞起了個大早，到街上閒晃。剛剛看到那個攤販有在賣明信片，高傅丞連忙停下腳步。他在警局的搭檔小倩，有搜集各國明信片的癖好，這次知道他要來西班牙，特別交代要寄明信片回來。

這是高傳丞第一次到歐洲旅遊。之所以選擇西班牙，則是因為今年七夕他一個人去餐廳吃飯，抽獎抽到了馬德里的來回機票。他原本有點懶，想把機票賣掉，但小倩卻鼓勵他來，說機會難得，又說西班牙女生很熱情開放。就衝著西班牙女生很熱情開放這點，高傳丞決定衝了，回家後立刻上網找住宿，確定機票日期。

「祝你在那邊一切順利！明信片要記得喔！」

臨行前，高傳丞收到小倩傳來的祝福訊息。他每次出國都懷抱著可以碰上什麼豔遇的夢想，但每次又都失望而歸。老實說他這次出國前也不抱什麼希望，畢竟時間只有大概兩個星期，他在臺灣光約女生出來，都要耗上兩三個月，而且通常都是一頓飯對方就不理他了。但就在昨天他抵達聖羅蘭佐這間公寓，看見安娜的那一剎那，高傳丞覺得這次結果或許會不一樣。而且美奈子也不錯，年紀也跟他比較接近。唯一的缺點就是李奕賢是個男的，要不然他真的覺得自己來到了天堂，不想回去上班了。

「誒誒，他們兩個是有交往過嗎？」

昨天晚上吃完拉麵，安娜收拾完廚房後先回房間，現場剩下高傳丞和美奈子兩個人時，高傳丞向對方偷偷打聽。

「你說李奕賢跟安娜？」

「是啊，李奕賢是不是對她始亂終棄還怎樣，安娜才會懷恨在心。」

「你在說什麼啊？」

美奈子一副丈二金剛摸不著頭腦的樣子，高傳丞於是提起李奕賢回房前警告安娜，要她「不要再耍這些手段了」。言下之意，就是安娜之前做過類似的事情。高傳丞名偵探的直覺告訴他，兩人肯定有過什麼愛恨糾葛。

「那是因為安娜有一次把李奕賢鎖在屋外，李奕賢覺得安娜是在報復他。」

「報復什麼？」

「報復李奕賢之前把她的一個音樂盒弄壞了。」

美奈子告訴高傅丞，安娜本來有個很寶貴的木製音樂盒，是以前她在育幼院時，有一年聖誕節一個老爺爺送給她的禮物。上上個月的某天晚上，李奕賢到安娜房間找安娜聊天，看到桌上的音樂盒，順手拿起來看，一不小心手滑，音樂盒摔到地上，裂成了兩半，修也修不好。安娜為了這件事，整整哭了三天。

「就在這件事發生後的一個月，一個星期二的晚上，」美奈子把手中的最後一口可樂倒進嘴裡。「我補習班的課傍晚結束，在外面吃完晚餐回到家，洗完澡九點多就先睡了，安娜則是參加社團活動，據說十點多回到家，十一點也就寢了。然後到了半夜一點，我睡到一半突然聽見外面有人在撞門，本來以為是強盜，來到客廳才聽到是李奕賢在外頭喊著：『開門！』那時我才知道，是安娜晚上關門時把門鍊也掛上了。」

「所以是妳幫他開的門？」

「我本來要去開，但才喊了聲『來了』，李奕賢就把門鍊撞斷了。」

「這麼猛？」

「因為他真的撞得很大力啊。」

美奈子聳聳肩，把喝完的可樂罐放到一旁。

「李奕賢怎麼那麼晚才回來啊？」高傅丞問道。

「他在馬德里的一間大學唸博士班，常常早出晚歸，我們也見怪不怪了。」
「嗯嗯。不過安娜應該是不小心的吧？」
「這就不知道了。畢竟這種事在那之前的半年來都沒有發生過。」
「半年？」
「安娜是這半年才搬進來的。」
「凡事總有第一次嘛。搞不好之後安娜又會不小心把門鍊掛上了。」
「這恐怕不太可能。」
「為什麼？」
「你沒注意到嗎？」美奈子當時指了指大門那一頭。「那次門鍊撞斷以後，我們就沒有修了，就是怕以後又發生一樣的事。」
「所以你們都認為安娜鎖門是為了報復李奕賢？」
「很難不這麼想吧，畢竟剛好在那之前，李奕賢才弄壞了安娜的音樂盒。」
「那李奕賢應該也沒什麼好說的吧，一來一往，剛好扯平。」
「問題是李奕賢弄壞安娜的音樂盒後，已經拚命地賠罪，安娜也說原諒他了，誰曉得後來又偷來這招，李奕賢才會覺得安娜說一套，做一套。」
「李奕賢當時撞門撞了多久？」
「據他說一分多鐘。」
「怎麼不打電話請人開門就好了呢？」
「可能沒想到吧。」

「安娜聽到撞門聲有起來嗎？」
「安娜睡覺有時候會戴著耳機，所以沒有聽到。」
「妳一聽到就起床了？」
「是啊。我聽見撞門聲走出房間，大門那邊一片黑暗，李奕賢在外面不斷的喊著：『給我開門！』我打開客廳的燈，喊了聲：『來了來了！』正要上去幫他開門，誰曉得話才說完，大門就忽然被他撞開來了。」
「安娜呢？還在睡？」
「門撞開來之後她就醒了。」
「她的反應是？」
「什麼都不知道的樣子。李奕賢問安娜音樂盒的事她是不是還懷恨在心，安娜說沒有。後來李奕賢弄清楚我跟安娜先後回家的時間，再責問安娜，安娜才說可能是她不小心把門鍊掛上了，不停跟李奕賢道歉。」
「這樣很好啊，應該就沒事了吧？」
「問題是李奕賢覺得安娜只是嘴巴說說，心裡面還是恨著他的。之前他就覺得安娜太容易就原諒他了，一定有鬼，果不其然接著就發生了鎖門事件。」
「李奕賢是不是想追安娜啊？」
「啊？」
美奈子眨了眨眼睛，好像他說了什麼奇怪的話似的。
「不然為什麼會到安娜房間找她聊天？」

「你說弄壞音樂盒那天？」
「嗯。」
「這我就不清楚了，感情的事你要問當事人。」
美奈子說著點了根菸，走到窗邊抽著。
「李奕賢當時要是小心一點就好了。那次之後，家裡氣氛就變得怪怪的。」
「妳原本跟安娜感情很不錯嗎？」
「嗯。但那件事之後，心裡就開始有疙瘩了。」
「覺得她其實心機很重？」
「有點。」
「可是安娜還當妳是好朋友欸。」
高傅丞舉了晚上安娜特地煮了拉麵要給她吃的例子。
「我不知道。總之回不去了。」
「李奕賢呢？他就這樣眼睜睜看妳們感情變壞？」
「他都自顧不暇了，哪有時間管我們？」
「自顧不暇？」
「該怎麼說呢，我記得李奕賢本來是個溫和有禮的人，最近這一兩年好像因為他爸在臺灣身體不太好的關係，變得有點悶悶不樂。」
「然後就一路變成了現在這個樣子？」
「其實安娜剛搬來的那一兩個月，他好像有比較開朗一點。但是後來不知道為什麼，又變得不太開心，然後在弄壞安娜的音樂盒之後，脾氣越來越暴躁。」
高傅丞心想，李奕賢九成九是喜歡上了安娜才會這樣。
「你們有想過再溝通看看嗎？」高傅丞問道。
「來不及了。」
「嗯？」
美奈子把菸捻了熄，丟到一旁桌上的可樂罐裡。
「我已經打算搬出去了。」
「什麼時候？」
高傅丞瞪大了眼睛，只見美奈子一臉疲倦地笑了笑。
「下個月吧，已經在找房子了。」

3

「你回來啦？」
高傅丞回到公寓，正好是上午十一點鐘。安娜躺在沙發上看電視，看見高傅丞進來，揮了揮手打了聲招呼。
「嗯，附近走走而已。妳不用去學校啊？」
「今天下午才有課。」安娜說著坐起身來。高傅丞這時才看到美奈子在廚房準備午餐，似乎是打算待會兒帶到補習班吃。

「李奕賢呢？」高傅丞四處張望了一下，沒看到他親愛的臺灣同胞。
「他去跑步了。」安娜說。
「這麼健康？」
「嗯，他每天早上都會去跑步，好勤勞。」
客廳旁邊就是廚房，安娜和美奈子兩人相隔不過四、五公尺的距離，卻連一點互動也沒有。高傅丞想到昨天晚上美奈子告訴他的那些事，覺得好好一段友情，因為一些小事而轉淡破裂，實在是非常可惜，於是決定雞婆一下，找個機會，再把兩人湊合在一起。來西班牙之前，他有先查過馬德里這有什麼非去不可的餐廳，當下隨便挑了一間，邀安娜跟美奈子週末一起去吃。安娜聽了，手舞足蹈，直說那間餐廳她早就想去了。美奈子反應雖然稍微冷淡了一點，但也是很爽快就答應了下來。
「那我來訂位！」
確定好時間，安娜正拿起手機來要訂位，一旁的大門打了開來。高傅丞看時，只見李奕賢戴著耳機，滿身大汗地走進屋裡。
「你回來啦？」安娜說。這句話似乎是她拿手的招呼用語。
李奕賢並沒有理會在場的三人，直接就往房間走去。對此，安娜跟美奈子似乎都習慣了，唯獨高傅丞急忙跟了上去。他心想李奕賢是這整起事件的男主角，如果想要這裡的氣氛回到從前那樣，就非得把他跟安娜的心結解開來不可。
「你週末有空嗎？要不要一起吃個飯？」
高傅丞跟到李奕賢房間門口問道。李奕賢正從椅背上拿了條毛巾在擦汗。

「跟你？」李奕賢回過頭來，一臉詫異。
「還有安娜跟美奈子。」
李奕賢沒有馬上回答，而是遲疑了一下，最後搖了搖頭。
「我週末已經跟同學約好了。」
「禮拜六還禮拜天？」
「禮拜六。」
「那我們禮拜天去吃啊。」
「禮拜天我要去學校準備論文的資料。」
「是喔。你在這邊唸的是什麼啊？」高傅丞隨口問道。
「NLP。」
「啊？」
「Natrual Language Processing，自然語言處理。」
「喔。」
「嗯。」
李奕賢說著在書桌前坐了下來。高傅丞心想，他這輩子沒碰過這麼難聊的人，正打算開溜之際，忽然發現原來李奕賢身上穿那件的T恤，胸前印著臺灣大學的英文縮寫「N.T.U.」，而一旁桌子上擺著一個馬克杯，上頭則是印著一座紅樓。他記得國中有個同學，後來考上臺北的建國中學，印象中也有這麼一個帥氣的杯子。
「怎麼會來西班牙唸書啊？」高傅丞好奇道。

「沒為什麼。」

「念博士很辛苦乎？我看你昨天那麼晚才回來。」

「昨天在學校寫新的程式。」

「那天也是嗎？」

「哪天？」

「安娜不小心把門鍊掛上的那天。」

李奕賢愣了一下，大概是沒料到他破門而入的事已經傳到外人耳裡了。

「那天跟幾個同學去喝酒。」李奕賢說。

「是喔，你們都去哪裡喝啊？下禮拜也帶我去見識一下。」

「再看看吧，最近大家剛好都比較忙。」

李奕賢話才說完，門口忽然一陣雀躍的腳步聲，安娜手拿著電話探頭進來。

「He reservado el restaurante. Es el Sábado a las dos y media de la tarde.」

「啊？」

「餐廳訂好了，禮拜六下午兩點半。」安娜吐了吐舌頭，用英語又說了一次。

「兩點半？下午茶嗎？」

「午餐啦。」

「這裡都三點才吃午餐的。」李奕賢說。

「那晚餐呢？」

「九點。」

「沒問題乎？」安娜在門口問道。

「Muy bien, muy bien。」高傅丞用西班牙文回道。「muy bien」是他昨天在飛機上跟空姊學的，就是英文「very good」的意思。

「你要去嗎？我訂了四個人的位子。」安娜問李奕賢道。

「我有事。」

「喔，那天改天再約吧。」

安娜聽起來有些失望，但表情還是笑笑的。高傅丞在旁邊看著，覺得實在是不可思議，他生平第一次見識到有男生拒絕正妹約吃飯的，而且一次還是兩個。難道李奕賢是怕他搶了自己的風采？高傅丞越想越覺得自己實在是罪孽深重。

「你還在想昨天的事嗎？」安娜離開後，高傅丞問道。

「沒有。」

「我覺得你們兩個真的需要敞開心胸，好好聊一下。」

「該敞開心胸的不是我。」

「你的意思是安娜一直在記恨？」

「難道不是嗎？弄壞音樂盒我已經跟她真心誠意道歉了，她表面上說沒關係，可是私底下又幹出那種事來，上個月一次，昨天又一次。」

「昨天的事不一定是安娜幹的。」

「難道是美奈子？」

高傅丞沒有回答。昨天美奈子比安娜晚回家，如果筆記本是她割的，安娜不會不知情。當然，如果安娜刻意包庇美奈子，那又是另一回事了。
「你覺得安娜跟美奈子誰比較可愛？」
「啊？」
「就外面那兩個啊。」
高傅丞心想來點成熟男人的話題，說不定可以拉近他跟李奕賢之間的距離。
「風格不同，很難比較。」李奕賢說。
「我覺得安娜比較可愛。」
「你去跟她講啊。」
「美奈子有時候給我的感覺冷冰冰的，不太喜歡。」
「老是笑咪咪的人才假吧。」
「你覺得安娜很假？」
「有點。」
李奕賢說著，往旁邊的衣櫃走去。
「美奈子要搬走了，你知道吧？」高傅丞站在原地問道。
「嗯，她有告訴我。」
李奕賢點點頭，從衣櫃裡拿出一件換洗衣物。
「和好吧。」
聽見高傅丞這麼說，李奕賢正要關上衣櫃的手，像定格一樣停在那裡。
「你應該也不希望美奈子離開吧？」

「她決定要走，我也沒辦法。」

「你可以挽留啊，我相信美奈子也捨不得你們。」

李奕賢遲疑了一下，好像有什麼話想說，但緊接著卻裝作沒事一樣，將眼前的衣櫃輕輕地闔了起來。

「還有事嗎？我要洗澡了。」

「好吧，那我先出去了，和好的事你再想想啦。」

高傅丞說完正要離開，不料走到房門口時，身後忽然傳來李奕賢的聲音。

「我覺得安娜太沒有警戒心了。」

「警戒心？」

高傅丞回頭一看，只見李奕賢將毛巾披在肩上，朝他走來。

「應該說她對什麼事都無所謂，什麼事都不在乎。永遠都那麼快快樂樂的，沒有煩惱，沒有憂愁，甚至不知道什麼叫做痛苦。」

「我不知道。我沒有辦法想像只有快樂，而沒有痛苦的人生。」

「這樣不好嗎？」

李奕賢聳了聳肩，接著關上了房門。

4

星期六這天，李奕賢一大早就出門運動，高傅丞等三人則是到了下午兩點，才一起出發前往安娜昨天預約的那家餐廳。

餐廳在 Gran Via 地鐵站附近，三人走路過去，抵達時剛好兩點二十分。安娜先進去問是否可以入座了，高傅丞跟美奈子則在餐廳外頭等著。半晌，大概兩點二十五分的時候，高傅丞看見安娜出來，以為是要通知他們進去，正要往裡衝的時候，忽然卻看見安娜跟美奈子用西班牙文說了幾句話，表情有些不太對勁。

「怎麼啦？」高傅丞問道。

「安娜訂錯時間了。」美奈子說。

「訂到幾點？三點？」

「兩點半。」

「那不就快到了嗎？」

高傅丞還沒搞清楚怎麼回事，只見安娜彷彿要告白一樣，看向他來。

「對不起，我訂到下禮拜六的。」

這就是人生啊，高傅丞在心中吶喊著。要是現在站在眼前的人是小倩，他肯定往對方頭上拍下去。但在兩個正妹面前，絕不能如此失態。男子漢大丈夫，一餐不吃不會少塊肉，高傅丞在心中不斷地告訴自己。

不過安娜到底是有責任心的人，聽到高傅丞肚子咕嚕咕嚕叫，急忙上網查附近哪裡還有評價滿點的餐廳。無奈好吃的餐廳雖多，但今天彷彿全馬德里的人都湧出來外食一樣，沒有一家在這個時間有空位。就在三人正要放棄，隨便去中華料理店吃個炒飯的時候，美奈子突然想到她有個朋友最近開了間餐廳，評價聽說還不錯，在雷提諾公園附近。高傅丞心想照今天的局勢看來，那家餐廳八成也客滿，沒想到美奈子打電話問，居然還有位子。三人於是跳上計程車，飛奔而去。

就這樣一波兩折，三人在三點快半的時候，才終於吃到了午餐。高傅丞原本的計畫是趁著這頓飯，重新拉近美奈子跟安娜兩人的距離，但因為實在是太餓了，高傅丞完全忘了這份重責大任，只顧著進食而已。到後來酒足飯飽之際，高傅丞忽然想起今天聚餐的目的，正要想些溫暖人心的話題，沒想到美奈子卻跑去跟餐廳老闆敘舊，留下他跟安娜孤男寡女相望而坐。高傅丞心想，這或許是天公伯給他的試煉，一段橫跨歐亞大陸轟轟烈烈的戀曲，眼看就要揭開序幕。不過高傅丞也不是完全沒有煩惱，他沒有辦法忍受遠距離戀愛，將來不是安娜搬來臺灣，就是他移居西班牙。如果是他搬來西班牙，那工作怎麼辦？要當偵探的話，他又不會說西班牙文。如果是安娜跟他回臺灣，雖然他省吃儉用，還是養得起兩個人，但是安娜不會說臺語，阿爸阿母則是英語不太溜，將來一家人溝通，他要一直當翻譯好像也有點麻煩。

想到這裡，高傅丞不禁覺得他和安娜的這段戀情，前景似乎有些令人擔憂。

「你在想什麼啊？」

高傅丞回過神來，安娜正搖晃著杯裡的紅酒。

「我在想怎樣才可以改善馬德里竊盜猖獗的問題。」高傅丞說。

「你被偷過東西喔？」

「還沒。」

安娜突然望向窗外，好像看到了哪個大明星一樣。

「那個人好厲害！」

高傅丞順著安娜的目光看去，只見是一個長頭髮的男性，戴著鴨舌帽，翹著腳坐在隔壁餐廳的露天區，一邊用餐一邊拿著本書看。

「哪裡厲害了？」高傅丞問道。

「剛剛他腳往旁邊一挪，忽然一坨鴿子大便就掉在他腳邊，好像他原本就知道鴿子要拉屎攻擊他一樣。」

「妳視力也太好了吧，這樣也看得見？」

「我猜的啦，因為旁邊的人都一臉驚訝的樣子。」

「湊巧的吧，哪有那麼厲害的人？」

安娜聳了聳肩，拿起桌上的杯子喝了口水。

「你是這方面的專家嗎？」

「哪方面？」

「治安專家啊，你剛不是說你在想要怎麼改善馬德里的竊盜問題？」

「噢，是啊。」

「有想到什麼方法嗎？」

高傅丞看了一眼窗外那個在看書的長髮男性，忽然靈機一動。

「以暴制暴。」

「你說抓到小偷就把手砍斷嗎？」

「沒那麼殘忍啦。」

高傅丞趕忙解釋自己的想法。他覺得有志於改善馬德里治安的民眾，沒事可以背著包包在街上亂晃。

「重點是包包要打開，讓自己成為竊賊的目標，然後裡面要放一些正常人摸了會害怕的東西。蟑螂、毛毛蟲是首選，但怕動保團體有意見，所以可以改放像是糞便、廚餘之類的穢物。小偷摸了幾次心靈受創，就知道這行飯沒有想像中的容易。這樣一來，馬德里的小偷應該就會逐漸銷聲匿跡。」

「你在臺灣是做什麼的啊？怎麼那麼有創意。」安娜呵呵笑道。

「警察。」

「所以臺灣都是這樣改善治安的嗎？」

「我回去會跟上頭建議看看。」

安娜好像對辦案很有興趣，知道他在臺灣是警察，精神整個都來了，一股勁地問有沒有什麼有趣的事。高傅丞心想機會終於來臨，連忙跟安娜分享最近一年他辦的幾個案子，包括陳冰阿姨那件殺人案、趙婷婷綁架案、八斗子啞巴作家殺人案、還有他來西班牙前幾個月，在臺北幫朋友破的那件街友殺人案。安娜聽得眼睛發亮，高傅丞不由得越說越起勁，心想原來當警察還有這層好處的啊。

故事總在高潮時會來個意外。就在高傅丞正要指出街友殺人案的真凶時，忽然兩個大概七、八歲的小毛頭，從他們旁邊跑過，停在吧檯前方。跑在後頭的那個小孩氣喘吁吁，指著另一個的鼻子，霹哩啪拉說了一大串西班牙文。高傅丞雖然聽不懂，但大概猜得到是一個搶了另一個的玩具，因為被指著鼻子的那個小毛頭，雙手擺在背後，擒著個掌心大小的機器人。在附近用餐客人集體的注視下，那個搶了人家玩具的小毛頭忽然間惱羞成怒，啪的一聲把機器人扔在地上，踹得四分五裂，另一個小毛頭看傻了眼，哇哇大哭起來。高傳丞本來自認為對小孩子有一套，但一來他不會講西班牙文，二來去年十一月在趙婷婷那起綁架案中，他跟趙哲儒交手過後信心大失，因此這會兒他還是決定當個旁觀者，默默地看著這一切在他眼皮底下發生。

「lo siento……」

不一會，雙方家長跟店經理都趕了過來。看到滿地的機器人殘骸，店經理一面叫人收拾乾淨，一面拿了些點心招待周圍用餐的客人。「lo siento」就是英文的「I'm sorry」，這也是那天在飛機上跟空姊學的。

騷動過後，高傳丞正想繼續剛才的話題，卻發現安娜似乎有些悶悶不樂。

「怎麼了嗎？」高傳丞問道。

安娜沒有馬上回答，而是喝了口酒，過了幾秒才緩緩開口。

「我以前在育幼院，也遇過一樣的事。」

「有人搶妳的玩具？」

「不是我的。」安娜搖搖頭，把酒杯放在桌上。「是老爺爺的孫子。」

「老爺爺？送妳音樂盒的那個嗎？」

「嗯嗯。老爺爺有個孫子，話還不太會說，每次都會跟著老爺爺一起來。或許是因為家境還不錯吧，老爺爺的孫子每次過來，都穿著不一樣的新衣服，玩著不一樣的新玩具。一些小孩看了，心裡吃味，就聯合起來欺負他。有一次玩過火了，把老爺爺的孫子關在儲藏室裡，老爺爺要回去時找不到人，以為出了什麼意外，差點要報警。最後是主謀眼看要闖禍了，趕緊自首，才沒有驚動警方。」

「也太扯了吧。」

「對啊。」安娜嘟了嘟嘴，拿起店經理招待的點心吃了一口。

「老爺爺那時候有說什麼嗎？」高傅丞問道。

「就很自責啊。我們後來才知道，老爺爺那個孫子父母親都過世了。老爺爺來育幼院，一方面是想要奉獻一點心力給世上那些無父無母的孩子，另一方面是他怕孫子寂寞，想要他來我們那邊多認識一些朋友，沒想到最後居然搞成這樣子。」

「那老爺爺之後還有再去育幼院嗎？」

「有，但都是一個人來，聽說把孫子留在家裡給奶奶照顧了。」

「那時候都沒人想要把小男孩放出來嗎？」高傅丞拿起紅酒喝了一口。

「有啊……」

安娜有些不好意思的樣子，高傅丞差點把酒噴了出來。

「妳喔？那結果呢？」

「他們發現也把我關了進去。」

高傅丞沒想到故事居然會拐到這個方向。

「那你們在裡面不是超害怕的？」

「還好啦。我們都在聊天。」

「還有心情聊天？」

「不還能幹麼?他本來在哭,看見我進來心情才比較緩和,我總不能跟他一起慌張吧?反正到最後一定會放我們出去的,緊張什麼?」

「那你們在裡面都聊什麼?」

「什麼都聊啊,像是喜歡吃的食物,長大以後想做的事。」

「他不是話都還不太會說?」

「對啊,所以大部分都是我在講話。」安娜說著自己笑了出來。

「妳那時候的志願是什麼?」高傅丞問道。

「科學家。」

「噢?那妳現在在學校唸什麼?」

「飯店管理。」

高傅丞愣了一下,心想這條路會不會愈走離目標愈遠?

「哎唷,我頭腦不好嘛。」安娜呵呵笑道。

「所以妳對飯店管理也有興趣?」

「還好。」

「那幹麼讀這個?」

「就隨便挑一個唸啊,主要是想上大學玩。」

「都沒對什麼事特別有興趣?」

「有,瑜伽。」

對乎,高傅丞想到禮拜四他一進公寓,就看到安娜在客廳做瑜伽。

「妳練瑜伽練多久了？」高傅丞問道。

「三個月。」

「是喔，自己在外面學嗎？」

安娜搖了搖頭。

「學校有社團，每個禮拜二晚上固定有社課。」

高傅丞忽然想了起來，美奈子說安娜不小心把門鍊掛上的那天好像就是禮拜二。高傅丞本來還不相信有人會那麼蠢，但現在比較了解安娜了，說她是社課結束興奮過了頭才幹出那種蠢事來，也不是沒有可能。

一想到美奈子，高傅丞探頭一看，發現她還在遠處跟老闆聊天。這時候高傅丞才猛然驚覺，今天吃大餐的目的是要挽救安娜跟美奈子逝去的友誼，但飯吃到現在，除了肚子很撐以外，該做的事情一點進展也沒有。高傅丞索性豁出去了，開門見山問安娜知不知道美奈子要搬出去的事。安娜表情突然黯淡下來，說她知道，也跟美奈子談過了，但美奈子似乎心意已決，無論如何都要離開現在那間公寓。

「問題的癥結在於妳跟李奕賢的關係。」高傅丞說。

「這我也不曉得怎麼會變成這樣。」

「禮拜四李奕賢的筆記本真的不是妳割的？」

「不是我，我發誓。」

「那美奈子呢？會是她割的嗎？」

「她為什麼要這麼做？」

「先不管動機。那天妳先回家，美奈子家教回來後，有沒有哪個時候妳在廁所或房間，看不到美奈子，哪怕是幾分鐘也好？」

「有是有，但是我不想這樣隨便懷疑別人。」

安娜說著拿起面前的紅酒，一飲而盡。她告訴高傅丞，家裡氣氛會變成現在這個樣子，她也很難過。她比誰都還要懷念她剛搬來時，晚上她煎了牛排，三人一起窩在客廳談天說地，李奕賢那時還會跟她們分享一些學校裡的事。

高傅丞忽然覺得，要修補這三人友誼的縫隙，似乎比想像中的還要困難，不是簡單的吃頓飯就可以了。以他縱橫名偵探界多年的經驗來看，要解決問題就要從癥結下手，而這次的事件之所以演變到今天這個局面，追根究柢就是因為上上個月李奕賢手滑，弄壞了安娜那個寶貝音樂盒的關係。雖然前幾天美奈子告訴他，安娜已經原諒李奕賢了，但這都是二手訊息，他想親耳聽聽當事人到底是怎麼想的。

「妳真的原諒李奕賢了嗎？」高傅丞問道。

「原諒什麼？」

安娜皺了皺眉頭，好像真不懂他在問什麼似的。

「音樂盒的事。」高傅丞說。

「你覺得我是那麼會記恨的人？」安娜反問道，聲音有些不悅。

「美奈子說那個音樂盒對妳來說很寶貴。」

「是啊。」

「可是李奕賢把它弄壞了。」

「所以呢？我就要恨他嗎？李奕賢又不是故意的。」
「那如果李奕賢是故意的呢？」
「是故意的我也不恨。」
「噢？」
「人的一生有限，我為什麼要花時間來恨人，而不是愛人？」
「話是這樣說沒錯，但是——」
「但是什麼？」
安娜打斷他的話道。就在這時，高傅丞赫然發現安娜眼框裡有淚水在打轉。那是委屈的眼淚，也是高傅丞第一次看到安娜這麼脆弱的一面。
「沒事。」
高傅丞搖搖頭，笑了一笑。
「妳說的對，人生應該要快樂一點才是。」

5

人生不如意事，十之八九。高傅丞原本打算用完餐，邀美奈子跟安娜到雷提諾公園晃一晃，培養培養感情。沒想到半晌離開餐廳，美奈子卻說跟朋友約了要去看電影，安娜也說有事要到別的地方。
「是喔，那就晚上再見啦。」高傅丞送兩人到地鐵站時說。

「嗯。掰啦！」安娜和美奈子一起朝他揮手告別。

雷提諾公園位於馬德里市中心東部邊緣，面積聽說廣達一點四平方公里。高傅丞和兩人分開行動後，自己跑到公園裡蹓躂，只見裡頭有長廊，有湖泊，有水晶宮，有玫瑰園，儼然就像座室外的博物館一樣。為了幫助消化，他從東走到西，再從西走到東。最後累了，就坐在湖畔休息，用思考消耗熱量。

安娜這個人還真是奇妙啊——高傅丞想起剛才在餐廳跟安娜聊天的內容，不禁下了這麼一個結論。之前李奕賢說安娜的人生沒有憂慮，他還半信半疑，可這會和安娜聊過之後，他卻也覺得李奕賢說的不無道理。一般人要是頭腦不好，沒有一技之長，又沒有明確的生活目標，擔心都來不及了，哪還可能笑得出來？可是安娜不一樣，別人眼中的煩憂對她來說都不算什麼，彷彿天塌下來她也不在乎似的。但如果安娜真的是這樣的人，有一點高傅丞實在是想不透，就是她為什麼要割李奕賢的筆記本？門鍊可以說是「不小心」掛上去，但筆記本總不可能「不小心」劃上個十幾刀吧？安娜雖然否認，高傅丞也很想相信她，但證據擺在眼前，目前嫌疑最大的就是安娜了。

「咦？」

高傅丞想著想著，不經意地往遠方一望，忽然間看見一個熟悉的人影。再仔細一看，那個人不就是李奕賢嗎？眾多棕髮碧眼的西方人中，就李奕賢一個東方臉孔，低著頭，獨自默默地走著。

昨天李奕賢說今天要跟朋友去吃飯，難道也在附近用餐？高傅丞正要上前打個招呼，一個長髮男子忽然從後方小跑步接近李奕賢，拍了他的肩膀一下。李奕賢嚇了一跳，急忙回過頭去。但兩人應該是互相認識，只見那個長髮男子面帶笑容，主動跟李奕賢說了許多話，倒是李奕賢不太領情，隨便應了幾句，揮揮手掉頭就走。長髮男子見狀雙手一攤，臉上寫滿了比阿諾史瓦辛格乳溝還要深的無奈。

「你認識李奕賢？」

高傅丞走上前去用英語問道，那個長髮男子愣了一下。

「你是？」

「我是他的室友，剛搬來的。」

高傅丞說完猛然一看，這人不就是剛剛坐在隔壁餐廳露天區的那個男的？

「小心！」

長髮男子忽然推了他一下，高傅丞還沒反應過來，只聽見啵的一小聲，一隻鴿子往前方飛去，他剛剛站的地方，則多出了一小坨黃黃綠綠的東西。

「你反應真快！」

「訓練出來的啊，這裡整座城市都是鴿子的糞坑。」

臺上十分鐘，臺下十年功，高傅丞真不敢想像眼前這個長髮男子，在這之前到底吃過多少鴿糞的苦頭。但是相逢即是有緣，高傅丞於是又自我介紹了一遍，說自己是臺灣來的，現在跟李奕賢住在同一棟公寓裡。對方則說他叫丹尼，跟李奕賢是同個系所的學生，剛在附近吃完午餐，順道過來散散步。

真是踏破鐵鞋無覓處，得來全不費工夫。高傅丞得知對方不趕時間，於是趁機打探了一下李奕賢在學校的狀況。丹尼說，大家一開始都覺得李奕賢是個溫和有禮的亞洲男生，雖然話不多，但是還是會跟同學一起出去玩。但後來大概是因為是語言不太通，還有文化不同的關係，慢慢的就跟同學漸行漸遠了。至於成績，博一修課時還算不錯，但後來開始做研究，似乎就不太順利。最近聽他的指導教授說，李奕賢博士論文寫的是「階層詞組辨識與機器翻譯」，但演算法卡了大半年了都沒有進展，很有可能到最後論文交不出來，五年多來的博士夢就這麼無疾而終。

「我看連李奕賢自己都差不多放棄了。」丹尼邊走邊說。

「喔？怎麼說？」

「論文都快難產了，他每天還是早早回家，沒有想要挽救的意思。」

「這禮拜也是這樣？」

「何止這禮拜？這整個月他都這樣過的。」

這就怪了，高傅丞心想。這禮拜四，也就是李奕賢筆記本被人割壞的那天，李奕賢很晚才回到公寓，不就是待在學校寫程式的關係？

「李奕賢在學校有跟哪個同學比較熟嗎？」高傅丞問道。

「他都獨來獨往。」

「可是我聽他說今天跟同學約了去吃飯。」

「誰啊？」丹尼一臉詫異。

「他沒有說。」

「應該是騙人的吧。這幾個月來我沒看他跟其他同學說過一句話。」

「李奕賢這幾個月特別自閉？」

「可以這麼說。」

「你剛說『其他同學』，意思是你有跟他聊過？」

「就有一次我看見他坐在學校樓梯間喝酒，過去跟他哈拉了一下，他突然眼框就紅了，說他很想家，很想臺灣，還說他老爸得了糖尿病還什麼的，已經一兩年了，他沒有兄弟姊妹，現在都是他媽媽在照顧的。我那時候看他好不容易敞開心胸，想要多瞭解他一點，誰知道他又沉默了起來。上次也是這樣子。」

「上次？」

丹尼忽然有些不好意思，問高傅丞他們公寓裡是不是有個女生叫安娜。

「李奕賢跟你說的？」

「嗯，就之前有一次我們幾個同學在市區的麥當勞討論事情，忽然看到外頭一個女生超正的，大家都議論紛紛，李奕賢卻很冷靜的說那個女的是他室友。當時只要是男的，都興奮了起來，起哄要李奕賢介紹給大家認識，可是李奕賢卻一直推託，說跟安娜不熟，然後再問他就什麼也不肯說了。」

「在那之後呢？你還有問過李奕賢安娜的事嗎？」高傅丞接著又問。

「有啊，但他好像不太高興的樣子。」

「這大概什麼時候的事？」

「上上個月吧。」

高傅丞記得鎖門事件是上個月的事，而上上個月則是李奕賢弄壞安娜音樂的那個時候。也就是說，李奕賢在安娜不小心把他鎖在屋外之前，就已經不太爽安娜了。這更讓高傅丞認為，他們倆一定還有什麼恩怨糾葛。

大概是因為高傅丞問題太多了，丹尼說著說著起了點疑心，高傅丞心想這又不是什麼命案，便把事情的概要大致說了一遍。丹尼聽了十分詫異，直說人不可貌相，但接著又指出了另一種可能：門鍊也有可能是美奈子掛的。當時她只要假裝在睡覺，然後等安娜回家之後，再偷偷起床掛上門鍊，就可以嫁禍到安娜身上。高傅丞聽了不禁在心中暗暗讚嘆起來，覺得這個丹尼心機甚重，是個做偵探的料。

「可是美奈子沒有動機啊。」高傅丞說。

「動機有時候就在眼前，只是我們視而不見而已。」

「這麼說也是——」

「小心！」

丹尼又推了他一下。和剛才一樣，腳邊又多了一坨鴿子的青糞。高傅丞這時再也按耐不住好奇心，追問丹尼他到底被鴿子凌辱了多少次才練就這身本領。

「一次都沒有。」

「真的假的？那你怎麼知道鴿子要拉屎了？」

「只要時機抓對就好了。」

「時機？」

「對啊，眼角餘光瞥到鴿子飛來，不管三七二十一先閃開就對了。」

「所以你也不曉得鴿子到底有沒有便意？」

「當然啦，我又不是鴿子。」

鴿子?丹尼話才說完，高傅丞腦中忽然閃過一道光亮。以往這時候，謎底緊接著就要揭曉了，可這會兒那道光亮卻像流星一般，轉瞬間就消失在黑暗之中。高傅丞只覺得有什麼地方不太對勁，可是卻說不出個所以然來。

「歹勢，你剛說什麼?」高傅丞問道。

「我說我又不是鴿子。」

「在那之前?」

「眼角餘光瞥到鴿子飛來，不管三七二十一先閃開就對了。」

「再之前?」

「只要時機抓對就好了。」

「再之前?」

「一次都沒有。」

算了，來不及了。高傅丞嘆了口氣。消失的靈感已經找不回來了。

「怎麼?你對鴿子大便很有興趣嗎?」丹尼問道。

「其實還好。」高傅丞說。

6

「房子找到了?」

「嗯，」安娜點點頭。「訂金也繳了。」

晚上九點五十八分，高傅丞回到聖羅蘭佐街上的公寓。一進門，就看見安娜在美奈子的房間幫忙整理東西。

「什麼時候要搬啊？」高傅丞站在房門口問道。

「下禮拜二或三吧。」美奈子從衣櫃拿出幾件衣服，攤在床上。

「高富帥，你幫忙勸勸美奈子啦，叫她不要離開我們。」

安娜像個小孩在撒嬌似的，美奈子見狀輕輕一笑，用日文對高傅丞說：

「你去休息吧，不要理她。」

此刻的安娜和美奈子，感情似乎比前幾天好了不少。高傅丞心想或許是下午那頓飯發揮了一點作用，又或許是兩人一起去搭地鐵時談了些什麼，又或許是美奈子因為要離開了所以比較釋懷。原因雖然不清楚，但這肯定是好事。

看到美奈子似乎還有許多東西要打包，高傅丞本來也想幫忙，但後來覺得女生的房間他不好意思進去，而且安娜和美奈子應該還有話要講，他在旁邊也不方便，於是就自個兒到客廳坐著看電視。高傅丞早有預感，電視他不太可能看太久，因為根本看不懂。果然不出所料，轉個十來台後他就把螢幕關掉，整個客廳頓時陷入一片寂靜。

接下來要幹什麼咧？

高傅丞無意間往走廊底端的大門一望，忽然興起了一個念頭。這裡原本和樂融融的氣氛，在兩個月前隨著安娜的音樂盒一起崩壞，而他眼前這扇大門的門鏈，又在一個月前被生氣氣的李奕賢撞掉。事到如今，音樂盒已經回天乏術，那可不可以退而求其次，把壞掉的門鍊裝上去，說不定大家破碎的感情也可以跟著修補起來。高傅丞愈想愈覺得有道理。

他記得之前看過那個門鏈，並沒有斷，只是繫在牆上的那端被撞擊的力道扯了下來。要修的話，只要用螺絲把門鍊的一端重新固定在牆上就可以了。

高傅丞到美奈子房間，問她們公寓裡有沒有螺絲跟螺絲起子。

「好像沒有。」美奈子說。

「是喔，那我再去大賣場找找看好了。」

「我記得有誒。」

安娜閉著一隻眼睛想了一會兒。

「好像是在電視下面那個櫃子，右邊第一個抽屜。」

「螺絲跟螺絲起子都有？」

「嗯。」

高傅丞回到客廳，打開安娜說的抽屜來看。裡頭滿是雜物，高傅丞找了一會，看到一盒裝著螺絲螺帽的塑膠盒子，可是就是找不到螺絲起子。

「沒找到嗎？」

高傅丞回頭一看，美奈子跟安娜也來到了客廳。

「我記得放這的啊。」安娜說。

「會不會是妳記錯了啊？哎呀，在這裡啦。」

美奈子打開旁邊一個抽屜一看，螺絲起子就和其他一些雜物擺在一起。

「這是什麼啊？」

抽屜裡還有一管像口紅的東西。安娜拿起來轉了一轉，忽然間一道光束打在她的臉上。原來那是支小型的手電筒。

安娜和美奈子一齊笑了出來。高傅丞本來也覺得好笑，可是下一秒鐘，猛然間又有一道光亮閃過他的腦中。不僅如此，這次那光亮並沒有稍縱即逝，而是像逢年過節的煙火一樣，持續了好一陣子，把他整個人都驚醒了。

「李奕賢被鎖在門外⋯⋯」

高傅丞想起禮拜四晚上和美奈子聊天，美奈子告訴他李奕賢被安娜鎖在門外那個晚上的事時，大概是這麼說的：「我聽見撞門聲走出房間，大門那邊一片黑暗，李奕賢在外面不斷的喊著：『給我開門！』我打開客廳的燈，喊了聲：『來了來了！』正要上去幫他開門，誰曉得話才說完，大門就忽然被他撞開來了。」高傅丞怕自己記憶有誤，又跟美奈子確認了一次，美奈子想了一想，說大致上是這樣沒錯。

「妳說妳有在外面兼日文家教？」高傅丞接著又問。

「嗯。」

「固定是禮拜四晚上？」

「對啊。怎麼了嗎？」

高傅丞沒有回答，而是看向一旁的安娜。

「妳瑜珈課是每個禮拜二的晚上？」

「嗯嗯。」

我的老天鵝，難道一直以來他都想錯了方向？高傅丞感到心跳加速，緊接著往旁邊李奕賢的房間快步走去。

李奕賢房裡和他上次進來時一樣，桌上擺著那個建中紅樓的馬克杯，旁邊的書架上，則是躺著幾本原文書和筆記本。高傅丞把筆記本拿起來翻了一翻，其中一本被割得稀巴爛，應該就是這禮拜四疑似安娜下手的那本。

李奕賢那天說自己博士攻讀的是「自然語言處理」，傍晚丹尼則說李奕賢博士論文的題目是「階層詞組辨識與機器翻譯」。高傅丞不懂自然語言處理到底是什麼，但他敢說絕不是這本筆記本上的東西。因為那筆記本裡寫的不是英文，不是西文，也不是中文，不是數學符號，也不是什麼高深莫測的圖形。說穿了，那一頁頁筆記本上的東西與塗鴉無異，而且是毫無章法的塗鴉，一筆一畫，力透紙背，完完全全就只是在發洩情緒而已。

「你在幹麼啊？」

美奈子和安娜這時也走了過來，站在房門口。

「你又不是不知道李奕賢的脾氣，被他知道你偷進他房間就慘了！」

「妳們覺得李奕賢是怎樣的人？」高傅丞沒有理會美奈子，逕自問道。

「怪人。」

這麼說的是美奈子。安娜好像有些不同意，不過也沒有反駁。高傅丞心想，或許在世人眼中，李奕賢就是所謂的「怪人」吧。

究竟上個月那個星期二的晚上，是誰把李奕賢鎖在門外的？而他現在手上這本近乎廢紙的筆記本，又是誰割爛的？高傅丞想起了今天下午，安娜說她有多麼懷念剛搬來這間公寓時，那段和美奈子、李奕賢三個人一起快快樂樂生活的時光。然後也想起了同樣是今天下午，李奕賢獨自一人在雷提諾公園遊蕩的身影。

接著，他腦中浮現了丹尼說的那句話。

動機有時候就在眼前，只是我們視而不見罷了。

7

隔天，高傅丞起得較晚，醒來的時候已經接近早上十點。梳洗完畢後，來到客廳沒見到安娜跟美奈子，反倒是在大門口那，身穿運動服的李奕賢正坐在一張凳子上綁鞋帶，脖子上掛著一對藍牙耳機。

「要去運動啊？」高傅丞走過去打了聲招呼。

「嗯。」李奕賢頭也沒抬。他剛綁完左腳鞋帶，現在換綁右腳的。

「聽說美奈子房子已經找到了。」

李奕賢綁完鞋帶正要站起來，聽到高傅丞這麼說，好像被什麼東西給壓了回去。

「什麼時候搬？」

「好像是下個禮拜。昨天晚上安娜在幫美奈子整理東西，她看起來很捨不得的樣子。昨天在餐廳裡，她跟我說她很懷念剛搬過來的時候，晚上她煎了牛排，你們三個人窩在客廳、一起享用的那段時光。你還記得嗎？」

李奕賢沒有回答，直接站起身來。毫無疑問，他在閃躲這個話題。

「這？」李奕賢往前一走，看見一旁接起來的門鏈。

「我昨天晚上修的。螺絲起子本來放錯抽屜，差點找不到。」

「喔。」

「你最近有用嗎？」

「沒有。」

李奕賢說著打開大門。這時——

「和好吧！」高傅丞在他身後喊了一聲。「不管以前發生什麼事，大家都不要再計較了，重新開始如何？」

「來不及了。」

「來得及，只要你敞開心胸就可以了！」

「我……」

李奕賢回過頭來，欲言又止。高傅丞看得出來他在動搖。

「你再考慮一下啦！」

高傅丞走上前去，拍了拍李奕賢的肩膀。李奕賢感覺有些為難，但最後還是點了點頭，應了聲：「嗯，我知道了。」然後戴上耳機，在天井灑下來的陽光中，沿著一旁的木頭樓梯，嘎茲嘎茲地往公寓一樓跑了下去。

李奕賢離開後，高傅丞肚子突然餓了起來，於是便到廚房拿出前幾天買的麵包和牛奶裹腹。半晌大概十點半鐘，有人回來了，高傅丞出去一看，是美奈子，她說她剛剛和安娜一起出去吃早餐。高傅丞想起昨天晚上，他闖進李奕賢的房間，安娜和美奈子都嚇了一跳，問說發生什麼事了。當時他心中縱然有千言萬語，卻仍堅守名偵探的原則一句話也沒有透露，最後找了個藉口矇混過去，就趕緊回房休息。

「安娜呢？沒跟妳一起回來？」美奈子走進廚房，高傅丞也跟了進來。

「去買菜了。她中午好像要煮的樣子。」

美奈子打開冰箱，倒了杯果汁喝。高傅丞心想，安娜大概是想趁美奈子還在的時候，多做點料理一起享用吧。

「所以妳真的確定要搬出去了？」高傅丞問道。

「嗯。」

「不會覺得有些遺憾？」

「有什麼好遺憾的？」美奈子把杯子洗了一洗，放了回去。

「妳不想知道這一兩個月來，一連串惡作劇背後的『凶手』是誰？」

「不就是安娜？」

美奈子說著轉過身來。高傅丞心想她大概以為自己問了個傻問題，因為就各種證據來看，的確，「凶手」除了安娜也沒別人了。

「妳還記得妳之前跟我提過，李奕賢最近一兩年的轉變嗎？」高傅丞問道。

「你說他爸爸在臺灣生病的事？」

「嗯。」

「跟這次的事件有關係？」

「那只是個起點，關鍵在於後來發生的事。」

「後來發生的事……」

美奈子想了一想，抬起頭來。

「安娜搬來這？」

「嗯。那天妳告訴我，安娜剛搬過來的那一兩個月，李奕賢有比較開朗一點，但是後來不知道為什麼，又變得不太開心，然後在弄壞安娜的音樂盒之後，脾氣變得越來越暴躁。換句話說，在弄壞安娜的音樂盒之前，李奕賢的『心境』已經有所轉變。如果我們能夠知道背後的原因，這幾次惡作劇的動機就會迎刃而解。」

「你是說李奕賢跟安娜私底下還有其他的糾葛？」

「應該說是單方面的糾葛。」

「單方面？」

「嗯。不過這個我們待會再討論。我想先說一下上個月安娜『不小心』把門鍊掛上，李奕賢在半夜破門而入的事。」

高傅丞說到這停了下來，和美奈子分享昨天在雷提諾公園和丹尼的談話內容。

「一閃而過的光亮？」

「嗯。那時候我也不曉得這個靈感是什麼，可是現在我明白了。」

高傅丞說著把手中最後一口麵包塞進嘴中。

「是『時機』。」

「時機？躲鳥糞的時機？」

「破門而入的時機。」

美奈子表情有些疑惑，在高傅丞對面拉了把椅子坐了下來。

「昨天我也跟妳確認過了那天晚上的情形。妳說妳聽見撞門聲走出房間，大門那邊一片黑暗，李奕賢在外面不斷的喊著：『給我開門！』接著妳打開客廳的燈，喊了聲：『來了來了！』正要上去幫他開門，大門就忽然被他撞了開來。」

「所以呢？」

「我覺得奇怪的是，妳都說妳要去開門了，李奕賢為什麼還要繼續撞門？」

「也許他沒聽到啊。」

「當時已經是晚上了，四周很安靜，不應該聽不到才對。」

「那是為什麼？他就是想把門撞破？」

「或者應該說，他不能讓妳來幫他開門。」

「喔？」

高傅丞沒有直接回答，而是像所有名偵探一樣，繼續拐彎抹角引導下去。

「妳再回憶一下，妳那時候走出房間，看到了什麼？」

「什麼都看不到啊，燈又沒開。」

「這就是奇怪的地方！」高傅丞在桌上敲了兩下。「要不是昨天安娜不小心打開了手電筒，我還不會發覺。」

「什麼意思？」

「妳想想，如果那時候李奕賢『真的』在撞門，大門那邊怎麼可能一片漆黑？」

美奈子捂著嘴巴，好像終於明白他想說什麼了。

「李奕賢那時候如果真的想進來，但是被門鍊鎖住，請況應該是這樣的：開門，發現門鍊掛著，然後撞門。但是如果真是這樣，那當時妳走出房間，大門那邊就不可能是一片漆黑，因為這間公寓的走廊有自動照明設備，李奕賢只要站在門外，走廊的燈就會自動亮起，妳一定會看到光從打開的門縫照射進來的！當時大門那邊會一片漆黑，理由只有一個：門是關著的。而李奕賢會關著門撞門的理由也只有一個，就是那時的門鍊根本就沒有掛上，這也是為什麼妳一喊說要幫他開門，門馬上就被撞開來的原因。因為他不能讓妳來到門邊，發現門鍊根本就沒有掛上！」

「可是門鍊鎖在牆上的那一端的確是脫落的啊，螺絲也都噴到了地上。」

「那是李奕賢事先弄好的。」

「這樣我跟安娜不可能沒有發現啊。」

「我所謂的『事先』，指的是妳跟安娜入睡之後，到他破門而入的這段時間。」

「難道……」

「沒錯。李奕賢那天晚上回到公寓，先悄悄地打開門來，用事先準備好的螺絲起子把門鍊繫在牆上的那端解開，然後把螺絲撒在地上。接著等隔天再把螺絲起子放回櫃子裡，只不過放錯了抽屜，昨天我才會找不到。」

「為什麼？」

美奈子愣愣的看著高傳丞。

「李奕賢為什麼要這麼做？」

「他想改變現狀。」

「現狀？」

「或者說他想要破壞這間公寓原本美好的氣氛。」

「為什麼？這樣做對他有什麼好處？」

「這我也很難想像。不過如果說得赤裸一點，他的目的其實就只有一個。」

高傅丞嘆了口氣，看著眼前的美奈子。

「讓安娜痛苦。」

8

高傅丞看了一下時間，再十分就十一點整。如果安娜是十點半吃完早餐去買菜的話，以西班牙人做事慢慢吞吞拖拖拉拉的特性，再加上安娜本身在街上遇到什麼新奇的事物都可以耗個半天，十二點前大概不會回來了。

不過這樣也好，他才有時間把昨天晚上積到現在的話，統統說給美奈子聽。

李奕賢想讓安娜痛苦，這是高傅丞歸納出來的結論，但李奕賢這個念頭究竟從何而來，高傅丞想來想去，發覺動機或許真的就像丹尼說的，遠在天邊，近在眼前。那天聽丹尼說李奕賢在學校的狀況很差，不僅博士學位最後可能拿不到，五年多來的心血化為烏有，跟同學的互動也幾乎是零。簡單來說，李奕賢是孤獨的，他在自身周圍築起一道道高牆，不僅別人進不去，他自己也出不來。

高傅丞實在搞不懂，為什麼這麼優秀的人才，從建中一路念到臺大，來到異鄉就黯淡了下來？一開始或許是是因為語言不通，環境不適應，再來則是在臺灣的父親身體不適，自己身為獨子卻無法回去照顧，心情受到影響。然而想到後來，高傅丞深深覺得這些外在因素只是引信，真正的炸藥是李奕賢那好強不肯服輸的個性。在臺灣一輩子沒嘗過失敗的滋味，沒想到來到國外，挫折一個個接踵而來，把他的自信心一下子都擊垮了。大部分的人在這時候會選擇求救，但李奕賢的孤傲不允許他這麼做，他選擇把自己封閉起來，不讓外人看到他的煎熬，最終作繭自縛，越陷越深。

「這跟安娜又有什麼關係？難道安娜數落過他？」美奈子問道。

「安娜刺激到他了。」

「刺激？」

「嗯。昨天丹尼說李奕賢『這幾個月』特別自閉，如果我們把時間放寬成最近半年的話，這半年來李奕賢生活唯一的改變，就是安娜搬進來這間公寓。」

美奈子皺了皺眉頭。

「難道就像你說的，李奕賢想追安娜，但被拒絕了？」

「沒有那麼複雜。那道衝擊著李奕賢內心的力量，說穿了就只是種人類與生俱來的情感。我想昨天在餐廳妳應該也有看到吧？兩個小男孩，一個搶了另一個的玩具想要占為己有，最後不成索性把玩具給踩壞了。」

「嗯。」

「你覺得那個小男孩最後為什麼要把玩具踩壞掉？」

「嫉妒啊。」

美奈子說著愣了一下。

「你是說李奕賢『嫉妒』安娜？」

「嗯。窮小孩嫉妒有錢人家的小孩，這是物質上的嫉妒，但這世上還有一種嫉妒，是聚焦在無形的財富上。就像剛剛說的，李奕賢來到西班牙後諸事不順，後來又因為在臺灣的父親生病的關係，心情進一步受到影響，連帶著把原本就已經不太好的人際關係還有學校課業搞得更糟更失敗。然後就在最近半年，這可能是李奕賢最痛苦、最煎熬的時刻，安娜搬了過來，把李奕賢從谷底再往深淵下推去——」

「安娜有這個能耐？」美奈子又皺了一下眉頭。

「有。對李奕賢來說，安娜是個徹徹底底的怪人。」

「怪人？」

「安娜無父無母，從小就是個孤兒，在學校成績不好，生活也沒有什麼遠大的目標。這種走一步算一步，今天不知道明天在哪的人生，在李奕賢這類的人看來，是沒有辦法想像的。我想李奕賢心裡大概在想，憑什麼我那麼優秀，活得那麼努力，卻還是失敗，可是安娜什麼都不懂，什麼都不會，為什麼還可以過得那麼無憂無慮？明明沒有人關愛，明明前途一片黯淡，明明是個失敗的人生，明明生活中有那麼多讓人不開心的事，怎麼還可以活得那麼快樂？怎麼還笑得出來？李奕賢怎麼想也想不透，他覺得安娜戴著面具，他覺得安娜的快樂都是演出來的。他因為自己生活不順，不知不覺就嫉妒起安娜天生樂觀的個性。他想要揭開安娜心中黑暗的一面，想要讓安娜嘗嘗痛苦的滋味，於是就自導自演了這一連串的惡作劇。」

美奈子閉起眼睛，呼了口氣。

「這就是你一開始說的，李奕賢『心境』轉變的原因？」

「沒錯。」

「李奕賢弄壞安娜的音樂盒也不是意外？」

「恐怕不是。我猜，李奕賢一開始就只是打算弄壞音樂盒而已，還沒有後來的那些計劃。他大概在想，那個音樂盒是安娜最寶貴的東西，弄壞了安娜應該會難過，會失落，會從此一蹶不振吧？沒想到安娜只是哭了幾天，又回到以前那個無憂無慮的樣子。李奕賢於是順勢而為，演出了接下來安娜為了報復把他鎖在門外的戲，希望妳也可以因此討厭安娜。他要看看安娜被孤立之後，是不是還可以那麼快樂。」

「所以他才挑了禮拜二？」

「嗯。安娜每個禮拜二晚上都會去上瑜伽課，比較晚回家，所以他就特地挑了那天，在外面晃到了半夜再回去，假裝被鎖在門外。」

「然後星期四是因為我在家教？」

「對。那天因為安娜比妳早回來，大家自然就會覺得筆記本是她割的。」

「所以筆記本也是他事先就準備好了？」

「應該是這樣沒錯。」

高傅丞心想，李奕賢拿美工刀割爛自己的筆記本，最原始的目的恐怕不是為了嫁禍給安娜，而是單純為了發洩情緒，把他對生活中的挫折與不滿，對安娜的羨慕與嫉妒，一刀一刀的宣洩在那原本就載滿了憤怒的筆記本上。

「太過分了。」美奈子雙手握拳，眼淚感覺快滴下來的樣子。

「妳打算怎麼辦？」高傅丞問道。

「把事情攤開來啊。」

「沒有想過再給李奕賢一次機會嗎？」

「你覺得應該要原諒他？」

「嗯。」

「為什麼？」

「因為我覺得他很可憐。人是群居的動物，都渴望朋友，渴望有人陪伴，可是李奕賢卻是一個人活在自己的世界裡。」

「那是他的選擇啊。」

「人都有迷失，都有走錯路的時候。看到有人要自殺，我不覺得因為那是他的選擇，就應該放任他去而不阻止。很多孤獨的人，雖然表面上裝得堅強獨立，可是其實內心都是希望有人拉自己一把的。他們離開人群，不見得是討厭跟人聚在一起，也可能是因為『害怕』，害怕大家看見自己的軟弱和無助。」

「害怕……」

「嗯嗯。我之前問過李奕賢，上個月被鎖在門外的那個星期二晚上他去了哪裡，怎麼那麼晚才回來，他說跟同學去喝酒了；筆記本被人割爛的這個星期四，他則說他留在學校寫程式。這些都是謊言，丹尼說他在學校根本沒有跟人互動，論文也沒有進展，這幾個月每天都早早就回去了。李奕賢就這樣一個人在外面晃到了深夜才回來，這種靠著謊言維持自尊，靠著謊言苟延殘喘的生活難道不可憐嗎？」

美奈子一直低著頭，默默的沒有說話。

「妳知道李奕賢昨天為什麼會去雷提諾公園嗎？」

美奈子愣愣地抬起頭來。

「因為他知道我們要去Gran Via吃飯。Gran Via在我們現在這間公寓的西南邊，李奕賢根本沒有要跟人吃飯，他只是為了躲我們，為了不讓我們看見他的孤獨，才特地跑到東南邊的雷提諾公園去遊蕩的。只是不巧安娜餐廳訂錯了時間，我們才又換到雷提諾公園旁邊的餐廳，我才會碰巧在公園看到李奕賢。那裡觀光客那麼多，李奕賢如果真的討厭人群，為什麼不去荒郊野外，而要去雷提諾公園人擠人？可見李奕賢其實打從心裡還是渴望接觸人群，融入人群的。」

高傅丞用他所能想到最誠懇的眼神看著美奈子。他當警察的這幾年，看過不少人間悲劇，就是因為寂寞而起。孤獨需要的是溫暖，而不是隔絕。李奕賢做的這些事雖然很不應該，但也還不到窮凶惡極，罪無可赦的地步。

「我求求妳，再給李奕賢一次機會吧。」高傅丞說。

「為什麼你要做到這個地步？」美奈子一臉不敢置信的問道。

「因為我是警察。」

「警察的職責不就是鏟奸除惡嗎？」

「鏟奸除惡只是手段，並不是最終的目的。警察真正的天職在於——」

高傅丞說著露出他所能想到最迷人的笑容來。

「讓這個世界變得更美好。」

9

高傅丞正坐在客廳，猜測美奈子最後會如何決定的時候，前方大門突然傳來開門聲。安娜提著兩大袋食材走進屋裡。

「李奕賢在家嗎？」安娜問道。

「他去跑步了。」高傅丞走上前去，幫忙把東西提到客廳放著。

「美奈子呢？該不會也出去了吧？」

「她在房間。」

現在是中午十二點〇五分。方才高傅丞跟美奈子說完自己的推論，美奈子說她需要想一想，就回到房間裡了。到現在已經過了半個鐘頭。

「妳去中華超市啊？」高傅丞看袋子裡裝著地瓜粉和低筋麵粉。

「對呀，我要做臺式炸雞排。」

「真的假的？」

「嗯，我昨天晚上心血來潮，上網查了一些臺灣料理的食譜，然後就看到了炸雞排。你等下幫我嘗嘗做得怎樣。」

「好啊好啊，我跟李奕賢可以幫妳鑑定一下。」

「李奕賢肯吃我做的東西嗎……」

「放心啦，」高傅丞比了個ＯＫ的手勢。「我會逼他吃下去的。」

兩人說著把食材拿到廚房，該冰的先冰起來，該洗的先洗乾淨。高傅丞在臺灣吃東西很厲害，但是煮東西一竅不通，所以現在也沒辦法主動幫什麼忙，而是像個初入廚房的小新婦一樣，安娜叫他做什麼他就做什麼。

就在兩人忙到一半的時候，大門又傳來了開門的聲音。高傅丞回頭一看，只見李奕賢肩上披著條毛巾，滿頭大汗地從客廳走進廚房來，看見他跟安娜，有些尷尬地打了聲招呼，然後就默默地打開冰箱，倒了杯果汁喝。高傅丞心想，應該現在邀李奕賢午餐一起在家裡吃嗎？李奕賢會不會拉不下臉來答應，就乾脆直接拒絕？還是要等到東西都弄好了，再用食物的香味來誘惑他？但很明顯的，這些問題安娜都沒有放在心上，只見她一邊準備油鍋，一邊掛上她那無憂無慮的笑容，問李奕賢道：

「我中午做了一些臺灣料理，你要不要一起吃？」

「呃……」

「炸雞排喔。」

高傅丞指了指一旁流理臺上，兩大塊細綿綿的帶骨雞胸肉。就在這時，安娜忽然往客廳的方向望去，高傅丞跟著一看，只見美奈子從房間那頭走來，看到他們三人都在廚房，顯得有些緊張、又有些欣慰的樣子。

「妳來了正好，待會午餐一起吃吧。」安娜說。

「嗯。」

美奈子點點頭，看了高傅丞一眼，接著把目光移向她的兩個室友。

「我不搬家了。」

安娜跟李奕賢面面相覷。
「發生什麼事了嗎?」安娜上前問道。
「我後來想想，現在那邊的房租有點貴，本來想多兼幾個家教，但是忽然覺得好累，想說這邊的生活也已經習慣了，還是繼續住下來好了。」
「妳約簽了嗎?」李奕賢問道。
「嗯。」
「那訂金怎麼辦?房東會退嗎?」安娜問道。
「沒差啦，才兩百歐而已。」
美奈子說得豪氣干雲，樂得安娜抓著她的手又叫又跳。李奕賢則顯得有些尷尬，連忙到一旁洗他剛剛喝完果汁的杯子。
「你待會有要一起吃午餐嗎?」安娜問道。
李奕賢停下手邊的動作，感覺有些掙扎。
「就一起吃吧。」美奈子說。
「下次好了。」
李奕賢轉過身來，把洗好的杯子放到架子上。
「我今天跟同學有約了。」
高傅丞和美奈子對望一眼。看來李奕賢還是沒有打算敞開心胸。
「那你下禮拜什麼時候有空?我再來做一次臺灣料理。」安娜問道。
「禮拜四吧。」

「禮拜四啊，那天美奈子有家教。」

「那就禮拜三吧。」

李奕賢說完好像下定了甚麼決心似的，看了高傅丞一眼後，轉向一旁的美奈子。

「妳剛說訂金兩百歐？」

「嗯。」

「我幫妳出一半吧。」

李奕賢此話一出，大家都嚇了一大跳。

「不用了啦。」美奈子說。

「我待會拿給妳。」

李奕賢不由分說，拋下這句話就匆匆離開廚房，往浴室走去。美奈子則好像有人跟她告白似的，愣愣地站在原地。

「李奕賢今天心情好像特別好誒。」安娜走過來美奈子身旁。

「是啊。」

「那我也跟他一樣好了。」

「什麼一樣？」

「幫妳出一半的錢。」安娜笑了笑說。

「妳發財囉？」

「應該說是有東西失而復得。」

安娜說完，回到流理臺繼續準備料理，美奈子也捲起袖子過去幫忙。高傅丞站在廚房門口，看著安娜一邊熱油鍋，一邊和美奈子談天說地的背影，不禁想到了他先前覺得安娜是個極度樂天派的女孩，生活沒有目標、沒有志向，但卻還是無憂無慮地過著每一天。

這會兒他覺得自己錯了。安娜並非沒有目標，她的目標甚至比誰都還要明確，還要堅定。安娜不求金錢，不求學識，不求地位，不求名望，她要的很簡單，就只是快樂而已。她要活得快樂，活得開心，活得自在；她要身邊的每一個人都跟她一樣，縱使遇到挫折，遇到困難，還是可以帶著笑容昂首闊步的走下去。

先前美奈子說，李奕賢本來是個溫和有禮的人，這一兩年因為父親生病而悶悶不樂，後來又因為安娜搬來這裡而重拾笑容，就是最好的證明。遺憾的是，最後李奕賢自己不堪孤獨，卻又不肯服輸，進而想要摧毀安娜那與生俱來的樂觀性格。所幸現在情況慢慢改變了，李奕賢似乎也體會到旁人縱然可以在他孤苦的時候給他幫助，但要活得快樂，還是得靠自己的力量踏出那第一步才行。看著公寓裡大家的感情又要好轉起來，高傅丞心想這趟馬德里之行，縱使豔遇的目標沒有達成，至少也算是有點收獲和貢獻了。

「喂，高富帥！」

高傅丞回過神來，只見安娜把油鍋裡剛炸好的雞排撈起來放到盤子上，接著切了一小塊下來，熱騰騰的遞給了他。

「你吃吃看。」

高傅丞吞了吞口水。這是他這輩子除了阿母以外，第一次有異性餵他東西。

「怎樣？」安娜看他吃下雞排，連忙問道。

「好燙。」

「誰管你燙不燙，到底好不好吃啦？」美奈子在一旁笑著說道。
「還不錯，八十七分。」
「所以有臺灣的味道乎？」安娜問道。
「一半。」
「才一半而已呀？」
「嗯。另一半是西班牙的味道。」
而兩者加起來——，高傅丞忽然覺得未來充滿了希望。
就是異國戀的味道。

採訪現場（六）

「你跟安娜後來沒有聯絡了嗎？」

「還有啊。」

「所以是因為遠距離沒辦法發展下去，還是語言的隔閡？」

「比這些都還要殘酷。」

高傅丞拿出手機，打開安娜的 instagram 遞了過去。崔嘉琪滑了幾張照片，嘴裡一直唸著「好可愛喔」，接著突然一驚。

「安娜是……蕾絲邊？」

「對呀，我知道的時候也嚇一大跳。」

安娜的 instagram，上頭大多是她四處遊玩的照片，少數幾張是跟另一個女孩的合照，對方裝扮相對男性化，兩人擁抱在一起的樣子十分親密。高傅丞後來偷偷打聽，迎來晴天霹靂的消息：安娜是女同志，跟那個女孩交往超過五年了。

「那這就沒辦法了。」崔嘉琪把手機還給高傅丞。

「對呀。」

高傅丞接過手機的時候，兩人的手不小心碰在了一起。崔嘉琪起先一愣，隨即露出笑容，這讓高傅丞有一種觸電的感覺，一瞬間差點脫口而出說：「我喜歡妳，請妳跟我交往，我會讓妳忘掉前男友的！」最後靠著他名偵探的意志力才把這股衝動壓了下來。前輩們說過，告白是男女互動的大忌，但約出去走走晃晃應該是可以的吧？高傅丞知道市區新開了一間義大利餐廳，口碑不錯，待會就約她去那吧！

「歡迎光臨！」

咖啡廳的服務生突然喊了一聲。高傅丞抬頭一看，只見一個跟他年紀差不多，戴著太陽眼鏡的男性在入口處東張西望。

接著，那個男性像發現了什麼似的，往他們這邊走來。

崔嘉琪也注意到了，睜大眼睛看向對方。

「前男友？」高傅丞心中一驚，向崔嘉琪確認道。

「喔，對啊……」

這個不要臉的傢伙，居然死纏爛打到這個程度！高傅丞捲起袖子站起身來。他明白這是他通往幸福的道路上，不得不面對的決鬥。

但是——

「妳幹麼都不接電話啦——」

崔嘉琪跟著起身，立刻被太陽眼鏡男一把抓住。高傅丞本想拉開對方，但他名偵探的直覺告訴他，事情有些不太對勁。

崔嘉琪並沒有掙扎反抗，只是把頭撇了過去。

「早上的事，對不起啦。」太陽眼鏡男低聲下氣地說。

「哪有人這麼不小心的。」

崔嘉琪裝出生氣的表情。兩人這一來一往，吸引了全場的目光。太陽眼鏡男好像到這時才注意到，崔嘉琪身旁還站著另外一個人。
「這位是？」
「我採訪的對象啊，前兩天不是跟你講過了？」
「喔喔喔，就是那位名偵探啊。」太陽眼鏡男看向高傅丞，舉起手來跟他握了一握。「不好意思麻煩你了，我太太就是這樣，整天想那些推理的東西。」
「太太？」高傅丞瞪大眼睛。
「對呀。我跟嘉琪去年結婚的。」
太陽眼鏡男說著摘下太陽眼鏡，把手搭在崔嘉琪的肩膀上。
「早知道就不跟你結婚了。」
「幹麼這樣？都是天氣那麼冷，我才會不小心嘛……」
高傅丞縱使才高八斗，還是聽不懂兩人在說什麼。
「就早上我吃口香糖，」太陽眼鏡男露出尷尬的笑容。「一不小心打了個噴嚏，口香糖噴到了嘉琪的頭髮上——」
「哪有人打噴嚏不捂嘴巴的啦，害人家要把頭髮剪掉。」崔嘉琪嘟著嘴說。
「就反應不過來啊，妳原諒我啦。」
太陽眼鏡男摟著崔嘉琪，兩人就這樣在大庭廣眾下打情罵俏起來。
「採訪結束了嗎？晚上我帶妳去吃好吃的！」
「什麼好吃的？」
「祕密。妳到時候就知道了。」

崔嘉琪似乎這時才發現高傳丞就站在旁邊，連忙從太陽眼鏡男的懷中掙脫開來。

「我看看喔，採訪應該是到這邊差不多了。」

「所以我們要告別了嗎？」

「對啊。不過你別擔心，」崔嘉琪回到位子上收拾筆電。「報導寫完我會先給你看過一遍，有什麼不滿意的地方再跟我說，不用客氣。」

「喔，好啊。」

「時間先抓兩個月後吧，我要先去採訪其他名偵探。啊，對了——」

崔嘉琪突然想到什麼似的，抬起頭來看向高傳丞。

「我差點忘了跟你說，我跟他啊，」崔嘉琪指了指跟在她身後的太陽眼鏡男。「是在宜蘭的海邊認識的。那時候是夏天，我跟朋友去衝浪，我因為是第一次衝，一直站不起來，他跟他朋友就過來搭訕，教我們一些訣竅。還滿有用的耶，我試了幾次真的就成功了。然後當天晚上，我們兩群人就到羅東夜市，他一直纏著我聊天……」

「妳幹麼說這個啊？」太陽眼鏡男感覺有些害羞。

「這位警官說想要知道我們認識的經過呀。」

「可以了、可以了，我大概知道了。」高傳丞抬起雙手，示意可以停止了。

「嗯，大概就是這樣。」

崔嘉琪將筆電關機後，放到隨身的包包裡頭。

「今天非常謝謝你！」崔嘉琪朝著高傳丞微微鞠躬致意，一旁的太陽眼鏡男則是舉起手來，做了個敬禮的手勢。

「不會不會。」高傅丞努力裝出個不要太尷尬的笑容回應。

「那今天就這樣啦，我們先走了。」

「嗯，掰掰。」

目送兩人離開咖啡廳後，高傅丞砰的一聲在座位上坐了下來。想起自己方才差點跟崔嘉琪告白，他就恨不得挖個地道，鑽到地心裡去躲起來。前輩們說的果然沒錯，不能告白，死都不能告白！告白就輸了！告白一世英名就毀了！

「先生，你還好吧？」

高傅丞回過神，只見跟他說話的是隔壁桌的年輕媽媽。

「怎麼會這樣呢？」高傅丞喃喃自語。「到底為什麼會這樣呢？」

「看得出來你很喜歡那位小姐。」年輕媽媽放下手中的書。

「有那麼明顯嗎？」

「我都看出來了！」坐在高傅丞斜對面的小男孩，喝了一口他的大冰奶說。

「她為什麼要騙我……」

「騙你？」年輕媽媽感覺有些疑惑。

「明明就結婚了，還說什麼那個人是前男友……」

「本來是男朋友，結婚後就變成前男友啊。」小男孩「吼」了一聲說。

什麼鬼？「前男友」等於「老公」？

高傅丞頓時一驚，再次感到無地自容。在名偵探界走闖那麼多年都屹立不搖的他，居然栽在這麼簡單的敘述性詭計上！

「沒想到你居然是一位名偵探，好巧喔。」年輕媽媽說。

「為什麼說『好巧』？妳也是嗎？」

「我沒那麼厲害。不過我喜歡看推理小說，跟名偵探也算是有點緣分。」

年輕媽媽說著拿起剛剛放下的書，拆下書套。

「這是？」

「你剛剛提到的就是這本吧？」

當年偵辦黃裕飛那起案件時，高傅丞某次在書店買了程朗的《遠走他鄉》、《黑夜裡的巨人》，順便帶了兩本推理小說，一本是東野圭吾的《惡意》，另一本就是年輕媽媽手上的這本，臺灣作家提姆封面非常奇特的作品《下雪了》。

「妳包書套是因為這本書的封面太醜了嗎？」

「沒有啦，是怕書髒掉。而且這封面也不醜啊，很有味道。」

《下雪了》的封面是白色的，左下角一個女孩背著書包、圍著圍巾，伸起手等著天空落下來的雪花。右上角是一個男子的剪影，看不清楚面目。四周則是長著像水草一樣捲曲的植物、外加三蕊盛開著的花朵。高傅丞也不是真的覺得這個封面不好看，只是私心認為可以設計得再精緻一點。另外書名也可以換一個，一定要跟氣候現象有關的話，不妨叫做「地球暖化，救救北極熊」，銷量搞不好可以翻個兩、三倍呢！

「不過也真是巧的，妳居然正好在看這本書。」高傅丞笑道。

「是啊。我剛聽你提到書名的時候，還想說要不要打聲招呼呢。」

「可以啊。」

「可是這樣你就發現我在偷聽你說話了啊。」

這真的是緣分啊，高傅丞在心中吶喊著。只可惜兩人相見恨晚，對方不僅已經結婚，小孩還長得那麼大隻了。

『登登——咚咚——登登——咚咚——』

就在高傅丞暗自感嘆的當口，小男孩的手機響了起來。

「女朋友乎？」年輕媽媽半開玩笑，說了這句比較像是他會說的話。

「怎麼可能，我哪有這麼罩啊——」

小男孩說著接起手機，一副大人在講事情的模樣。

「喂？嗯，我們在咖啡廳裡……妳好了？還沒？……再十分鐘？好好好，那我們在這邊等……快點呀，我口香糖吃完了……」

小男孩說著掛斷電話，看向坐在對面的年輕媽媽。

「我媽說她事情辦好了，要過來找我們。」

我媽？高傅丞察覺到事情有些不太對勁，名偵探的警報器在心中響徹雲霄。與此同時，年輕媽媽則是拿出包包裡的手機，十分懊惱地「唉」了一聲。

「我手機關靜音，你媽打了三通電話給我都沒接到。」

「對呀，我媽說她以為我們出了甚麼事了！」

聽著兩人的對話，高傅丞縱使再能忍耐，也壓不住滿腔快要爆炸的好奇心。

「請問一下，你們兩個的關係是？」

「她是我阿姨——」「他是我外甥——」兩人同時脫口而出。

「靠邀，我還以為你們是母子咧。」

「是我兒子怎麼可能給他喝全糖的大冰奶！」

「我阿姨是健康魔人。」小男孩把剩下的全糖大冰奶一口氣喝完，笑嘻嘻地說。

高傅丞拍了一下腦袋，心想自己今天是怎麼搞的，居然中了兩次敘述性詭計的招，而且其中一個還是自己幻想出來的陷阱。同一時間，年輕媽媽——不對，現在應該叫做「年輕阿姨」——則是解釋說，她姊姊嫁到臺北，今天老公到南部出差，她回來辦個事，孩子下午託給她照顧。等等辦完事，她姊會來接小孩，回去臺北吃晚餐。

「晚餐吃一〇一的義大利麵喔，確定不一起來嗎？」小男孩說。

「跑到臺北吃飯好麻煩，回來就不知道幾點了。」

「妳最愛的義大利麵喔！」

「妳叫妳媽晚上載我回來我就去吃。」

「那不可能了。她那麼懶，妳又不是不知道。」小男孩說著雙手一攤，肥肥的臉蛋露出一副他也拿他媽沒轍的表情。

「妳喜歡吃義大利菜呀？」

高傅丞等兩人對話告一段落，輕輕地出了個聲。

「嗯嗯。尤其是海鮮比薩、清炒義大利麵、跟蕈菇類的燉飯。」

「這樣啊。市區最近新開了一間義大利餐廳，口碑很不錯，不用開車，走路就可以到了。」高傅丞說出他本來打算邀崔嘉琪去的那家餐廳。

「聽起來很不錯耶。」

「我朋友試過都說好吃，尤其是比薩，我也一直想去試試看。」

「叔叔想約妳去吃啦。」小男孩突然插話進來，完全道出了高傅丞的心聲。

「喔，對呀。妳晚上有空嗎？」

「今天晚上啊……」

「妳就去唄，反正又沒事。」小男孩呵呵笑道。

年輕阿姨似乎有些猶豫，考慮了半晌才轉過頭來，和高傅丞四目相接。

「嗯。那我們就去吃吧，各付各的喔！」

「哈哈哈，這沒問題。」

事情發展至此，不只高傅丞心花怒放，小男孩似乎也十分滿意，對高傅丞眨了眨眼睛。古人有云，人不可貌相，海水不可斗量。高傅丞萬萬沒想到這個小男孩會是自己生命中的貴人。他很想對小男孩說：「再去點一杯全糖大冰奶吧，我請客！」

「那晚上就麻煩你帶路啦。」

「哈哈哈哈哈，沒問題，沒問題。」

高傅丞滿血復活比了個讚，心想自己稍早的預感果然沒錯。

春天啊春天，正敲鑼打鼓，朝著自己翩翩走來。

他渴望的幸福，就在眼前。

【完】

逆思流

春天的幻影

作者／王少杰
榮譽發行人／黃鎮隆　總經理／陳君平
協理／洪琇菁　國際版權／黃令歡
執行編輯／呂尚燁　美術主編／李政儀
企劃宣傳／楊玉如、洪國瑋
出版／城邦文化事業股份有限公司 尖端出版
台北市中山區民生東路二段一四一號十樓
電話：（〇二）二五〇〇七六〇〇　傳真：（〇二）二五〇〇二六八三
E-mail：7novels@mail2.spp.com.tw
發行／英屬蓋曼群島商家庭傳媒股份有限公司城邦分公司　尖端出版
台北市中山區民生東路二段一四一號十樓
電話：（〇二）二五〇〇－七六〇〇（代表號）
傳真：（〇二）二五〇〇－一九七九
中彰投以北經銷（含宜花東）／楨彥有限公司
電話：（〇二）八九一九－三三六九
傳真：（〇二）八九一四－五五二四
雲嘉經銷／威信圖書有限公司　嘉義公司
電話：（〇五）二三三－三八五二
傳真：（〇五）二三三－三八六三
南部經銷／威信圖書有限公司　高雄公司
客服專線：〇八〇〇－〇二八－〇二八
電話：（〇七）三七三－〇〇七九
傳真：（〇七）三七三－〇〇八七
香港總經銷／城邦（香港）出版集團有限公司
香港灣仔駱克道193號東超商業中心1樓
電話：（八五二）二五〇八－六二三一
傳真：（八五二）二五七八－九三三七
E-mail：hkcite@biznetvigator.com
馬新經銷／城邦（馬新）出版集團　Cite(M)Sdn.Bhd.
E-mail：Cite@cite.com.my
法律顧問／王子文律師　元禾法律事務所
台北市羅斯福路三段三十七號十五樓
二〇二二年一月一版一刷

■中文版■

郵購注意事項：
1. 填妥劃撥單資料：帳號：50003021戶名：英屬蓋曼群島商家庭傳媒(股)公司城邦分公司。2. 通信欄內註明訂購書名與冊數。3. 劃撥金額低於500元，請加附掛號郵資50元。如劃撥日起 10～14日，仍未收到書時，請洽劃撥組。劃撥專線TEL：(03) 312-4212 ・ FAX：(03) 322-4621。E-mail：marketing@spp.com.tw

國家圖書館出版品預行編目資料

春天的幻影 ／ 王少杰 作 ；
--一版. --臺北市：尖端出版,
2022.01 面 ； 公分.
--(逆思流)

ISBN 978-626-316-383-6(平裝)

863.57　　110020214